Anonymos

Bericht der Senkenbergischen Naturforschenden Gesellschaft

46 Bericht

Anonymos

Bericht der Senkenbergischen Naturforschenden Gesellschaft

46 Bericht

Inktank publishing, 2018

www.inktank-publishing.com

ISBN/EAN: 9783750140059

46. BERICHT

der

SENCKENBERGISCHEN NATURFORSCHENDEN GESELLSCHAFT

in

FRANKFURT AM MAIN

Frankfurt am Main
Selbstverlag der Senckenbergischen Naturforschenden Gesellschaft
1916

Inhaltsverzeichnis

Aus der Schausammlung.

Die Moa.

Mit 2 Abbildungen.

Als bei der Jahresfeier am 27. Mai 1888 Prof. F. C. Noll, der unvergessene Lehrer so vieler aus Frankfurt hervorgegangener Zoologen, seinen Vortrag über: „Veränderungen in der Vogelwelt im Laufe der Zeit“ [1]) hielt, erwähnte er, daß auch in unserem Museum die ausgestorbenen Riesenvögel Neuseelands vertreten seien, als Geschenke des Neuseeländer Staatsgeologen J. van Haast. Die Skelette zweier Gattungen *Meionornis* und *Palapteryx* konnten einige Zeit nachher montiert werden, und sie gaben immerhin ein Bild dieser merkwürdigen plumpen Vögel. Aber von dem größten Vertreter der Gruppe, der Gattung *Dinornis*, war nur ein Bein vorhanden, das an Höhe die beiden Skelette noch überragte und für lange Zeit die klaffende Lücke in unserer Sammlung erst recht schwer erscheinen ließ. Vergeblich waren die Mühen, von den befreundeten großen Museen Material zur Ergänzung zu erhalten, vergeblich machte unser korrespondierendes Ehrenmitglied A. von Gwinner seinen Einfluß geltend. Die Gelegenheit schien aussichtslos verpaßt, da neue Grabungen an den Fundstellen Neuseelands nicht mehr stattfanden. Da kam die unvermutete Nachricht aus Nordamerika, daß eine dortige Handlung noch ein Skelett besitze, und dieses nahezu vollständige Skelett ist nun durch die hochherzige Schenkung von Sir Edgar Speyer in London in unseren Besitz übergegangen (Fig. 1).

Das auffallendste Merkmal des gewaltigen, straußähnlichen Vogels, der mit seinen 2½ Metern Höhe jeden, auch den größten

---

[1]) Bericht der Senckenb. Naturf. Ges., Frankfurt a. M. 1889 1. Teil S. 77—143.

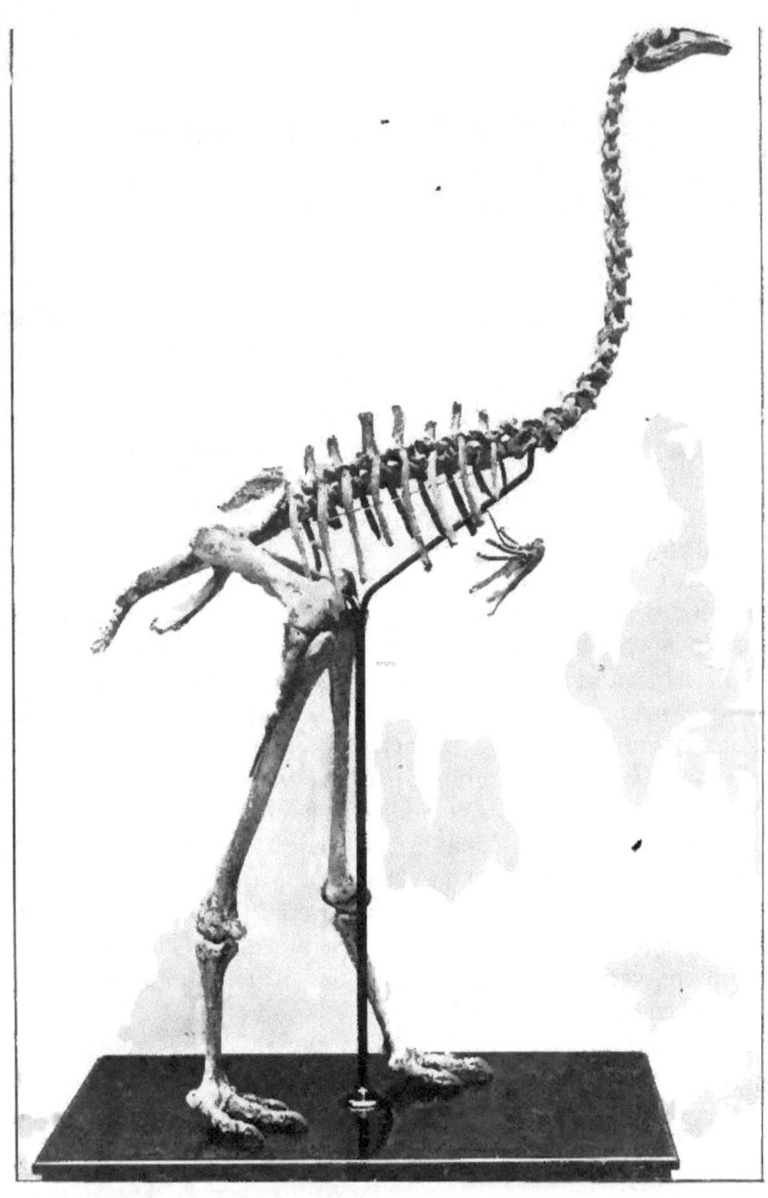

Fig. 1. Skelett der Moa, *Diornis maximus* Owen.
Geschenk von Sir Edgar Speyer.

Fig. 2. Eier von a) *Aepyornis maximus* Geoffr. von Madagaskar, b) *Struthio camelus* L. (Strauß), c) *Gallus domesticus* Briss. (Haushuhn), d) *Nectarinia* spec. (Kolibri).

Strauß überragt, ist das vollständige Fehlen der Flügel, und zwar ist keine Spur der Armknochen vorhanden. Auf kräftigen plumpen Beinen mit drei starken Vorderzehen schritt das mächtige Tier langsam und wuchtig einher, als Riese einer vielgestaltigen Gruppe von Vögeln, zu der kleine und große, schlanke und plumpe Vertreter gehören. Viele Arten sind unterschieden worden, die z. T. wieder angezweifelt wurden; aber es darf auch wohl als schwierige Aufgabe gelten, die zahllosen Knochen, die sich in den Sümpfen Neuseelands dank dem Eifer van Haasts, Hochstetters und anderer gefunden haben, bestimmten Vogelarten zuzuerteilen. Jedenfalls ist hier noch lange keine Einigkeit erzielt, und auch *Dinornis maximus* Owen, unsere Art, wird von manchen Forschern für das Weibchen des *Dinornis robustus* Owen gehalten, während andere beide Formen trennen.

Es ist eigenartig, daß alle diese Vögel auf Neuseeland beschränkt sind. Wahrscheinlich sind ihre unbekannten festländischen Verwandten schon viel früher den Nachstellungen ihrer Feinde erlegen, während sie auf der großen Insel sich länger halten konnten. Auch eine zweite Rieseninsel, Madagaskar, hat einen ähnlichen gewaltigen Vogel beherbergt, den *Aepyornis*. Während hier aber Skelette nur sehr selten vorkommen, werden die mächtigen Eier (Fig. 2a) gelegentlich immer wieder gefunden, und so konnte auch unser Museum vor wenigen Jahren als Geschenk von Geh. Kom.-Rat Dr. L. Gans ein prachtvolles, ganz unversehrtes Exemplar erwerben. Sein Inhalt kommt etwa dem von 150 Hühnereiern oder 6 Straußeneiern gleich!

Über die Zeit, in der diese Riesenvögel auf Neuseeland und Madagaskar gelebt haben, besteht keine Einigkeit. Man kennt von *Dinornis* sogar die Haut, die Federn, Teile des Auges usw., man hat diese Reste in einer Höhle Neuseelands gefunden, wo sie dank der ungewöhnlichen Trockenheit der ganzen Gegend erhalten geblieben waren. Solche Funde scheinen zu beweisen, daß seit der Ausrottung der gewaltigen Tiere noch keine allzulange Zeit verflossen sein kann. Und so nehmen denn in der Tat die meisten Forscher heute an, daß die Maoris sie bald nach ihrer Einwanderung in Neuseeland als bequemste und nutzbringendste Jagdbeute erkannt und durch unablässige Nachstellungen vernichtet haben. Man findet häufig alte Brandstellen mit Feuersteinwaffen und den zerschlagenen Knochen der Moa; ob es aber die Waffen der Maoris oder die ihrer Vorgänger sind, das ist nicht sicher, und ebensowenig läßt sich die Ansicht beweisen, daß die Menschenfresserei erst nach der Vernichtung der Moas einfach aus Nahrungsmangel entstanden ist. Über *Aepyornis* weiß man noch weniger, aber eins ist ganz sicher: Geologisch gesprochen gehören beide Riesenvögel der Gegenwart an, und so reihen sich das neue *Dinornis*-Skelett und das *Aepyornis*-Ei würdig den beiden Vertretern aus der Vogelwelt an, die erst in geschichtlicher Zeit durch den Menschen ausgerottet worden sind: dem Riesenalk und der Dronte.

F. Drevermann.

Unser Planktonschrank.

IV. Mollusken und Tunikaten.

Mit 12 Abbildungen.

A. Mollusken.

War es für den Binnenländer schon sonderbar genug, daß „Würmer" an der Meeresoberfläche schwimmen und Eigenschaften von Quallen annehmen, so wird er noch mehr erstaunen, daß Schnecken, für ihn Urbilder der Trägheit und Bodenständigkeit, sich auf freier See als echte Planktontiere herumtreiben. Freilich sind es nicht nahe Verwandte unserer einheimischen Schnecken, sondern Angehörige von Ordnungen, die ganz oder größtenteils marin sind.

Zu den Streptoneuren (Prosobranchiern), einer Legion der Gastropoden, die in unserer Süßwasserfauna nur wenige Vertreter, darunter die großen, gedeckelten Paludinen, zu den ihren zählt, werden jetzt die Heteropoden oder „Kielfüßer" gestellt, die früher den Systematikern manches Kopfzerbrechen verursachten. Ihr markantester Vertreter hat den Mittelplatz in unserem Planktonschrank: Es ist *Pterotrachea coronata* Forskål (10; Fig. 28)[1]), ein großes Tier, das im Mittelmeer sehr häufig auftritt, manchmal sogar so zahlreich, daß es den Fischern die Netze verstopft. Bei den Zoologen war es, seiner völligen Durchsichtigkeit wegen, als Gegenstand für verschiedenste Untersuchungen seit alters beliebt. Innerhalb ihrer Unterordnung ist *Pterotrachea*

[1]) Die vor der Figurennummer stehende Zahl bezeichnet die Nummer des Glases im Planktonschrank (s. Fig. 27 Seite 6).

die am extremsten umgebildete und ganz ans Planktonleben angepaßte Form. Ihre Verwandten tragen noch alle, mehr oder weniger entwickelt, auch dem Laien erkenntliche „Schneckencharaktere", vor allem eine Schale. Das Gewicht dieser Schale und der unter ihr gelegenen Eingeweide war wohl Ursache, daß die Vorfahren der Heteropoden die eigentümliche Haltung beim Schwimmen annahmen, die alle Kielfüßer zeigen: die Rückenseite mit rudimentärer Schale (wenn sie überhaupt noch vorhanden ist) nach unten, die Bauchseite nach oben gekehrt. Letztere ist bei den kriechenden Formen von einem Fuß eingenommen, einer ausgedehnten Kriechsohle. Bei den pelagischen Heteropoden ist eine Sohle vollständig verschwunden, dafür sitzt auf der Bauchseite eine große rundliche Kielflosse, die von dem lebenden Tier immer nach oben getragen wird. Sie ist nicht etwa einem Fuß gleichwertig; doch findet sich an ihr der letzte Rest dieses charakteristischen Bewegungsorgans unserer Schnecken: Bei dem Männchen von *Pterotrachea* liegt am Außenrande ein kleiner Saugnapf (Fig. 28 sg). Verwandte von *Pterotrachea* haben ihn in beiden Geschlechtern und saugen sich damit am Ufer oder an im Wasser treibenden Gegenständen fest, können sogar noch kurze Strecken damit kriechen (*Atlanta*); bei unserer Form aber dient der Saugnapf nur noch bei der Kopulation. Die große Kielflosse ist dadurch entstanden, daß sich im Laufe der Phylogenie zwischen dem eigentlichen Fuß und dem Mundende ein Teil der muskulösen Körperwand nach außen vorgeschoben und den eigentlichen Fuß vom Körper abgedrängt hat. Das Organ ist beim unverletzten Tiere in ständiger Bewegung. Wenn es ruhig im Wasser schwebt, laufen s-förmige Wellen über die Flosse, einmal von vorn nach hinten und dann wieder umgekehrt. Dies allein genügt, um *Pterotrachea* im Wasser zu halten; nur bei völliger Ruhe der Flosse sinkt sie ganz allmählig. Um vorwärts zu schwimmen, werden Vorder- und Hinterende kräftig nach den Seiten geschlagen und zugleich beginnt die Flosse schneller und energischer zu schlagen, 130 bis 192 mal in der Minute (Polimanti), jetzt aber nur von vorn nach hinten. Ist die Bewegung einmal eingeleitet, so arbeitet die Flosse allein, ohne Mitwirkung von Rumpfkrümmungen. Bewegung nach rückwärts wird ebenso eingeleitet, nur läuft dann die Flossenbewegung von hinten nach vorn. Nach beiden Richtungen vermag *Pterotrachea* gleich schnell zu schwimmen. Doch hat die ganze Bewegung etwas ungemein

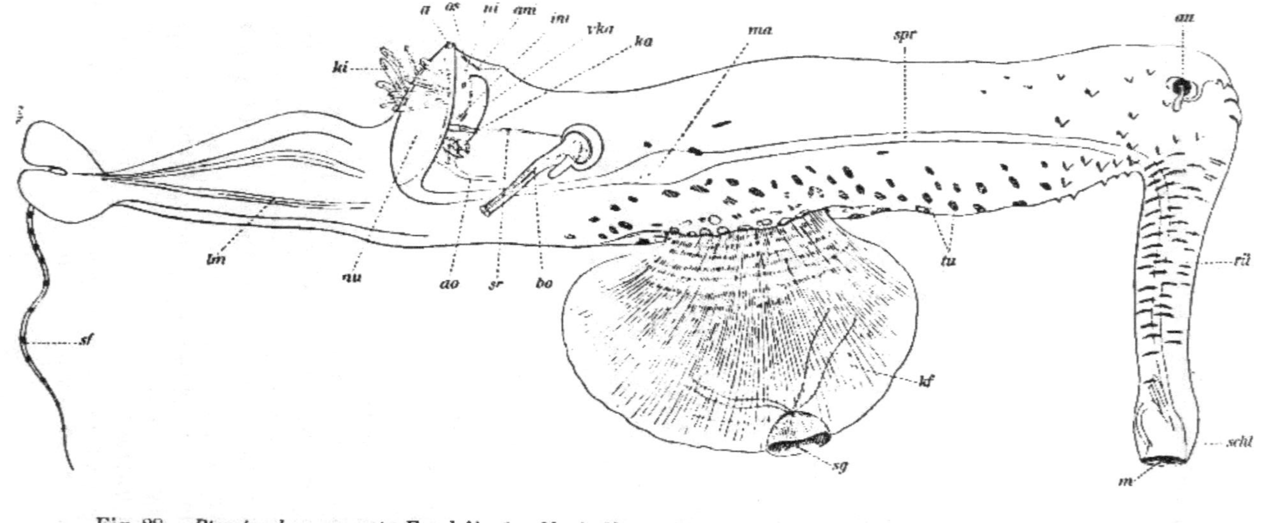

Fig. 28. *Pterotrachea coronata* Forskål ♂. Nach Vayssière, ergänzt nach Reupsch und Krasucki.

rü Rüssel, schl Schlund, m Mund, tu Tuberkel, kf Kielflosse, sg Saugnapf, bo Begattungsorgan, sr Samenrinne, ao Aorta, nu Eingeweidekern, lm Längsmuskelband, sf Schwanzfaden, ki Kiemen, a After, os Osphradium, ni Niere, ani äußere-, ini innere Nierenöffnung, vka Vorkammer ka Kammer des Herzens, ma „Magen“, spr Speiseröhre, au Auge.

Plumpes und Schwerfälliges gegenüber den eleganten und graziösen Schlangenbewegungen der pelagischen Anneliden und stempelt sie richtig zu dem „hilflos" im Wasser treibenden Angehörigen des Planktons. Dabei schwimmt *Pterotrachea* immer noch besser als ihre mit Schalenrudimenten behafteten Verwandten. Wenn man eine solche, etwa eine *Carinaria*, und eine *Pterotrachea* nebeneinander sieht, so ist man über die Ursache der Schalenrückbildung keinen Augenblick im Unklaren.

Nicht nur das Bewegungsorgan und seine Stellung, auch die ganze Körperform ist höchst sonderbar (Fig. 28). Die Schnecke ist langgestreckt und walzenförmig. Der Rumpf setzt sich nach vorn ohne jede Einschnürung in einen Kopf mit großen Augen fort, der sich seinerseits in einen unförmigen Rüssel verlängert. Dieser erscheint gegen die Körperachse abgeknickt und kann sowohl gegen Bauch- wie gegen Rückenseite getragen werden, ist überhaupt sehr beweglich. Der ganze Rumpf ist, namentlich auf der Bauchseite, mit weißlichen Tuberkeln besetzt. An seinem Hinterende liegt, in die Gallerte eingebettet, ein dunkler, beiderseits zugespitzter, länglicher Körper, der mit einem Ende etwas herausragt. Es ist der Eingeweideknäuel, der „Nucleus"; in ihm sind die Geschlechtsorgane, die Leber und der wichtigste Teil des Verdauungskanals zusammengeballt; dicht davor liegen Herz und Niere; an seinem freien Ende ist er vorn und an der Seite mit Kiemen versehen. Ein Mantel, der bei den typischen Mollusken Kiemen, sowie After und Nierenöffnung in eine Mantelhöhle einschließt, fehlt ganz. Der Umfang des Kerns, in dem sich die lebenswichtigsten Organe vereinen, ist erstaunlich klein im Verhältnis zur Größe des ganzen Körpers. Genau wie bei einer Meduse besteht hier, bei dem Mollusk, der größte Teil des Körpers aus spezifisch leichter Gallerte und somit aus Wasser. Ein ebenso auffallendes Mißverhältnis liegt in der Tatsache, daß gerade dieser Knäuel, von dessen Sicherheit Erhaltung von Individuum und Art abhängt, als dichte Masse am ganzen Tier allein deutlich sichtbar ist, während man die Konturen eines frisch gefangenen Tieres im Schöpfglas wegen seiner hohen Durchsichtigkeit nur mit einiger Mühe feststellt. Er verrät die Tiere natürlich auch den Räubern der See auf ziemliche Entfernung hin, und es ist gar häufig, daß der Forscher Pterotracheen zerfressen und verstümmelt erhält: Der durchsichtige Körper schwimmt noch lebhaft im Wasser herum, der Nucleus aber ist herausgerissen. Man kann in diesem Falle die Durchsichtigkeit nicht gut als Schutz deuten; sie dürfte, soweit sie bei *Pterotrachea* vorhanden ist, nur Begleiterscheinung des hohen Wassergehaltes der Gewebe sein, der die Tiere voluminös und spezifisch leicht gemacht hat. Freilich läßt sich wenigstens die Tendenz konstatieren, den Eingeweidekern einigermaßen unsichtbar zu machen; er ist bei *Pterotrachea*, einer ausgesprochenen Bewohnerin der oberen Wasserschicht, von einer silberig glänzenden Haut überzogen; Silberglanz aber ist auf der Bauchseite der meisten freischwimmenden Fische vorhanden, und bei *Velella* erfuhren wir von Luftkammern, die die Scheibe von unten im Wasser gesehen, silberig erglänzen lassen. Es ist dies zugleich die Farbe der Wasseroberfläche innerhalb des Winkels der totalen Reflexion, vom Wasser aus. Hinter dem Nucleus beginnt der Schwanz, der nur auf der Rückenseite durch eine Vertiefung, in der der Nucleus ruht, gegen den Körper abgesetzt ist. Er trägt jederseits vier, auch beim lebenden Tiere etwas sichtbare Längsmuskelbänder und ist in der Körperrichtung abgeflacht. Nur das hinterste Ende ist senkrecht dazu ausgebreitet und hinten eingekerbt. Die beiden breiten Lappen sind als eine Art Höhensteuer anzusprechen; in der Kerbe entspringt ein eigentümlicher, sehr kontraktiler Schwanzfaden, perlschnurartig aussehend durch eine Reihe schwarzer knopfförmiger Auftreibungen. Er reißt sehr leicht ab und ist daher vielfach auch nicht abgebildet worden. L e u c k a r t sieht in ihm eine Art Lockapparat, ähnlich manchen Körperanhängen vieler Fische.

So häufig *Pterotrachea* eine Beute großer Meerestiere wird, ebensosehr ist sie selbst ein Raubtier von ungeheurer Gefräßigkeit. Wenn sie nicht beunruhigt ist, tastet der lange Rüssel ständig hin und her und sucht Nahrung, die mit Hilfe der Zahnbewaffnung des Mundes gepackt wird. Als Schnecke hat *Pterotrachea* eine Reibplatte mit kräftigen Zähnen, die auf einem muskulösen Zungenwulst sitzt und zu einem sehr zweckmäßigen Fangapparat ausgebildet ist. Wird sie aus dem Munde geschoben, so klappen große seitliche Zähne zangenartig auseinander, um beim Zurückziehen automatisch zusammenzufahren und alles festzuhalten, was dazwischen kommt. Zur Beute wird jedes Tier, das einigermaßen überwältigt werden kann, namentlich kleinere Planktonformen, aber auch Artgenossen und selbst verhältnismäßig große Fische. Aus dem Schlund, in den zwei große

Speicheldrüsen ihr Sekret ergießen, gelangt die Nahrung in eine Speiseröhre, die fast das ganze Tier der Länge nach durchzieht. Eine Erweiterung hinter der Mitte faßte man allgemein als Magen auf; Krasucki sieht darin nur einen Kropf; der Magen selbst ist nach ihm ein ganz unbedeutender Abschnitt zwischen diesem Kropf und dem Nucleus. Dahinter mündet die „Leber" ein, und hier beginnt der eigentliche Dünndarm, der glatt durch den Eingeweidekern durchzieht und auf seiner Spitze ausmündet. Damit hätte *Pterotrachea* auch in den Abteilungen des Darmrohres Proportionen, die allen üblichen widersprechen. In dem kleinsten Darmteil im Nucleus lassen sich sogar noch mehrere physiologisch verschiedene Abschnitte unterscheiden. In der „Leber", die ganz dem Eingeweideknäuel angehört, hat Reupsch niemals Nahrungsteile konstatieren können und hält sie für eine wohl ausschließlich sezernierende Drüse. Sie steht damit in scharfem Gegensatz zur Mitteldarmdrüse der meisten darauf untersuchten Gastropoden, die ebensosehr ein Organ der Nahrungsaufnahme, und zwar durch Phagocytose (Jordan), als ein Sekretionsorgan ist. Vor dem Eingeweideknäuel liegt das Herz. Es besteht aus Kammer und Vorkammer. Aus der muskulösen Kammer tritt eine Aorta, die sofort einen starken Ast in den Nucleus hineintreten läßt. Ein zweiter geht durch den Körper nach vorn und liefert Zweige für Kopf, Flosse usw. Das Blut, eine wasserklare Flüssigkeit mit spärlichen kernhaltigen Blutkörperchen, gelangt aus diesen Arterien in große Körperhohlräume, Lakunen. Ein rückführendes Gefäßsystem fehlt bei den Heteropoden vollständig, während bei den meisten Schnecken wenigstens eine „Kiemenarterie" Blut zu den Kiemen führt und eine „Kiemenvene" von da zur Vorkammer. Zu den Atemorganen gelangt das Blut aus den großen Lakunen; die Kiemen sind lediglich dünnhäutige Ausstülpungen der Körperhaut, etwa 15 bis 20 dicke kurze Fäden, in die sich die Blutlakunen fortsetzen. Von denselben Räumen aus führt eine große Öffnung in die Herzvorkammer. Da die Kiemen in nächster Nähe liegen, wird das meiste durchgeatmete Blut in das Herz zurückgelangen, daneben aber auch Blut, das die Kiemen nicht passiert hat. So ist die Leitung vom Herzen in den Körper wohlausgebildet — eine Rückstauung verhindern Klappen zwischen Kammer und Vorkammer, sowie zwischen Aorta und Kammer, deren Spiel man bei großen Tieren mit bloßem Auge erkennen kann — dagegen fehlt eine geregelte Rückleitung. Die Annahme, daß bei Heteropoden nicht nur die Kiemen atmen, sondern, wenigstens in geringerem Maße, die ganze Körperoberfläche an der Atmung teilnimmt, gewinnt durch diese Verhältnisse sehr an Wahrscheinlichkeit. Für die verhältnismäßig untergeordnete Stellung des Herzens spricht auch der Umstand, daß Pterotracheen im Experiment drei bis vier Tage ohne Herz und Herztätigkeit leben können (Rywosch), und daß im Meer gefangenen lebenden Tieren mit dem Nucleus auch das Herz herausgerissen sein kann, ohne daß sie an dieser schweren Verletzung sofort zugrunde gehen. Das Herz ist in einen Herzbeutel eingeschlossen, der mit der Vorkammer in offener Verbindung steht. Mit ihm kommuniziert auch die Niere, ein länglicher, zwischen Herz und äußerem Ende des Nucleus gelegener Sack, der wie das Herz Kontraktionen ausführt. Das Exkretionsorgan mündet vor dem Nucleus auf der rechten Seite nach außen. Eine zweite kleinere Öffnung der Niere durchbricht den Herzbeutel und verbindet Exkretionsorgan und Pericardialsinus. Diese sonderbare Einrichtung der Mollusken ist sofort verständlich, wenn man die Entwicklung des Herzbeutels beachtet. Er ist der einzige Rest einer sekundären Leibeshöhle. Vergegenwärtigt man sich das Verhalten dieser zum Exkretionsorgan etwa bei den Würmern, z. B. den Alciopiden (siehe 45. Bericht S. 148): In jedes der zahlreichen Coelomsäckchen öffnet sich der Wimpertrichter des Exkretionsorganes. Dieses selbst mündet im nächstfolgenden Segment nach außen. Dasselbe zeigen im Prinzip auch die Mollusken, nur ist das Segmentalorgan bloß einmal vorhanden und von der ganzen Leibeshöhle allein der Herzbeutel übrig. Die Physiologie der Heteropoden-Niere ist mehrfach Gegenstand der Untersuchung gewesen, aber noch nicht ganz geklärt (Joliet, Rywosch, Gegenbaur, Leuckart). Ein Netzwerk von Kanälen in der kaudalen Wand des Sackes spricht Reupsch als Harnkanälchen an, die Exkrete aus den umgebenden Blutlakunen entnehmen. Als möglich wurde auch in Betracht gezogen, daß der kontraktile Sack ständig Wasser aufnimmt und daß dieses durch das Pericard in die Blutbahn gelangt. Eine ältere, von Keferstein angeführte und von Schiemenz neuerdings bestätigte Beobachtung, daß Pterotracheen ihren Körper durch Wasseraufnahme schwellen lassen können, dürfte in dieser Einrichtung mit ihre Erklärung finden; anderenteils könnte ein mit Sphinktermuskulatur versehener, von Reupsch gefundener Porus hinter der Schnauzenspitze demselben Zwecke dienen. Der Entdecker selbst nimmt an, daß das durch diese Öffnung ausgestoßene Wasser eine Rückwärtsbewegung des Körpers bewirke. Im Gegensatz zu unseren Landschnecken sind die Heteropoden keine Zwitter, sondern Männchen und Weibchen sind immer getrennt, wie es bei allen Prosobranchiern die Regel ist. Äußerlich erkennbar sind die Männchen der *Pterotrachea* sofort an dem großen Begattungsorgan rechts vom Nucleus, außerdem aber, bei Gastropoden ein seltener Fall, auch an einem sekundären Geschlechtscharakter, dem schon erwähnten Saugnapf in der Mitte der Flosse. Bei den nächstverwandten Gattungen besitzen beide Geschlechter dieses Rudiment einer Kriechsohle, doch ist auch bei *Pterotrachea* das Merkmal vielleicht noch nicht ganz präzis auf die Männchen eingeschränkt; Weibchen mit Saugnapf an der Flosse sind nicht ganz selten gefunden worden; es kann dies freilich auch mit einem ebenfalls nicht sehr seltenen und in diesem Falle sehr weitgehenden äußeren Hermaphroditismus in Verbindung stehen. Die Gonaden selbst bilden, neben der Leber, den größten Teil des Eingeweidekerns. Der Hoden besteht aus zwei langen Lappen, die aus zahlreichen Schläuchen aufgebaut sind. Ein Ausführgang leitet den Samen rechts vom Nucleus nach außen. Hier an der Oberfläche wird er in einer mit Flimmerepithel ausgekleideten Rinne zum Penis geleitet, einem aus verschiedenen Abschnitten kompliziert aufgebauten Körperanhang, dessen Teile auch neuerdings noch verschiedenste Auslegung erfahren (Krasucki-Reupsch). Das Ovar liegt an derselben Stelle, wie beim Männchen der Hoden. Der gewundene Ausführgang ist in dem Abschnitt, der nicht mehr im Bereiche des Nucleus liegt, zu einer Vagina erweitert; an dieser befindet sich ein bei erwachsenen weiblichen Tieren in der Regel prall mit Samen gefülltes Sammelreservoir, ein Receptaculum seminis, sowie eine große Drüse. In letzterer sind Schalendrüse und Gallertdrüse vereinigt; ihre Hohlräume gehen ineinander über, während die Ausfuhrgänge getrennt in den Eileiter münden. Das Ei durchwandert die Drüsen selbst und tritt daraus in die Vagina, nachdem es seine Hüllen erhalten hat. Die Eiproduktion ist ganz kolossal; die Eier werden in Schnüren, eins hinter dem andern, abgelegt; nach Fol liefert eine *Pterotrachea* pro Tag etwa 1 m zusammenhängende Eischnur, doch löst sich dieser Verband bald in kleinere Stücke. Die Entwicklung geht über eine Metamorphose, bei der in sehr bezeichnender Weise „Schneckencharaktere", wie z. B. eine Schale, auftreten und wieder verschwinden.

Daß pelagische Raubtiere wie *Pterotrachea* Nervensystem und Sinnesorgane gut ausgebildet haben, darf man von vornherein erwarten und findet es ja auch bei den Alciopiden. Das Nervensystem läßt sich auf das typische der Streptoneuren zurückführen. Bei ihnen ist der über den Körper emporgeschobene Bruchsack, der die Eingeweide enthält, im Lauf der phylogenetischen Entwicklung nach vorn umgedreht worden, so daß vorher nach hinten gelegene Organe jetzt nach vorn verlagert sind, wie z. B. die Kiemen. Dabei erlitt ein Nervenstrang, der die paarigen sog. „Pleuralganglien" verbindet und in dessen Verlauf im Bereich der Eingeweide kleinere Ganglien eingeschaltet sind, die Visceralkommissur, eine eigentümliche Verdrehung zu einer Achterfigur. Von diesem charakteristischen Verhalten weicht das Nervensystem der Heteropoden dadurch ab, daß Verschmelzungen und Rückbildungen eingetreten sind, und daß die einzelnen Stränge infolge der Gesamtform außerordentlich gestreckt erscheinen (S p e n g e l, P e l s e n e e r, T e s c h). Von den reizaufnehmenden Organen ist dasjenige, das dem immer hungrigen Tiere die Beute auf optischem Wege zeigt, genau wie bei den räuberischen Alciopiden, am höchsten ausgebildet. Wie jedes Molluskenauge geht auch das Auge der *Pterotrachea* auf eine Epithelblase zurück, die aber im Lauf der Entwicklung sehr komplizierte Ausgestaltung erhalten hat. Man erkennt in dem länglichen Anhang, der auf der Rückenseite (beim schwimmenden Tiere also nach unten) an der Stelle gelegen ist, wo die Schnauze vom Körper abbiegt, eine große kugelige Linse. Sie ist Ausscheidungsprodukt der Innenseite einer Cornea, der durchsichtigen Vorderwand der ganzen Augenblase. Dahinter erscheint eine dunkelpigmentierte Partie, in der fensterartige helle Teile ebenfalls mit bloßem Auge erkennbar sind. Diese Pigmenthaut scheidet nach innen gleichfalls eine lichtbrechende Substanz aus, einen Glaskörper, der die Augenblase hinter der Linse füllt. Im Grunde bildet die Innenschicht eine sonderbar geformte Netzhaut, einen langen Streifen mit sechs Reihen kompliziert gebauter Sinneszellen. Eine Augenhülle bildet vorn die äußere Lage der Cornea, dahinter eine schützende „Sklerotica". Augenmuskeln bewegen das Organ als Ganzes. Dem Bau und der Anordnung der Retinaelemente nach liefert das Auge dem Tier kein scharfes Bild eines Gegenstandes.

sondern orientiert vielmehr über die verschiedene Entfernung schwimmender Körper, indem nähere Gegenstände andere Retinazellen reizen als entferntere (Hesse). Dadurch erübrigen sich natürlich Akkommodationsvorrichtungen; weder der Durchmesser der Linse, noch die Entfernung zwischen Linse und Retina scheinen geändert werden zu können. Sehr auffallend ist die Gesamtform der Augen, die unwillkürlich an die Teleskopaugen der Tiefseefische und an die Augen mancher Nachtvögel erinnert. Sie müssen ihrem Bau nach, wie die Augen dieser Dunkeltiere, die Aufgabe haben, möglichst viel Licht auf die Retina zu konzentrieren. Dabei leben aber unsere Pterotracheen in den lichterfüllten obersten Schichten des Wassers! Eine sehr merkwürdige Einrichtung erklärt diesen eigenartigen Bau der Augen. Wie schon erwähnt, zeigt die Pigmentwand, deren Aufgabe es ist, störendes Seitenlicht abzuhalten, hier bei *Pterotrachea* Unterbrechungen auf der Ober- und Unterseite. Auf den diesen Fenstern gegenüberliegenden Wänden der Augenblase sind eigentümliche Zellen, sog. „Nebensehzellen" (Hesse), angereichert. Da keine optischen Hilfsapparate vorhanden sind, kann hier kein Bild, wohl aber einfach Licht, wie etwa von Beutetieren reflektiertes, wahrgenommen werden. Damit würde also die Kielschnecke auch über Gegenstände im Wasser über und unter ihr benachrichtigt, die nicht in des Sehfeld der Retina selbst fallen. Möglicherweise wird, wie bei den Alciopiden von der Nebenretina, hier von den Nebensehzellen ein Reflex ausgelöst, der eine Augenbewegung zur Folge hat, die den betr. Körper in das Retinasehfeld bringt. Jedenfalls aber muß die Durchbrechung der isolierenden Pigmentwand in verhältnismäßig sehr großem Umfang zur Folge haben, daß störendes Nebenlicht in das Augeninnere gelangt. Um diesen Nachteil auszugleichen und trotzdem möglichst viel Licht auf die Netzhaut zu konzentrieren, hat bei diesen durchsichtigen Geschöpfen an der lichterfüllten Meeresoberfläche das Auge als Ganzes die Augenform der Nachttiere erworben.

Sehr bekannt und in allen Lehrbüchern abgebildet ist ein zweites, hochentwickeltes Sinnesorgan, die Statocyste, das Gleichgewichtsorgan. Sie liegt gleich hinter den Augen, aber etwas mehr nach innen, und ist, wenn man das Tier von oben betrachtet, gerade noch als winziges Bläschen sichtbar. Als verhältnismäßig großes, leicht zugängliches Objekt und in einem durchsichtigen Tiere gelegen, hat sie eine sehr große Zahl von Arbeiten, darunter grundlegende über statische Organe, hervorgerufen (Leuckart, Gegenbaur, Leydig, Boll, Ranke, Claus, Solger, Retzius, Ilyin, Tschagotin, Polimanti). Bei schwacher Vergrößerung erkennt man eine Blase, in deren Mitte in einer Statolymphe ein sehr hübsch konzentrisch und radiär gestreifter Statolith schwebt. An das Ganze tritt ein Nervus staticus, der sich aufspaltet. Seine Äste laufen wie Meridiane um die kleine Kugel und innervieren auf der Seite, die der Zutrittstelle gegenüberliegt, eine Macula statica, einen Bezirk von Sinneszellen. Im Epithel der übrigen Blasenwand, in der Antimacula (Tschagotin), treten Zellen auf, von denen je ein großes Wimperbüschel in die Statolymphe hineinragt. Sind diese Wimpern aufgerichtet, so wird der Statolith auf die Macula gedrückt, da die Büschel ungleich lang sind: die der Macula gegenüberliegenden am längsten, die ihr benachbarten am kürzesten. Dadurch wird das Tier über seine Lage im Raum orientiert: Der Druck auf bestimmte Sinneszellen übt einen Reiz aus, der zu den Ganglien weitergeleitet und hier geordnet wird, und dann eventuell adäquate Reflexe auslöst. Das Aufrichten der Wimperbüschel, wodurch der Statolith angedrückt wird, entspricht der Ruhestellung der Wimperzellen, die sie autonom einnehmen, z. B. auch beim toten Tier immer haben. Anscheinend um die Reizbarkeit der Sinneszellen nicht abzustumpfen, wechselt diese Stellung aber in rythmischen Zeitintervallen mit jener, bei der der Statolith in der Mitte schwebt, die Büschel aber, an die Wand niedergebogen, zitternde Bewegungen ausführen. Sie erzeugen so eine Strömung in der Lymphe, die das Konkrement in der Schwebe hält, etwa wie die Glaskugel im Wasserstrahl in jeder Schießbude. Diese Spannung der Wimperzellen geschieht auf einen Impuls vom Zerebralganglion hin. Die Nervenfasern, die zu den Wimperzellen gehen, sind danach motorisch, während die der Macula sensorisch sind; übrigens verhalten sich beide Arten von Fasern auch färberisch verschieden. Die statischen Nerven kreuzen sich teilweise so, daß in den Gehirnganglien die Reize der medialen Partien der einen Statocyste mit denen von den lateralen Partien der anderen kombiniert werden, sodaß wir hier also ein Seitenstück zur Korrespondenz der Netzhäute der Wirbeltieraugen haben (Tschagotin). Die Hauptfunktion der Statocysten ist natürlich die der Orientierung im Raum; daneben beeinflussen sie den Tonus der Körpermuskulatur: Zerstörung der Statocysten hat Erschlaffung des sonst prall gespannten Körpers zur Folge. Früher hat man in ihnen, wie in allen statischen Organen, fälschlich Gehörapparate gesehen, doch fehlen diese den Heteropoden vollständig. Dagegen besteht hier ein auch sonst bei Mollusken sehr verbreitetes Organ, das wahrscheinlich für chemische Reize (Geruch, Geschmack) empfänglich ist, das Osphradium, ein Wimperepithelbezirk. Es liegt an der Vorderseite des Nucleus in der Nähe des Afters. Besondere Geschmacksorgane, becherförmige Gruppen von Sinneszellen, sind in der Nähe des Mundes nachgewiesen worden (Boll), auch ist ein besonderes Geschmacksvermögen dargetan (Lang). Sehr in die Augen fallen Organe, die als große, weiße Tuberkeln, namentlich auf der Bauchseite, um den Flossenansatz herum, liegen. Es sind hier sehr reichlich Drüsenzellen angehäuft, und dazwischen liegen bewimperte Stützzellen; aus der Mitte des Hügels ragt öfter ein zarter Faden nach außen; an das Ganze tritt ein Nerv heran. Es ist wahrscheinlich, daß hier Sinnesorgane vorliegen, die vielleicht den Seitenorganen der Fische analog sind, also zur Wahrnehmung von Bewegungen und Druckschwankungen im Wasser dienen, wie Paneth und Edinger annehmen. Dann treten auf der Haut, die sehr reich innerviert ist, noch eigentümliche nervenreiche Papillen auf, denen sog. „Knorpelzellen" eine gewisse Steifheit verleihen und an die auch ein Nerv tritt. Besonders auffällig sind mehrere, in individuell verschiedener Zahl auftretende Höcker vor den Augen, in denen man früher Fühler sah. Diese charakteristischen Sinnesorgane der Schnecken aber fehlen bei unserer *Pterotrachea* ganz.

Wie viele pelagische Tiere vermag auch *Pterotrachea* zu leuchten; namentlich der Nucleus strahlt auf den geringsten Reiz hin ein schönes bläuliches Licht aus.

Literatur: Claus, C. Das Gehörorgan der Heteropoden. Arch. mikr. Anat. 12. 1876 — Ders. Über den akustischen Apparat im Gehörorgan der Heteropoden. ib. 15. 1878 — Edinger, L. Die Endigung der Hautnerven bei Pterotrachea. ib. 14. 1877 — Fahringer, I. Über das Vorkommen einer Speicherniere bei *Carinaria mediterranea*. Zool. Anz. 27. 1904 — Fol, H. Études sur le développement des Mollusques: Sur le développement larvaire et embryonnaire des Hétéropodes. Arch. Zool. Exp. 45. 1876 — Gegenbaur, C. Untersuchungen über Pteropoden und Heteropoden. Leipzig 1855. — Grenacher, H. Abhandlungen zur vergleichenden Anatomie des Auges. II. Das Auge der Heteropoden. Abh. Naturf. Ges. Halle 17. 1886 — Grobben,

C. Zur Morphologie des Fußes der Heteropoden. Arb. Zool. Inst. Wien 7. 1888 — Ilyin, P. Das Gehörbläschen als Gleichgewichtsorgan bei den Pterotracheiden. Ctrlbl. Physiol. 13. 1899 — Joseph, M. Die vitale Methylenblau-Nervenfärbungsmethode bei Heteropoden. Anat. Anz. 3. 1888 — Keferstein, W. Weichtiere. Bronns Klassen und Ordnungen III. 2 1862-1866. — Krasucki, A. Untersuchungen über Anatomie und Histologie der Heteropoden. Anz. Akad. Wiss. Krakau B. 1911 - Lang, A. Lehrbuch der vergleichenden Anatomie. 1. Lief. Mollusca. Jena 1900. — Leuckart, R. Zoologische Untersuchungen III. Heteropoden. Gießen 1854 — Leydig, F. Anatomische Bemerkungen über *Carinaria, Firola* und *Amphicora*. Ztschr. Wiss. Zool. 3. 1851. — Paneth, I. Beiträge zur Histologie der Pteropoden und Heteropoden. Arch. mikr. Anat. 24. 1885. — Pelseneer, P. Le Système nerveux streptoneure des Hétéropodes. C. R. Acad. Sc. Paris 114. 1. 1892. — Polimanti, O. Contributi alla fisiologia del movimento e del sistema nervoso degli animali inferiori. Ztschr. Allg. Physiol. 12. 1911. — Ranke, I. Der Gehörvorgang und das Gehörorgan bei Pterotrachea. Ztschr. Wiss. Zool. 25. 1875. — Retzius, G. Zur Kenntnis des Gehörorgans der *Pterotrachea*. Biol. Untersuchungen N. F. 10. 1902. Reupsch, E. Beiträge zur Anatomie und Histologie der Heteropoden. Ztschr. Wiss. Zool. 102. 1912. -- Rywosch, D. Zur Physiologie des Herzens und des Exkretionsorgans der Heteropoden. Arch. Ges. Physiol. 109. 1905. — Schiemenz, P. Die Heteropoden der Planktonexpedition. Erg. Plankton-Exp. 2. F. c. 1911. — Solger, B. Zur Kenntnis des Gehörorgans von *Pterotrachea*. Schriften Naturf. Ges. Danzig N. F. 10. 1899. — Spengel, I. W. Das Geruchsorgan und das Nervensystem der Mollusken. Ztschr. Wiss. Zool. 35. 1881. Souleyet, M. Hétéropodes. Voyage de la „Bonite" 2. Paris 1852 — Tesch, I. I. Die Heteropoden der Siboga-Expedition. Siboga-Expeditie 51. 1906 — Ders. Das Nervensystem der Heteropoden. Ztschr. Wiss. Zool. 105. 1913. — Tschagotin, S. Die Statocyste der Heteropoden. ib. 90. 1908. — Wackwitz, J. Beiträge zur Histologie der Molluskenmuskulatur, speciell der Heteropoden und Pteropoden. Diss. Breslau 1893. — Vayssière, A. Mollusques Hétéropodes. Res. Camp. Sc. Monaco 26. 1904.

Wie die eine Legion der Schnecken, die „Streptoneuren" mit der erwähnten achterförmigen Visceralkommissur im Nervensystem in den Heteropoden eine Unterordnung mit weitgehender Anpassung an pelagisches Leben besitzt, so hat auch die zweite, die der „Euthyneuren", bei denen jene Kreuzung der Kommissur nicht vorhanden ist, ihre Vertreter draußen auf der Hochsee. Es sind Angehörige verschiedener, nicht einmal direkt verwandter Familien aus der Unterordnung der Opisthobranchier, bei denen Eigentümlichkeiten der Planktontiere so vorherrschend geworden sind und sie soweit von den anderen entfernen, daß sie früher als eigene Unterordnung der „Pteropoden" gingen, bis neuere Untersucher, vor allem Boas und Pelseneer, ihnen auf Grund vergleichend-anatomischer Untersuchungen ihre Stellung anwiesen. Unser Planktonschrank hat Vertreter von zwei der größten und schönsten Arten aufzuweisen, beide aus der Familie der Cymbuliiden, *Cymbulia peroni* Blainville (8; Fig. 29, 30) und *Tiedemannia neapolitana* Delle Chiaje (6; Fig. 32, 33).[1] Die Stellung der letztgenannten in der Familie entspricht etwa der der *Pterotrachea* unter den Heteropoden: Sie ist, wenigstens

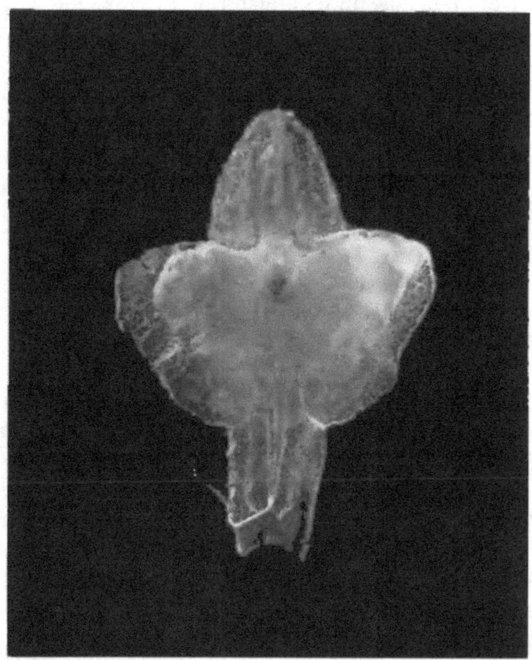

Fig. 29. *Cymbulia peroni* Blainville. Eines der Exemplare des Planktonschrankes von der vorderen, oralen Fläche (beim Schwimmen oben). Natürl. Größe.

in den meisten Merkmalen, die am stärksten modifizierte Gattung, während *Cymbulia* eine Form ist, wie sie ungefähr in der Ahnenreihe der Tiedemannien aufgetreten sein mag, analog den erwähnten, weniger umgebildeten Verwandten der *Pterotrachea* bei den Heteropoden. Beide Formen sind in der Gesamtorgani-

[1] Letzteres ein „Lehrbuchname", den die Etikette des Schrankes noch aufweist; nach den Regeln der Nomenklatur: *Gleba coronata* Forskål.

2*

sation einander sehr ähnlich; im folgenden mag die primitivere *Cymbulia peroni* zu Grunde gelegt werden. Sie war lange Zeit nur aus dem westlichen Mittelmeer bekannt, bis sie von der Deutschen Tiefsee-Expedition und der Plankton-Expedition auch aus dem Atlantischen Ozean mitgebracht wurde. Das stattliche Tier wird 6—7 cm lang und ist, bis auf die auch hier wieder zu einem Klumpen zusammengeballten Eingeweide, glashell. Es hat die Form eines Kahnes, vorn mit einer abgestumpften, runden Spitze, hinten breit und flach und mit zwei gezähnten seitlichen Fortsätzen. In diesem „Kahn", einer eigentümlichen, gelatinösen Schale sitzt der Körper. Der Rumpf mit den Eingeweiden ist in seine wasserhelle Grundmasse eingesenkt, und darüber liegt ein Kopfteil, der Fuß und Flosse trägt. Der Fuß steht ganz im Dienst der Nahrungsaufnahme; er ist lediglich ein nach hinten umgebogener Rüssel. Die Flosse liegt dahinter (ventralwärts), eine einheitliche Fläche, die nach rechts und links zwei große, von Muskeln durchsetzte Lappen ausgebildet hat. Davon abgesetzt ist ein nach hinten ragender Mittellappen, der ganz im Bereich des „Kahnes" bleibt und an dem in einer Kerbe hinten ein langer, tentakelartiger Faden befestigt ist. Die beiden überragenden Flossen sind Bewegungsorgane, die den sonderbaren und doch ungemein reizvollen „Flügelfüßern" etwas ganz Besonderes geben. Die italienischen Fischer nennen sie „farfalle di mare", und durch den Flossenschlag und ihr elegantes „Fliegen" erinnern sie wirklich an Schmetterlinge. Freilich wird man bei genauer Analyse die Bewegung eher der eines schwimmenden Rochens, eines *Trygon* oder einer *Raja*, an die Seite stellen müssen (Polimanti). Die Fläche schlägt nicht als Ganzes von oben nach unten, sondern der Schlag beginnt vorn und läuft als Welle nach hinten. Dadurch kommt ein sehr förderndes, für gewöhnlich horizontal gerichtetes Schwimmen zustande; das zugespitzte Vorderende der Schale durchschneidet dabei das Wasser. Gelegentlich, aber selten, tritt auch eine umgekehrte Schlagrichtung und damit ein Rückwärtsschwimmen ein. Stärkere Arbeit einer Flosse allein ergibt eine Kreisbewegung. Auch in vertikaler Richtung ist Bewegung möglich. Dabei sind die Tiere als echte Planktonorganismen ungemein leicht; von manchen ist bekannt, daß sie durch einfaches Ausspreizen ihrer Flosse in der Schwebe zu bleiben vermögen. Die spezifisch leichte Gallerte, die bei allen Tieren unserer Zusammenstellung als Schwebeorgan angehäuft ist, wird hier in der Hauptsache in Gestalt der sog. „Schale" angelagert. Mit der echten Molluskenschale, der Schnecken- oder Muschelschale, hat diese nichts zu tun. Einmal ist ihre Entstehung und Lage am Körper ganz an-

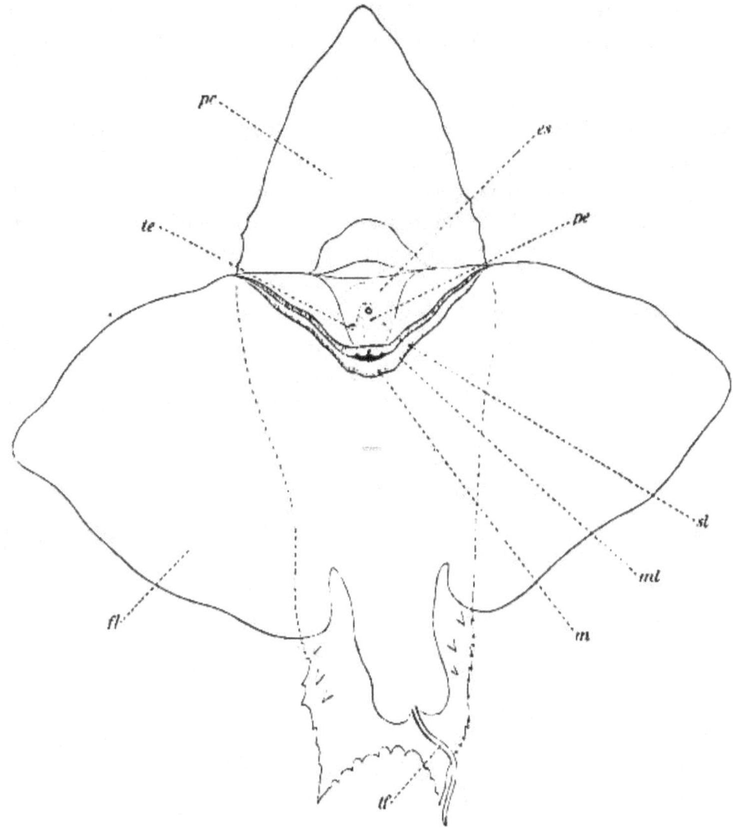

Fig. 80. *Cymbulia peroni* Blainville. Schematische Darstellung von der vorderen, oralen Fläche, nach Meisenheimer.
es Eingeweidesack, pe Penis, sl Seitenlappen ml Mittellappen des Fußes, m Mund, tf tentakelförmiger Fortsatz der Flosse. fl Flosse, te Tentakel, pc Pseudoconcha.

ders; dann aber tritt eine echte Schale in der Entwicklung bei der Larve auf und wird später wieder abgeworfen. Die Cymbuliidenschale ist eine Bildung sui generis, die nur bei dieser einen Familie vorkommt; sie wird nach innen von der Haut allmählich abgelagert und ist von fast knorpeliger Konsistenz. Die weiche und sehr leicht verletzliche Körperhaut zieht daher über den ganzen großen „Kahn" hin. Wird das Tier beim Fang oder sonstwie unsanft berührt, so fällt die Schale — um ihren morphologischen Wert zu charakterisieren, hat man sie auch als Pseudoconcha bezeichnet — vom Körper ab, und der Pteropod vermag ohne sie weiter zu schwimmen, ohne in seinen Bewegungen oder Verrichtungen merklich gehindert zu sein. Der Körper, der in der Pseudoconcha ruht, ist hier wenigstens im Rumpfteil von dem für die Mollusken charakteristischen Mantel umgeben; in dem Raum zwischen diesem und der eigentlichen Körperoberfläche, der Mantelhöhle, münden After und Nierenöffnung — bei Heteropoden ist eine Mantelhöhle bekanntlich nicht vorhanden — und ein bereits bei diesen erwähntes Sinnesorgan, das Osphradium, hat hier wie typisch seinen Platz. Auf der Seite nach der Schale zu ist das Mantelepithel großenteils zu einer umfangreichen Mantelhöhlendrüse umgebildet, einer Schleimdrüse, über deren Aufgabe Sicheres nicht bekannt ist. Die Mantelhöhle öffnet sich nach hinten, unter dem mittleren Fortsatz der Flossenfläche. Vorn (dorsal) erhebt sich der Fuß, der zu einem Rüssel umgebildet, an seinem Ende den Mund trägt. Er liegt in der Tiefe eines Trichters, der von zwei oberen, in der Mitte verschmolzenen Seitenlappen und einem unpaaren unteren (Mittel-) Lappen gebildet wird. Die Ränder dieser Lappen vereinigen sich und bilden zwei deutlich sichtbare Falten, die seitlich nach dem vorderen Flossenrande hinlaufen. Das Epithel in diesen Falten und auf der ganzen Innenseite des Trichters ist bewimpert; dies ist die einzige Vorrichtung, vermittels deren die Cymbulien Nahrung einfangen können; der Schlag der Cilien ist gegen den Mund gerichtet und strudelt, in derselben primitiven Weise wie die Peristomfelder mancher Protozoen, allerhand kleinste Lebewesen, hauptsächlich einzellige Tiere und Pflanzen, in den Mund. Die Nahrung gelangt durch ein kurzes sog. „Schlundrohr" erst in die eigentliche Mundhöhle mit nur mäßig entwickeltem Kiefer- und Reibplattenapparat, von da durch einen faltigen, drüsigen Ösophagus in einen Kaumagen mit einer Anzahl harter chitiniger Platten, zwischen denen die Nahrung zermalmt und die Kalk- und Kieselpanzer der verschluckten Einzeller zerrieben werden. Dann erst folgt ein eigentlicher längsgefalteter Magen mit Drüsen, und als besonders reicher Drüsenbezirk hängt ihm die umfangreiche „Leber" an, hier im Gegensatz zu *Pterotrachea* ein besonderer Teil des Verdauungstraktes, in dessen weite Hohlräume Nahrungspartikel eintreten. Eigentümlich ist den Pteropoden ein in den Magen mündender Blindsack, der außen in der Lebermasse eingebettet liegt. Er liefert ein Sekret, das ständig verbraucht wird; man will in ihm ein dem bekannten Kristallstiel vieler Muscheln analoges Organ sehen, dessen Aufgabe es sein soll, scharfkantige Hartteile der Nahrung mit zähem Schleim zu überziehen, um die zarten Darmwände vor Verletzung zu schützen. Auf den Magen folgen ein gewundener Dünndarm und ein kleiner Enddarm.

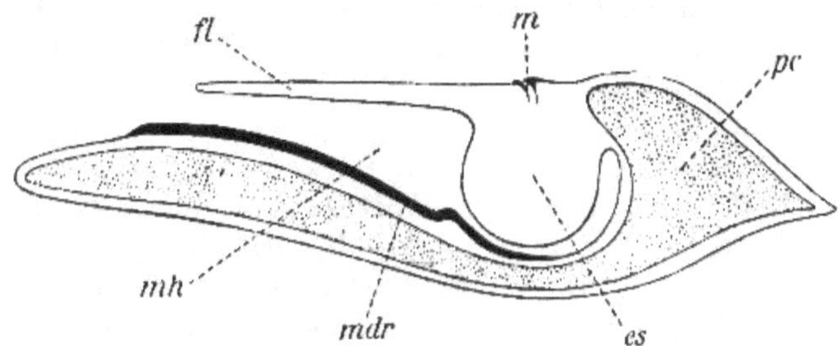

Fig. 31. *Cymbulia peroni* Blainville. Schematischer Durchschnitt, senkrecht zur Fläche der Figur 30, nach Meisenheimer.

m Mund, pc Pseudoconcha, es Eingeweidesack, mdr Mantelhöhlendrüse, mh Mantelhöhle, fl Flosse.

Dorsal legt sich das Herz an den Eingeweideknäuel, äußerlich ungeteilt, innerlich nur unvollkommen durch zwei Längssepten in Kammer und Vorkammer getrennt. Das Blut, eine klare Flüssigkeit mit kernhaltigen Blutzellen, tritt auch hier durch die Arterien in ein System von Lakunen. Kiemen und sonstige Atemorgane fehlen. Der nötige Gasaustausch wird einfach durch die gesamte Oberfläche besorgt; namentlich das dünne, zarte Mantelhöhlenepithel dürfte für die Atmung tätig sein. Ebenso wie das Herz liegt auch die Niere, ein weiter Sack, dem Eingeweideknäuel an. Ob sich, wie normal für Mollusken, auch noch eine innere Öffnung nach dem Pericard (Leibeshöhle; siehe S. 12) findet, ist nicht ganz unbestritten. Nächst dem Darm und seinen Anhängen sind es, wie in der Regel bei Gastropoden, die Geschlechtsorgane, die die Hauptmasse der Eingeweide ausmachen. Wie alle typischen Angehörigen der Legion der Euthyneuren sind auch die Cymbulien Zwitter. Aber für sie ist charakteristisch, daß die Reife, die übrigens schon sehr früh eintritt, sich zuerst nur auf die männlichen Teile erstreckt, und daß erst nachher weibliche Geschlechtsprodukte gebildet werden. Eier und Samen entstehen in ein und demselben Organ, der Zwitterdrüse. Im Innern der Drüse liegen die Eifollikel; die Spermien werden an der Peripherie gebildet. Ein Zwittergang leitet die Genitalzellen nach außen. Das Sperma wird in einem erweiterten Abschnitt, einer Vesicula seminalis, angesammelt. Für eine scharf ausgeprägte Proterandrie spricht, daß nur während der Zeit der männlichen Reife ein stark entwickeltes Begattungsorgan auftritt, zu dem eine Samenrinne führt; während der weiblichen Reife ist der Penis fast ganz verschwunden. *Cymbulia* ist außerordentlich fruchtbar. Nach Fol, der die Tiere in Messina bei der Eiablage beobachtet hat, liefert das erwachsene Tier durchschnittlich pro Tag 1200 Eier. Sie werden in gallertigen Ketten ausgeschieden, jedesmal etwa 40 Eier zusammen, und in jeder großen Kette etwa 10 dieser Einzelklumpen hintereinander.

Wenn man die Art der Ernährung und vor allem den vollständigen Mangel an Angriffs- und Fangwerkzeugen ins Auge faßt, wird es nicht weiter wundern, daß die Sinnesorgane unserer Pteropoden auf einer ungleich tieferen Stufe stehen, als die der räuberischen *Pterotrachea*. Außer dem schon erwähnten Osphradium finden wir auf dem Rüssel zwei kleine Höcker, die „Tentakel", die an ihrer Spitze je ein ganz rudimentäres Auge tragen; es besteht lediglich aus einer mit Sekret gefüllten Höhle, die als lichtbrechender Apparat in Betracht kommt, und dahinter einer Sinneszellenschicht und einem Ganglienzellager. An diese Augenbildung tritt ein Nerv; auch sind Retraktormuskeln an ihm befestigt. Dazu kommen Statocysten, die ein maulbeerförmiges Häufchen von Konkrementen als Statolithen enthalten. Auch die flimmernde Lippenrinne soll ein Sinnesorgan sein, dient aber in der Hauptsache wohl der Nahrungszufuhr. Schließlich ist der bewegliche tentakelförmige Fortsatz des Mittellappens der Flosse zu nennen, nach Meisenheimer unzweifelhaft ein besonderes Sinnesorgan, „dessen reichliche Ausstattung mit Sinneszellen und Nerven für einen hohen Grad von Empfindlichkeit spricht".

Die zweite Cymbuliide des Schrankes, *Tiedemannia neapoli-*

tana Delle Chiaje (6; Fig. 32, 33) ist der größte und schönste Pteropod, im Leben so durchsichtig, daß ihn nur seine Bewegungen im Wasser verraten. Die Gallertschale ist pantoffelförmig, nicht kahnförmig, und kleiner wie bei Cymbulia; sie ist noch empfindlicher als bei jener. Die geringste Verletzung der Haut genügt, um den Verlust der ganzen Schale herbeizuführen. Abgesehen von den Funden der „Valdivia" und der Plankton-Expe-

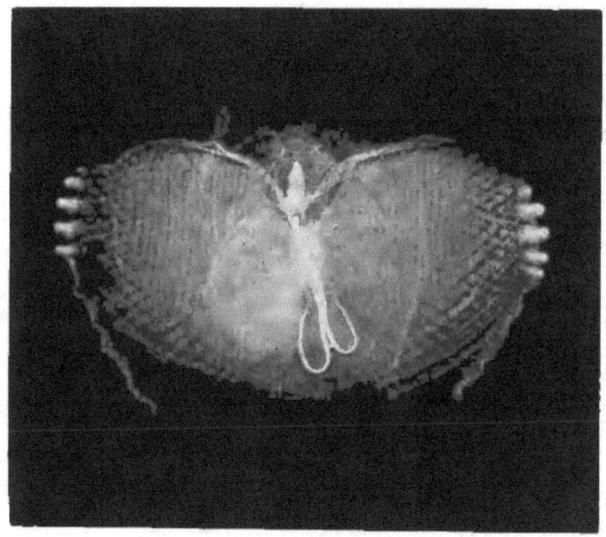

Fig. 32. *Tiedemannia neapolitana* Delle Chiaje. In der Ansicht wie Fig. 29. Exemplar des Planktonschrankes, natürl. Größe.

dition im Atlantik ist *Tiedemannia* nur aus den westlichen Teilen Teilen des Mittelmeeres bekannt.

Auf die Organisation dieses wunderschönen Tieres einzugehen, wäre im allgemeinen nur eine Wiederholung des eben für Cymbulia Angeführten. Doch haben die Teile, die aus der „Pseudoconcha" heraussehen, die Flosse und der zum Rüssel umgebildete Fuß, ein ganz anderes Aussehen als dort. Die Flosse ist eine einzige große Scheibe, nach hinten (ventral) ausgebogen und vorn (dorsal) mehr gerade verlaufend. Sie ist bei erwachsenen Exemplaren etwa 8 cm breit und von Muskeln durchsetzt wie die Cymbuliaflosse. Sehr konstant treten im Seitenrand vier bis sechs opake Zacken auf, ferner nach innen und weiter nach hinten weiße Flecken, die ebenso wie die Zacken unregelmäßig begrenzte Anhäufungen einzelliger Drüsen sind. Dazu besitzt die Flosse noch Pigmentzellen, die den Reiz des Tieres noch erhöhen können: Bei genauerem Betrachten entdeckt man am lebenden Stück feine schwarze Punkte; beobachtet man das Tier einige Zeit, oder reizt man es durch einen leichten Stich, so fließen die

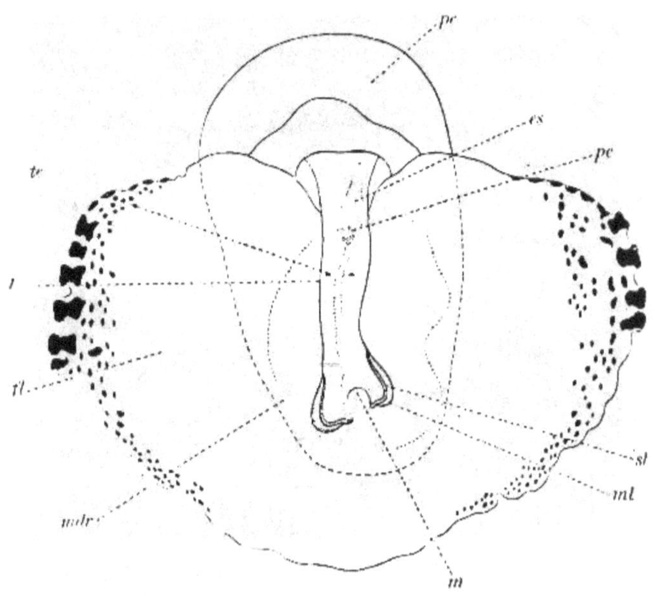

Fig. 33. *Tiedemannia neapolitana* Della Chiaje. Schematische Darstellung, wie Fig. 30, nach Meisenheimer.

pc Pseudoconcha, es Eingeweidesack, pe Penis, sl Seitenlappen ml Mittellappen des Fußes, m Mund, mdr Umriß der Mantelhöhlendrüse, fl Flosse, r Rüssel, te Tentakel.

Punkte auseinander zu großen braunen Flecken. Es sind Chromatophoren, Farbzellen, mit dem Vermögen, ihre Form zu ändern. Ebenso wie sich die Flecken bilden, verschwinden sie wieder; die Kontraktionsdauer der Zellen beträgt nach Gegenbaur zwischen einer halben Minute und drei Viertelstunden. Wird das Tier gereizt, so läßt es nach jeweiligem Ausdehnungszustand die Chromatophoren entweder erscheinen oder verschwinden; bei einer verwandten Art (*Gleba chrysosticta* Krohn) führen die Zellen eine schöne goldgelbe Farbe. Der Vorderrand der Flosse ist durch den außerordentlich langen Rüssel eingebuchtet. Für gewöhnlich ist dieser nach hinten umgebogen und auf die Flossenscheibe niedergebeugt. Ist *Tiedemannia* aber gereizt, so wird er in die Höhe gehoben. An seinem Ende sitzt der Mund, wie bei Cymbulia in der Tiefe eines innen bewimperten Trichters, der von den beiden vereinigten Seitenlappen oben und dem Mittellappen unten gebildet wird, nur sind hier die äußeren Teile des Seitenlappens durch eine tiefe Ausbuchtung getrennt, und so erscheint das Rüsselende zweilappig. Die Ränder der Lappen

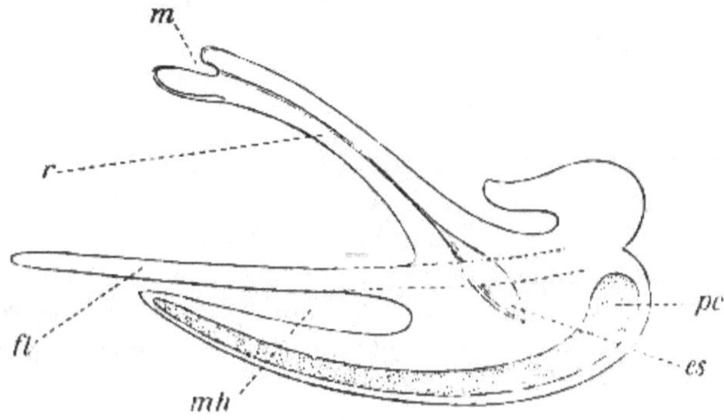

Fig. 34. *Tiedemannia neapolitana* Delle Chiaje. Schematischer Durchschitt, wie Fig. 31, nach Gegenbaur, etwas geändert.
pc Pseudoconcha, es Eingeweidesack, mh Mantelhöhle fl Flosse, r Rüssel, m Mund.,

sind auf den Seiten nach hinten ausgezogen und schließen eine wimpernde Rinne ein, die nach hinten über etwa 1/3 des Rüssels verläuft. Eine von Boas durchgeführte Magenanalyse macht uns mit der Zusammensetzung der eingestrudelten Nahrung bekannt: Foraminiferen, Radiolarien, Ceratien, Tintinnoideen und vereinzelte kleine Krebse. Durch den langen Rüssel läuft ein entsprechend langer Schlund zur eigentlichen Mundhöhle, der bei *Tiedemannia* Kiefer und Radula völlig fehlen. Die Eingeweide zeigen keine besondere Abweichung von Cymbulia, und auch die Sinnesorgane sind wesentlich die gleichen; in dem stark bewimperten Flossenrand hat Paneth zwischen den feinen Wimpern Tastborsten konstatiert.

Literatur: Boas, I. E. V. *Spolia atlantica.* Dansk. Vidensk. Selsk.Skrifter. 6. Raekke, naturvid. og math. Afd. 4. Bd. 1886. — Ders. Zur Systematik und Biologie der Pteropoden. Zool. Jahrb. 1. 1886.— Fol, H. Études sur le développement des mollusques. I. Sur le développement des Ptéropodes. Arch. Zool. Exp. 4. 1875. — Gegenbaur, C. s. S. (17) — Keferstein, W. s. S. 18.— Lang, A. s. S. 18 — Meisenheimer, J. Pteropoda. Wiss. Erg. D. Tiefsee-Exp. 9 (1911) 1905. — Nekrasoff, A. Untersuchungen über die Reifung und Befruchtung des Eies von *Cymbulia peroni.* Anat. Anz. 24. 1903. Paneth, I. s. S. 18 — Pelseneer, P. Report on the Pteropoda. II. Thecosomata III. Anatomy. Chall. Rep. Zool. 23. 1888. — Ders. Sur le pied et la position systématique des Ptéropodes. Ann. Soc. Malacol. Belgique 23. 1888 — Polimanti, O. s. S. 18 — Spengel, I. W. s. S. 18 — Souleyet, M. s. S. 18 — Wackwitz, J. s. S. 18 — Schiemenz, P. Die Pteropoden der Plankton-Expedition. Erg. Plankton-Exp. 2. F. b. 1906.

B. Tunikaten.

Schließlich haben wir noch Vertreter eines Tierstammes im Planktonschrank, der mit den Wirbeltieren in den Grundzügen der Organisation wenigstens in bestimmten Entwicklungsstadien weitgehend übereinstimmt, Vertreter der Tunikaten, der „Manteltiere". Zwei von ihren drei Klassen, die Appendicularien und die Salpen, enthalten nur planktonische Organismen. Zu letzteren gehört *Salpa maxima-africana* Forskal (16, 21; Fig. 38); die Klasse der Ascidien, der Seescheiden, umfaßt festsitzende Formen, Einzeltiere und Kolonien, mit Ausnahme einer Gruppe, die zum Leben im freien Wasser übergegangen ist. Es sind die Pyrosomen, Ascidien, die in großen Kolonien zusammensitzen und als Leuchttiere mit intensivstem Licht bekannt sind. Diese „Feuerwalzen" sind im ganzen zapfen- oder kegelförmig, mit geschlossener Spitze und offenem breitem Ende; man kennt sie bis zu etwa 4 m Länge (in Ausnahmefällen)! Das bei uns aufgestellte *Pyrosoma giganteum* Lesueur (19; Fig. 35) — nach neuerer Auffassung keine eigene Art, sondern nur eine Varietät des *Pyrosoma atlanticum* Péron — erreicht die für Planktontiere recht respektable Länge von 60 cm. Es ist in allen warmen Meeren gefunden worden, am häufigsten zwischen etwa 200 m Tiefe und der Oberfläche. Kleine Stücke fand Chun in Neapel in 1200 m Tiefe. Ganz an die Oberfläche gehen die Pyrosomen fast nur nachts und am häufigsten im Frühjahr; gelegentlich scharen sie sich unter dem Einfluß von Strömungen zu Schwärmen zusammen, die das wunderbarste Meerleuchten erzeugen können.

Die Einzeltiere lagern im Zapfen von *Pyrosoma giganteum*

Fig. 34. *Pyrosoma giganteum* Lesueur. Exemplar des Planktonschrankes, etwas verkl.

in unregelmäßig staffelförmiger Anordnung aneinander und alle so, daß die Bauchseite nach dem geschlossenen Ende der ganzen Kolonie hinsieht. Sie weisen in den Grundzügen den Bau der solitären Ascidien, jener aus den Seewasseraquarien bekannten Ciona- und Phallusia-Arten auf, neben einer Anzahl charakteristischer, durch das Planktonleben verursachter Abweichungen. Als erste und auffälligste Besonderheit, die mit dem Leben und Schweben im freien Wasser in engsten Zusammenhang zu bringen ist, ist die Koloniebildung selbst zu nennen. Durch sie wurde die zellulosehaltige Mantelsubstanz der einzelnen Ascidienkörper außerordentlich angereichert und konnte die Aufgabe der Gallerte bei den bisher angeführten Planktontieren infolge ihres Wasserreichtums (fast 95%) übernehmen. Ebenfalls als Schwebeorgan dienen die zahlreichen Erhebungen und Fortsätze, die über diese Mantelgallerte hinausstehen. Bei jungen Kolonien sind sie viel länger als bei alten und dann geradezu als Schwebfortsätze zu bezeichnen. Bei den alten aber dienen sie wohl in der Hauptsache als Schutzorgane, die einmal manche Angreifer vor dem bestachelten Zapfen zurückhalten, dann aber durch ihre Stellung nahe der Mundöffnung eine Art Reuse darstellen, die verhüten soll, daß ungebetene Gäste in den Vorderdarm eindringen. Die Anordnung der Einzeltiere zu einem hohlen Zapfen war auch Bedingung für die eigenartige langsame Fortbewegung der Kolonie. Das Pyrosoma schwimmt durch den Rückstoß des Wassers, das aus der großen Höhle durch eine weite Öffnung am hinteren breiten Ende herausgetrieben wird. Daß Wasserbewohner durch Rückstoß schwimmen, ist weiter nichts Besonderes; man braucht nur unsere *Aeschna*-Larven oder die Tintenfische in Gefangenschaft zu beobachten, oder irgend eine Meduse. Hier bei den koloniebildenden Ascidien ist die Möglichkeit, die Kolonie durch das verbrauchte Atemwasser der Einzeltiere zu bewegen, dadurch ermöglicht, daß die Kloakenöffnungen aller Einzeltiere nach innen, also dem Munde entgegengesetzt gerichtet sind, während bei allen sitzenden Ascidien Mund und After nach derselben Seite gehen. Die Pyrosomenindividuen haben damit eine Eigenschaft erworben, die in ihrer Klasse für die sonst viel mehr, auch als Einzeltiere, an das Leben in der Hochsee angepaßten Salpen charakteristisch ist. Freilich fehlt den Individuen der Ascidienkolonie deren hochentwickelte Muskulatur. Aber dafür können sich hier die Muskeln mehrerer Hundert Individuen summieren. Voraussetzung für einen einigermaßen erheblichen Effekt ist natürlich auch, daß die Tiere alle gleichzeitig und in gleichem Sinne arbeiten. In der Tat machen anatomische Befunde wahrscheinlich, daß sich die sogenannten „Kloakenmuskeln“ bei allen auf einmal oder wenigstens in einer Folge kontrahieren. Hand in Hand mit der Arbeit der Einzeltiere geht ein wechselndes, langsames Zusammenziehen des ganzen Stockes, ermöglicht durch Muskelfasern innerhalb des Mantels, die entweder zwischen den Einzeltieren oder in Begleitung der Mantelgefäße (s. u.) hinlaufen. Und schließlich ist

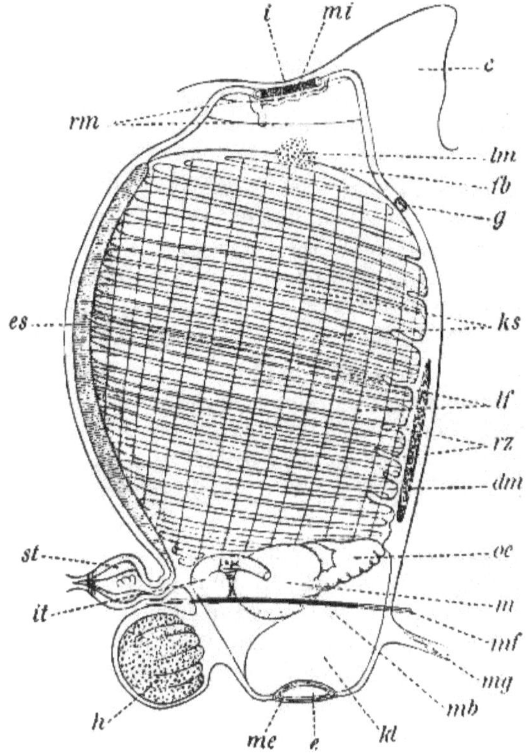

Fig. 36. *Pyrosoma atlanticum* Péron. Einzeltier, schematisch. Nach Seeliger aus Neumann.

i Mundöffnung, mi Muskel der Mundöffnung, c äußerer Cellulosemantel, lm Leuchtorgan, fb Flimmerbogen, g Ganglion, ks Kiemenspalten, lf Längsfalten des Kiemendarms, rz Rückenzapfen, dm dorsale Mesenchymzellengruppe (blutbildendes Organ), oe Oesophagus, m Magen, mf Mantelfaserstrang, mg Mantelgefäß, mb Kloakalmuskel, kl Kloake, e Kloakenöffnung, me Muskel der Kloakenöffnung, h Hoden, it Darm, st Stolo, es Endostyl, rm Ringmuskelzüge.

wohl auch das Diaphragma am offenen Ende der Kolonie, ein aus Mantelsubstanz bestehender Saum mit Muskelfasern, am Zustandekommen der Bewegung beteiligt. Er sieht fast aus wie das Velum einer Hydromeduse (s. Bericht 1913 S. 304, 307, 308) und klappt wie dieses bald nach außen, bald schließt es sich wieder und engt die Öffnung des großen Hohlraumes ein. Für ein Vorwärtskommen ist die Form der Kolonie viel vorteilhafter als die einer Meduse: Das ganze ist in der Richtung der Bewegung gestreckt und am Vorderende verjüngt. Trotz alledem schwimmen die Pyrosomen sehr langsam und schwerfällig. Das beträchtliche Volumen der Gallerte und namentlich die vielen Fortsätze und Stacheln bieten für ein schnelleres Schwimmen zu großen Widerstand.

Der Bau der Einzeltiere (Fig. 36, 37) ist gekennzeichnet durch die entgegengesetzte Lage von Mund und After. Durch den Mund, der durch Muskulatur verschlossen werden kann, tritt Wasser, das Sauerstoff und die Nahrung — kleine Plankton-Lebewesen — enthält, in einem weiten sackförmigen Hohlraum, der den allergrößten Teil des Körpers einnimmt, den Kiemendarm. Das Atemwasser passiert dann eine große Zahl von Kiemenspalten auf beiden Seiten des Körpers und gelangt in einen den Kiemendarm umgebenden, von der Haut aus durch Einstülpung entstandenen „Peribranchialraum" jederseits. Durch Gewebstränge, die von der Außenwand nach innen vorragen, die Trabekel, werden diese Räume klaffend gehalten. Sie vereinigen sich hinten am Körper zu einem gemeinsamen großen Kloakenraum, in den das verbrauchte Wasser hineinströmt, um durch die Kloakenöffnung in die große innere Öffnung der Kolonie zu gelangen. Die Nahrung, die von dem einströmenden Wasser mitgebracht wird, wird durch eine ganz eigenartige Einrichtung festgehalten und zu den Verdauungsorganen geführt. Mitten auf der Bauchseite der Tiere zieht den ganzen Kiemensack entlang eine kompliziert gebaute Rinne mit einem Wimperapparat, das Endostyl. Hier werden große Mengen Schleim produziert und durch Flimmerung nach vorn (zum Munde hin) geschafft, wo zwei Flimmerbogen den ganzen Umfang des Kiemenkorbes umgreifen. Der Schleim bewegt sich auf ihnen nach der Rückenseite. Auf diesem Wege verfängt sich in ihm all das Kleinzeug, das mit hereingebracht wurde, um an der Rückenseite entlang zum Schlund befördert werden zu können. Bewimperte Rückenzapfen dürften bei dem Transport behülflich sein. Sobald die Nahrung auf diese Art den umfangreichen Kiemendarmteil, der durch quer zu den Kiemenspalten ziehende Längsfalten mit Gefäßräumen gegittert erscheint, passiert hat, wird sie von dem verdauenden Teil des Darmes aufgenommen und zerlegt. Ein kurzer Schlund, dessen Wände rötliches Pigment aufweisen, führt in den Magen. Daran schließt eine kurze Enddarmschleife, die sich in den Kloakenraum

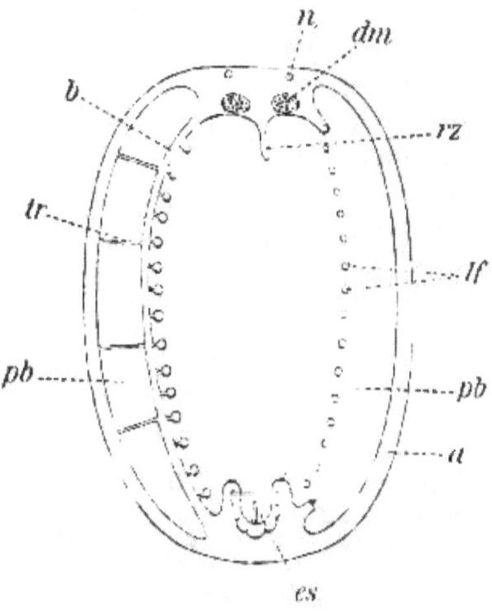

Fig. 37. Schematischer Querschnitt durch ein Pyrosoma in der Region des Kiemenkorbes. Nach Seeliger aus Neumann.
n Nerv, dm dorsale Mesenchymzellengruppe, rz Rückenzapfen, lf Längsfalten des Kiemendarms, pb Peribranchialhöhle, a äußere Wand der Peribranchialhöhle, es Endostyl, tr Trabekel, b innere Wand der Peribranchialhöhle.

öffnet. Ihr angelagert ist die „darmumspinnende Drüse" (Seeliger), ein Organ von nicht ganz geklärter Funktion, das wahrscheinlich verdauende Sekrete in den Magen liefert. Etwas ganz besonderes bietet das Herz aller Tunikaten: Die Kontraktionen, die in Wellen über den länglichen Schlauch hinlaufen, vermögen ihre Richtung zu ändern. Die Blutflüssigkeit wird einmal nach hinten nach den Eingeweiden hingetrieben: dann aber kann, nach einem momentanen Stillstand, die Systole an demselben Ende, an dem sie soeben ausgeklungen ist, wieder beginnen und in umgekehrter Richtung über das Herz laufen. Dabei findet kein regelmäßiger Wechsel statt, sondern die Zahl der zu den Eingeweiden gerichteten Pulse überwiegt die anderen. Die Bedeutung des sonderbaren Umkehrens liegt darin, daß die Verteilung der Nährstoffe und des Sauerstoffes sich so, wenigstens für bestimmte Körperregionen, besonders günstig gestaltet, wie Untersuchungen aus jüngster Zeit gerade für *Pyrosoma giganteum* dartun (Burghause 1914). Das Blut selbst stellt eine Flüssigkeit mit flottierenden Zellen dar, die in Hohlräumen der primären Leibeshöhle zirkuliert. Die Zellen lösen sich aus Mesenchymzellhaufen im dorsalen Längsgefäß, dem sog. „blutbildenden Organ". Mit dem Blutgefäßsystem und zwar ebenfalls mit dem dorsalen Sinus stehen die Mantelgefäße, die den Mantel der ganzen Länge nach bis zum Diaphragma durchsetzen, in Verbindung. Sie ernähren die ihnen anliegende Längsmuskulatur, die für die Bewegung des ganzen Stockes von größter Wichtigkeit ist. Ob sie für die Atmung sehr in Frage kommen, bezweifelt Burghause, weil die Flüssigkeit darin wesentlich nur stagniert. Zu den Organen, die durch die Umkehr der Herzperistaltik besser mit Nahrung als mit Sauerstoff versorgt werden, gehören auffallenderweise die Leuchtorgane, Mesenchymzellmassen, die einem um den Mund ziehenden Sinus anliegen; freilich ist hier vor der eigentlichen Kiemenregion die Möglichkeit einer direkten Sauerstoffaufnahme durch die Wand und damit die eines regen Gasaustausches gegeben; denn Leuchtorgane sind, wo sie auch auftreten mögen, stets irgendwie reichlich mit Sauerstoff versorgt. Das wundervolle, überaus glänzende und helle, in der Regel blaugrün gefärbte Licht ist an den Lebensprozeß gebunden und verschwindet beim absterbenden Tier allmählich, indem es nach Rot hin umschlägt. Intakte Pyrosomen leuchten auf den geringsten Reiz hin; der Reiz, den ein Individuum empfängt, wird den Nachbarn mitgeteilt: „Bei den Pyrosomen beginnt das helle, weingelbe Licht [1]) einförmig an dem einen Ende und schreitet mit leise zitternder Wellenbewegung nach dem andern hin vorwärts, stets grube und die Subneuraldrüse. Erstere liegt dicht ventral unter gleich einem weißglühenden Stücke Eisen in lichter Lohe zu flammen scheint. In gleicher Weise schreitet dann diese helle Erleuchtung zurück, bis sie allmählich in vollständiges Dunkel erlischt. Nach einigen Minuten neuer Brand, neues Auflodern,

[1]) Die Farbenangaben sind bei den einzelnen Autoren sehr widersprechend.

dem allmähliches Verlöschen folgt" (K. Vogt). Und Moseley berichtet: "I wrote my name with my finger on the surface of the giant *Pyrosoma* as it lay on deck in a tub at night, and my name came out in a few seconds in letters of fire". Das Licht der Pyrosomen im Meere ist einzigartig hell und intensiv. Nach Benetts Bericht wurden die Segel des Schiffes erhellt, und man konnte kleine Druckschrift in der Heckkajüte am Fenster lesen (Neumann). Außer von den Organen geht auch von den Ovarien und von den Embryonen Licht aus. Über die biologische Bedeutung des Leuchtens der Pyrosomen besteht keine Klarheit. Die verschiedenen zur Erklärung der tierischen Lumiseszenz aufgestellten Theorien sind nicht anwendbar, auch die „Schrecktheorie", die a priori am wahrscheinlichsten ist, versagt völlig; nach Burghause's Versuchen fressen Fische leuchtende und nicht leuchtende Pyrosomen, auch Krabben lassen sich nicht im geringsten stören. Für eine gegenseitige Anlockung der Individuen, die eine wechselseitige Befruchtung der Eier herbeizuführen zur Folge haben könnte, sind die Eigenbewegungen der Kolonien zu langsam und die Lichtsinnesorgane der Individuen zu schlecht entwickelt.

Die Fortpflanzungsverhältnisse sind wiederum besonders interessant, weil sich Anklänge an die andere pelagische Tunikatenklasse, die Salpen, finden. Wie bei jenen findet sich geschlechtliche und ungeschlechtliche Fortpflanzung. Aber während die Salpen durch den von Adalbert von Chamisso entdeckten Generationswechsel eine gewisse Berühmtheit erlangt haben — ein geschlechtloses Einzeltier erzeugt durch Sprossung eine Kette sich geschlechtlich fortpflanzender Individuen, deren befruchtete Eier wiederum geschlechtslose Ammen ergeben —, ist dieser Generationswechsel bei *Pyrosoma* erst angebahnt. Alle Tiere eines Stockes haben Geschlechtsorgane und zwar Ovar und Hoden, wie ja sämtliche Ascidien Zwitter sind. Sie entstehen aus einer Anlage in einer ventralen Ausstülpung des Körpers. Das Ovar bringt nur ein Ei zur Reife; der Hoden, aus mehreren pigmentierten Lappen bestehend, reift vor den weiblichen Organen, ist aber zu deren Reifezeit noch funktionsfähig, so daß eine Selbstbefruchtung innerhalb der einzelnen Individuen nicht ausgeschlossen ist. Beobachtungen darüber fehlen. Aus dem befruchteten Ei entsteht im Kloakenraum des elterlichen Tieres ein rudimentärer ascidienähnlicher Organismus, das Cyathozoid,

3*

aus dem durch Sprossung die vier ersten Ascidiozoide hervorgehen. Das Cyathozoid ist eine ungeschlechtliche Generation. Während es vollständig zugrunde geht, vermehren sich inzwischen die Ascidiozoide der frei gewordenen Viererkolonie zunächst ebenfalls durch Sprossung; später aber vermögen alle Ascidien des Stockes sich sowohl geschlechtlich wie ungeschlechtlich zu vermehren und verhalten sich darin also ganz anders, wie die Geschlechtsgeneration der Salpen. Die letztgenannte Art der Fortpflanzung vollzieht sich bei den Einzelindividuen so, daß ein Zapfen am Hinterende des Endostyls vor den Geschlechtsorganen Knospen abschnürt, die sich loslösen, in dem Mantel bis an ihren definitiven Platz wandern und heranwachsen. An diesem Stolo, der die Knospen sprossen läßt, beteiligen sich sämtliche Organe des Muttertieres, indem sie Stränge in ihn hineinschicken; Portionen davon werden in jeder Knospe zu entsprechenden Organen. Durch Sprossung bewerkstelligt die Kolonie ihr Wachstum. Gleichzeitig vermehrt sich dadurch die Möglichkeit der geschlechtlichen Fortpflanzung und damit die Möglichkeit, durch Tochterkolonien neues Lebensgebiet zu erobern.

Wie alle Planktonformen aus höher entwickelten Tierklassen haben auch die Pyrosomen Zentralnervensystem und Sinnesorgane wohl ausgebildet. Das „Gehirn" ist das für alle Tunikaten typische: ein Ganglion auf der Rückenseite des Kiemensackes, nicht weit hinter dem Munde. Von ihm strahlen acht periphere Nervenstränge aus. Daß die Sinnesorgane keine besondere Organisationshöhe erklommen haben, liegt wohl an der Koloniebildung. Tastzellen hat man in der Umgebung des Mundes feststellen können. In dem sog. „Ventraltentakel" an der Mundöffnung liegt ein für mechanische Reize sehr empfängliches Sinnesorgan vor, das den Besitzer vor dem Eindringen von Feinden und Fremdkörpern schützen könnte. Am hinteren unteren Teil des Ganglions liegt ein Lichtsinnesorgan, aus Pigmentbecher, Retina und einem Augenteil des Gehirns bestehend. Als Sinnesorgane angesprochen werden nach ihrer Entstehung aus der Anlage des Ganglions auch zwei andere eigentümliche Gebilde, die Flimmergrube und die Subneuraldrüse. Erstere liegt dicht ventral unter dem Ganglion; die meisten Zellen, die ihren Hohlraum begrenzen, tragen lange Geißeln. Sie soll ein Geruch- bzw. Geschmacksorgan sein, wird aber von anderer Seite auch als Exkretionsorgan bezeichnet. Die Subneuraldrüse bildet sich auf der Ventralwand der Flimmergrube als eine kugelige Zellwucherung. Einschlüsse ihrer Zellen wurden früher Otolithen und das ganze als Otocyste (Statocyste) angesprochen, wahrscheinlich zu unrecht. Außerdem hat man in ihr ebenfalls ein Exkretionsorgan vermutet.

Interesse verdient die Flimmergrube auch aus einem anderen Grunde. Wie schon erwähnt, stellt man die Tunikaten im System in die nächste Nähe der Wirbeltiere. Entwicklung und Organisationsverhältnisse namentlich der primitivsten Klasse, der Appendicularien, zeigen deutliche Beziehungen: Im Gegensatz zu den meisten Wirbellosen liegt das Zentralnervensystem dorsal, das Herz ventral vom Darm. Bei jenen ursprünglichen Formen, aber auch bei den sog. „Appendicularialarven" der Ascidien, die nach Form und Bau nicht mit Unrecht mit Kaulquappen verglichen werden, tritt dazu unter dem Zentralnervensystem ein entodermal entstandenes Achsenskelett, eine Chorda, die Grundlage der „Vertebra" der Vertebraten. Schließlich ist die Wand des Vorderdarmes von Kiemenspalten durchbrochen, wie sie bei allen Wirbeltieren angelegt werden und bei den wasseratmenden in Funktion treten Hier entsteht auf der Ventralseite bei den Vertebraten eine Einsenkung, aus der die Schilddrüse wird. Ihr Homologon ist bei den Tunikaten der Endostyl. Die Flimmergrube aber, über der dorsalen Wand des Kiemendarmes, soll der Hypophyse, dem Gehirnanhang auf der Unterseite des Zwischenhirns der Vertebraten, entsprechen. Auf Grund der Übereinstimmungen gerade mit Amphibienlarven, und der neuerdings namentlich von Jäckel postulierten Ursprünglichkeit landbewohnender vierfüßiger Wirbeltiere will Simroth die Tunikaten sogar von Vorfahren ähnlich den Kaulquappen herleiten, während die herrschende Auffassung nach wie vor in ihnen einen Seitenzweig der Linie sieht, die zu den Vertebraten führte.

Am weitesten zu Planktontieren umgebildet wurden unter den Tunikaten die Salpen, deren Typ uns die im Mittelmeer häufige große *Salpa africana* Forskål (21; Fig. 38) mit einer Kette ihrer Geschlechtsindividuen, der *Salpa maxima* Forskål (16) vor Augen führt. Das treffendste Merkmal ist wieder der außerordentliche Wasserreichtum der Gewebe, vor allem des Mantels und damit in ursächlichem Zusammenhang die gallertige „medusenartige" Konsistenz und die hohe Durchsichtigkeit aller Gewebe. Das zoologische System der ligurischen Fischer z. B. hat für Medusen und Salpen, die bei ihnen bekanntesten und wenig geschätzten Großplanktonten nur eine Rubrik: „garnasse", und auch das „gebildete Publikum" wird im Aquarium keinen Unterschied machen, so sehr drängen sich diese Merkmale dem Auge auf. Wie bei fast allen wasserreichen Organismen ist fast der ganze Körper Schweb- und Bewegungsorgan; die Eingeweide hatten schon bei den Kolonien der Pyrosomen das Bestreben, sich

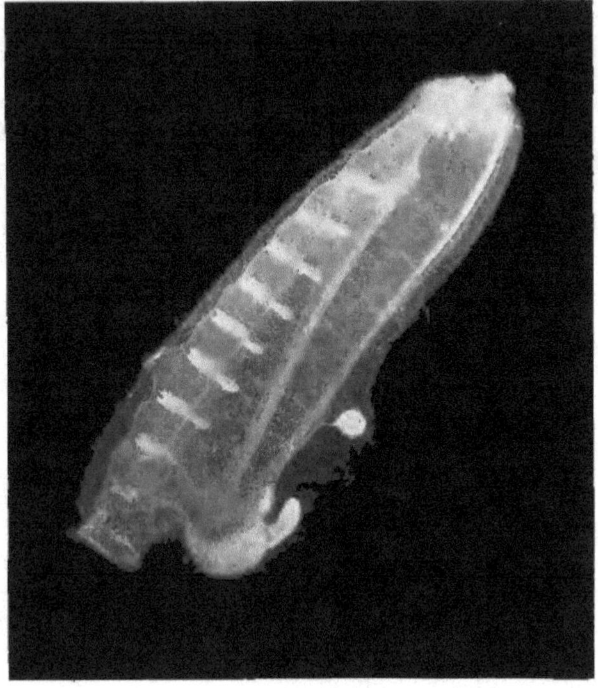

Fig. 38. Salpa maxima-africana Forskål, Amme. Exemplar des Planktonschrankes, etwas verkl.

an einer Stelle zu vereinen. Hier bei den Salpen haben wir das vollendete Gegenstück zu unserer *Pterotrachea:* ein richtiger „Nucleus" am Hinterende, in der wie bei jener der verdauende Darm und seine Anhangsdrüsen, Herz und Niere zusammengedrängt sind und in dessen Nähe bei den Kettentieren auch die Geschlechtsorgane liegen. Bei jener war er silberglänzend, bei Salpen ist er noch auffallender, z. B. lebhaft rot gefärbt, und gibt den gleichen Bedenken gegen die Theorie der „Schutzfärbung" dieser Glastiere Raum. Der ganze Körper ist gestreckt tonnenförmig mit einer breiten Längsfurche auf der Rückenseite. Der breite, von Lippen begrenzte Mund führt in einen weiten Hohlraum, in dem durch fast völligen Schwund des Kiemenkorbes Kiemensack und Peribranchialraum der Ascidien hier bei den Salpen vereinigt sind. In Verbindung mit den Muskelbändern, die die dorsale Hälfte des Körpers umgreifen, dient er der Bewegung: Dem Munde gegenüber öffnet sich, wie bei Pyrosoma, die Kloake; bei geschlossenem Mund treibt eine rythmische Kontraktion der Muskeln das Wasser größtenteils zur hinteren Öffnung heraus, und wie eine Pyrosomenkolonie oder eine Meduse schwimmt die Salpe durch den Rückstoß, freilich sehr viel gewandter. Auch die Ketten bewegen sich durch die pumpende Tätigkeit der einzelnen Individuen; unwillkürlich erinnert man sich dabei mancher Siphonophoren, auch langer Ketten, die durch die Tätigkeit von Schwimmglocken dahintreiben. Einzelsalpe und Kettensalpe unterscheiden sich übrigens in Größe und Gestalt und vor allem in der Anordnung der Muskelbänder sehr scharf voneinander. Daß man vor der Entdeckung des Generationswechsels beide Formen eines Entwicklungskreises als verschiedene Arten auffaßte und verschieden benannte, war damals durchaus berechtigt, und die Beibehaltung der Namen für Amme und Geschlechtstier in den heute gebräuchlichen Doppelnamen zeigt, wie fest eingewurzelt die alten Bezeichnungen waren. Der größeren Agilität der Salpen gegenüber Pyrosoma entspricht natürlich auch eine höhere Ausbildung der Sinnesorgane: das Ganglion ist verhältnismäßig sehr groß; auf ihm sitzt, auf einem birnförmigen Fortsatz, ein großes, im Leben braunrotes, hufeisenförmiges Auge. Um den Mund herum finden sich, wie bei den Pyrosomenindividuen, Tastzellen. Vor und unter dem Gehirn liegt, wie bei jenen, die auch hier als Sinnes- (Geschmacks-) organ gedeutete Flimmergrube.

Die Grundzüge der Organisation sind überhaupt im wesentlichen die gleichen wie bei den Ascidien. Der wichtigste und sonderbarste Unterschied ist, daß von dem ganzen Kiemenkorb nur je eine lange Kiemenspalte vorhanden ist, so daß die ganze Kiemenwand auf den schmalen Balken reduziert wurde, der von der Rückseite vorn nach der Bauchseite hinten quer durch den großen Hohlraum zieht und auch in der wiedergegebenen Figur deutlich sichtbar ist. Ebenso kommt der Endostyl hier zum Ausdruck, der, wie bei Ascidien, vorn in die Flimmerbogen übergeht, die hinter dem Mund die Atemhöhle umgreifen. Sie funktionieren wie bei jenen. Durch das lebhafte Pumpen kommt sehr viel Nahrung in den Sack. Salpen gelten als sehr gefräßige Tiere; in planktonreichen Buchten sollen sie geradezu verheerend wirken, wenn sie in Menge auftreten. Sie nehmen gelegentlich auch recht große Brocken zu sich; in Portofino fand ich einmal eine *S. maxima-africana*, in deren Oesophagus (im Nucleus) ein toter Fisch mit dem Kopfe feststeckte; sein Schwanz ragte zum Munde heraus. Der Darmkanal, ganz im Nucleus, gliedert sich wie bei Pyrosoma; konkrementführende Zellen in der Nähe des Darmes sollen Nierenzellen sein. Beim Herzen der Pyrosomen ist dieselbe Umkehr der Peristaltik zu konstatieren wie bei den Ascidien. Vor dem Nucleus, in derselben Vorwölbung der Körperwand, liegt eine dicke, keulenförmige, fettigglänzende Gewebemasse, die nach oben und vorn umbiegt: der sog. Elaeoblast, der ein Depot von Nahrungsstoffen darstellen soll. In der Umgebung des Eingeweideknäuels legt sich bei den Ammen in einer nach außen geöffneten Höhle der Stolo an, an dem durch Knospung zahlreiche in einer Kette vereinigte Individuen entstehen. Die Fruchtbarkeit ist dabei ganz enorm, und es finden sich immer verschiedenaltrige Ansätze mehrerer Ketten, die sich nach einander ablösen und davon schwimmen. Die Ketten bleiben verbunden; die Einzeltiere wachsen heran und können bei *Salpa maxima-africana* die ganz respektable Größe von 15 cm erreichen, was auch für die Amme als Maximum angegeben wird. (Apstein). In dem Nucleus der Kettentiere bilden sich die Geschlechtsorgane, zwittrig, wie bei Pyrosoma. Nur geht hier die weibliche Reife voraus, und das reife Ei wird daher durch das Sperma einer anderen Kette befruchtet. Auch hier wird nur ein einziges Ei in jedem Individuum angelegt; es entwickelt sich in der Wandung des Atemsackes der Mutter und ist durch ein ernährendes Organ, eine „Placenta", mit ihr verbunden, die auch, nachdem die junge Amme sich losgelöst hat, als kompakter kugeliger Gewebehaufen erhalten und vor dem Nucleus im hinteren Drittel der ventralen Wand sichtbar bleibt. Eine geschwänzte Appendicularia-Larve tritt ebensowenig wie bei Pyrosoma auf. Der Wechsel der beiden Generationen, der geschlechtlichen und der ungeschlechtlichen, wird immer streng eingehalten.

Und nun genug der Fülle von Formen. Es wäre ein Leichtes,

alle Fenster das Saales, in dem unser Schrank steht, mit Planktontieren zu schmücken. Aber sie alle könnten, so verschieden ihre systematische Stellung, so seltsam ihr Äußeres auch sein mag, immer nur wieder dieselben Eigenschaften präsentieren, die sie zu Bewohnern des *πέλαγος* stempeln, und zeigen, wie dieser Lebensbezirk sich seine Lebewelt geschaffen hat.

Literatur: Apstein, C. Die Salpen der Deutschen Südpolar-Expedition. D. Südpolar-Exp. 9. 1. Zool. 1906. — Ders. Salpen der Deutschen Tiefsee-Expedition. Wiss. Erg. D. Tiefsee-Exp. 12. 1906. — Brooks, W. K. The Genus *Salpa*. Mem. Biol Lab. John Hopkins Univ. 2. 1893. — Burghause, F. Kreislauf und Herzschlag bei Pyrosoma giganteum nebst Bemerkungen zum Leuchtvermögen. Ztschr. Wiss. Zool. 108. 1914. — Dahlgrün, W. Untersuchungen über den Bau der Excretionsorgane der Tunikaten. Arch. mikr. Anat. 58. 1901. — Göppert, Untersuchungen über das Sehorgan der Salpen. Morph. Jahrb. 19. 1893. Heine, P. Untersuchungen über den Bau und die Entwicklung der Salpen und der Ciona intestinalis. ib. 73. 1903. — Herdman. W. A. Report on the Tunicata.' III. Chall. Rep. Zool. 27. 1888. — Julin. Ch. Recherches sur le développement embryonnaire de *Pyrosoma giganteum*. Zool. Jahrb. Suppl. 15. Festschr. Spengel 2. 1912. — Korotneff, A. Zur Embryologie von Pyrosoma. Mitt. Zool. Stat. Neapel 17. 1905. — Neumann, G. Die Pyrosomen der Deutschen Tiefsee-Expedition. Wiss. Erg. D. Tiefsee-Exp. 12. 1913. — Ders. Die Pyrosomen. Bronns Klassen und Ordnungen des Tierreichs. 3. Suppl. Tunicata 2. Leipzig 1913. — Nicolai, G. F., Beiträge zur Anatomie und Physiologie des Salpenherzens. Arch. Anat. Physiol. Abt. 1908. Suppl. Salensky, W., Beiträge zur Embryonalentwicklung der Pyrosomen. Zool. Jahrb. Anat. 4. 1890; 5. 1891. Schultze, L. S., Untersuchungen über den Herzschlag der Salpen. Jen. Ztschr. Nat.-wiss. 35. 1901. — Seeliger, O. Die Pyrosomen der Plankton-Expedition. Erg. Plankton-Exp. 2. E. b. 1895. Simroth, H. Ueber die Entstehung der Tunicaten. Verh. D. Zool. Ges. Halle 1912. — Streiff, R. Ueber die Muskulatur der Salpen und ihre systematische Bedeutung. Zool. Jahrb. Syst. 27. 1909.

Manchem, der mit der Aufstellungstechnik für Museen genauer Bescheid weiß, wird die Methode, nach der alle die großen und kleinen Planktontiere unseres Planktonschrankes in ihren Behältern montiert sind, aufgefallen sein. Sie stehen auf zierlichen Gerüsten von dünnen Glasstäben; jede Form ist individuell behandelt. Bei gedämpfter Beleuchtung scheinen die Objekte dadurch völlig zu schweben, und nur bei ganz hellem, durchfallendem Licht können bei manchen die Glasgerüste störend empfunden werden. Wenn die Tiere nach derselben Methode vor weißem oder dunklem Hintergrund stehen, wie dies verschiedentlich in den Wandschränken der Fall ist, ist das Gestell für den Beschauer kaum zu entdecken. Die in manchen Museen geübte Technik, die „Glastiere“ auf dicken Glasstäben aufzuhängen oder etwa Medusen über Glasbecher zu stülpen, wird durch diese, wahrscheinlich zum ersten Male angewandte Aufstellungsart übertroffen. Der Nachteil der Methode liegt freilich darin, daß die Anfertigung der Gestelle und das Montieren selbst sehr zeitraubend sind und viel Geduld und eine sichere Hand verlangen. Ein Weg, die Glasfäden auch im hellsten durchfallenden Licht ganz unsichtbar zu machen, wäre, den Brechungsexponenten der Konservierungsflüssigkeit durch Zusatz von geeigneten hochbrechenden Flüssigkeiten (etwa Glycerin zu Formol oder Alkohol, Terpineol oder Eucalyptol zu etwa 90% Alkohol, Schwefelkohlenstoff zu absolutem Alkohol) dem des Glases zu nähern. Man hätte zugleich den Vorteil, das durch die Konservierung gefällte Eiweiß der Objekte selbst wieder etwas aufzuhellen, und könnte, soweit die Zusätze das spezifische Gewicht und die Viscosität der Flüssigkeit erhöhen, auch die tragenden Glasfäden feiner nehmen. Jedenfalls eröffnet sich hier für Jünger der leider arg vernachlässigten Museumstechnik der niederen Wirbellosen ein reiches Feld zu lohnenden Versuchen.

Februar 1914. *L. Nick.*

Protektorin: Ihre Majestät die Kaiserin.

Verteilung der Ämter im Jahre 1915.

Direktion:

Prof. Dr. med. A. Knoblauch, I. Direktor
Prof. Dr. med. O. Schnaudigel, II. Direktor
Dr. F. W. Winter, I. Schriftführer
R. v. Goldschmidt-Rothschild, II. Schriftführer
W. Melber, Kassier
A. v. Metzler, Kassier
Dr. jur. H. Günther, Konsulent

Verwaltung:

Die Verwaltung besteht satzungsgemäß aus den arbeitenden Mitgliedern, deren Namen im Mitgliederverzeichnis mit * versehen sind.

Sektionäre:

Vergleichende Anatomie und Skelette	Prof. Dr. H. Reichenbach E. Creizenach Frau M. Sondheim
Säugetiere	Prof. Dr. W. Kobelt Dr. A. Lotichius
Vögel	Kom.-Rat R. de Neufville
Amphibien	Prof. Dr. A. Knoblauch
Fische	A. H. Wendt
Insekten: Koleopteren (und Allgemeines)	Prof. Dr. L. v. Heyden
Lepidopteren	E. Müller
Mollusken	Prof. Dr. W. Kobelt
Botanik	Prof. Dr. M. Möbius M. Dürer
Paläontologie	Dr. R. Richter
Geologie	Dr. E. Naumann
Mineralogie	Prof. Dr. W. Schauf

Lehrkörper:

Zoologie	Prof. Dr. O. zur Strassen
Botanik	Prof. Dr. M. Möbius
Paläontologie und Geologie	Prof. Dr. F. Drevermann
Mineralogie	Prof. Dr. H. E. Boeke Prof. Dr. W. Schauf

Redaktion der Abhandlungen:

Prof. Dr. P. Sack, Vorsitzender
Prof. Dr. F. Drevermann
Prof. Dr. L. v. Heyden
W. Melber
Prof. Dr. M. Möbius
Prof. Dr. W. Schauf
Prof. Dr. O. zur Strassen

Redaktion des Berichts:

Prof. Dr. A. Knoblauch, Vorsitzender
Dr. F. W. Winter
Prof. Dr. P. Sack
Prof. Dr. O. Schnaudigel

Museum:

Direktor	Prof. Dr. O. zur Strassen
Paläontologisch-geologische Abteilung . .	Prof. Dr. F. Drevermann
Assistenten für Zoologie . .	Dr. F. Brauns Dr. F. Haas Dr. L. Nick Dr. R. Sternfeld
Vol.-Assistenten für Zoologie	Dr. E. Schwarz
Vol.-Assistenten für Paläontologie u. Geologie .	Dr. A. Born
Präparatoren	August Koch Christan Kopp Georg Ruprecht Christian Strunz
Techniker	Rudolf Moll
Bureau-Vorsteherin .	Frl. Maria Pixis
Hausmeister .	Friedrich Braun

Senckenbergische Bibliothek:

Die Bibliothek der Senckenbergischen Naturforschenden Gesellschaft ist mit den Bibliotheken der Dr. Senckenbergischen Stiftung, des Physikalischen Vereins, des Vereins für Geographie und Statistik und des Ärztlichen Vereins zur „Senckenbergischen Bibliothek" vereinigt.

Bibliothekar . Dr. W. Rauschenberger

Königliche Universität Frankfurt a. M.

Vertreter im Großen Rat der Universität:

Dr. A. Jassoy — Geh. Reg.-Rat Dr. A. v. Weinberg*

(*vom Grossen Rat in das Kuratorium der Universität gewählt).

Lehrkörper:

Zoologie und vergleichende Anatomie . Prof. ord. Dr. O. zur Strassen
Botanik . . . . Prof. ord. Dr. M. Möbius
Geologie und Paläontologie . . . . . . Prof. extraord. Dr. F. Drevermann
Mineralogie und Petrographie . . . . Prof. ord. Dr. H. Boeke

Zoologisches Institut:

Direktor . . . . Prof. Dr. O. zur Strassen
1. Assistent . . . . Dr. L. Nick
2. Assistent . . . . Dr. E. Degner

Geologisch-paläontologisches Institut:

Direktor . . . . Prof. Dr. F. Drevermann
Assistent . . . . Dr. A. Born

Mineralogisches Institut:

Direktor . . . . Prof. Dr. H. Boeke
1. Assistent . . . . Dr. H. Schneiderhöhn
2. Assistent . . . . Dr. W. Eitel

Botanisches Institut
und Botanischer Garten der Dr. Senkenbergischen Stiftung:

Direktor . . . . . Prof. Dr. M. Möbius
Assistent . . . . Dr. K. Burk

Verzeichnis der Mitglieder.

I. Ewige Mitglieder.

An Stelle der Errichtung eines Jahresbeitrages haben manche Mitglieder vorgezogen, der Gesellschaft ein Kapital zu schenken, dessen Zinsen dem Jahresbeitrag mindestens gleichkommen, mit der Bestimmung, daß dieses Kapital verzinslich angelegt werden müsse und nur die Zinsen für die Zwecke der Gesellschaft zur Verwendung kommen dürfen.

Solche Mitglieder entrichten demnach auch über den Tod hinaus einen Jahresbeitrag und werden nach einem alten Sprachgebrauch als „ewige Mitglieder“ der Gesellschaft bezeichnet.

Vielfach wird diese altehrwürdige Einrichtung, die der Gesellschaft einen dauernden Mitgliederstamm sichert und daher für sie von hohem Werte ist, von den Angehörigen verstorbener Mitglieder benützt, um das Andenken an ihre Toten bleibend in dem Senckenbergischen Museum wach zu halten, zumal die Namen sämtlicher „ewigen Mitglieder“ nicht nur den jedesmaligen Jahresbericht zieren, sondern auch auf Marmortafeln in dem Treppenhause des Museums mit goldenen Buchstaben eingegraben sind.

Simon Moritz v. Bethmann 1827
Georg Heinr. Schwendel 1828
Joh. Friedr. Ant. Helm 1829
Georg Ludwig Gontard 1830
Frau **Susanna Elisabeth Bethmann-Holweg** 1831
Heinrich Mylius sen. 1844
Georg Melchior Mylius 1844
Baron **Amschel Mayer v. Rothschild** 1845
Joh. Georg Schmidborn 1845
Johann Daniel Souchay 1845
Alexander v. Bethmann 1846
Heinrich v. Bethmann 1846
Dr. jur. Rat **Fr. Schlosser** 1847
Stephan v. Guaita 1847
H. L. Döbel in Batavia 1847
G. H. Hauck-Steeg 1848
Dr. **J. J. K. Buch** 1851
G. v. St. George 1853
J. A. Grunelius 1853
P. F. Chr. Kröger 1854
Alexander Gontard 1854
M. Frhr. v. Bethmann 1854
Dr. **Eduard Rüppell** 1857
Dr. **Th. A. Jak. Em. Müller** 1858
Julius Nestle 1860
Eduard Finger 1860
Dr. jur. **Eduard Souchay** 1862
J. N. Gräffendeich 1864
E. F. K. Büttner 1865
K. F. Krepp 1866
Jonas Mylius 1866
Konstantin Fellner 1867
Dr. **Hermann v. Meyer** 1869
W. D. Soemmerring 1871
J. G. H. Petsch 1871
Bernhard Dondorf 1872

Anmerkung: Nach dem Mitgliederbestand vom 31. Dezember 1914. Die arbeitenden Mitglieder sind mit * bezeichnet.

Friedrich Karl Rücker 1874
Dr. Friedrich Hessenberg 1875
Ferdinand Laurin 1876
Jakob Bernhard Rikoff 1878
Joh. Heinr. Roth 1878
J. Ph. Nikol. Manskopf 1878
Jean Noé du Fay 1878
Gg. Friedr. Metzler 1878
Frau Louise Wilhelmine Emilie Gräfin Bose, geb. Gräfin von Reichenbach-Lessonitz 1880
Karl August Graf Bose 1880
Gust. Ad. de Neufville 1881
Adolf Metzler 1883
Joh. Friedr. Koch 1883
Joh. Wilh. Roose 1884
Adolf Soemmerring 1886
Jacques Reiss 1887
Dr. Albert von Reinach 1889
Wilhelm Metzler 1890
*Albert von Metzler 1891
L. S. Moritz Frhr. v. Bethmann 1891
Viktor Moessinger 1891
Dr. Ph. Jak. Cretzschmar 1891
Theodor Erckel 1891
Georg Albert Keyl 1891
Michael Hey 1892
Dr. Otto Ponfick 1892
Prof. Dr. Gg. H. v. Meyer 1892
Fritz Neumüller 1893
Th. K. Soemmerring 1894
Dr. med. P. H. Pfefferkorn 1896
Baron L. A. v. Löwenstein 1896
Louis Berans 1896
Frau Ad. v. Brüning 1896
Friedr. Jaennicke 1896
Dr. phil. W. Jaennicke 1896
P. A. Kesselmeyer 1897
Chr. G. Ludw. Vogt 1897
Anton L. A. Hahn 1897
Moritz L. A. Hahn 1897
Julius Lejeune 1897
Frl. Elisabeth Schultz 1898
Karl Ebenau 1898
Max von Guaita 1899
Walther vom Rath 1899
Prof. D. Dr. Moritz Schmidt 1899
Karl von Grunelius 1900
Dr. jur. Friedrich Hoerle 1900
Alfred von Neufville 1900
Wilh. K. Frhr. v. Rothschild 1901
Marcus M. Goldschmidt 1902
Paul Siegm. Hertzog 1902
Prof. Dr. Julius Ziegler 1902
Moritz von Metzler 1903
Georg Speyer 1903
Arthur von Gwinner 1903
Isaak Blum 1903
Eugen Grumbach-Mallebrein 1903
*Robert de Neufville 1903
Dr. phil. Eugen Lucius 1904
Carlo Frhr. v. Erlanger 1904
Oskar Dyckerhoff 1904
Rudolf Sulzbach 1904
Johann Karl Majer 1904
Prof. Dr. Eugen Askenasy 1904
D. F. Heynemann 1904
Frau Amalie Kobelt 1904
*Prof. Dr. Wilhelm Kobelt 1904
P. Hermann v. Mumm 1904
Philipp Holzmann 1904
Prof. Dr. Achill Andreae 1905
Frau Luise Volkert 1905
Karl Hoff 1905
Sir Julius Wernher Bart. 1905
Sir Edgar Speyer Bart. 1905
J. A. Weiller 1905
Karl Schaub 1905
W. de Neufville 1905
Arthur Sondheimer 1905
Dr. med. E. Kirberger 1906
Dr. jur. W. Schöller 1906
Bened. M. Goldschmidt 1906
A. Wittekind 1906
Alexander Hauck 1906
Dr. med. J. Guttenplan 1906
Gustav Stellwag 1907
Christian Knauer 1907
Jean Joh. Val. Andreae 1907
Hans Bodé 1907
Karl von Metzler 1907
Moritz Ad. Ellissen 1907
Adolf von Grunelius 1907
Conrad Binding 1908
Linc. M. Oppenheimer 1908
W. Seefried 1908

Ch. L. Hallgarten 1908
Gustav Schiller 1908
Frau Rosette Merton 1908
Karl E. Klotz 1908
Julius von Arand 1908
Georg Frhr. von Holzhausen 1908
Dr. med. J. H. Bockenheimer 1908
J. Creizenach 1908
*A. H. Wendt 1908
Paul Reiss 1909
Hermann Kahn 1909
Henry Seligman 1909
Wilhelm Jacob Rohmer 1909
Deutsche Gold- und Silber-Scheide-Anstalt 1909
Heinrich Lotichius 1909
Frau Marie Meister 1909
Dr. med. Heinrich Hoffmann 1909
San.-Rat Dr. Karl Kaufmann 1909
Fritz Hauck 1909
Eduard Oehler 1909
Frau Sara Bender 1909
August Bender 1909
Eugène Hoerle 1909
Theodor Alexander 1909
Leopold Sonnemann 1909
Moritz Ferd. Hauck 1909
Frau Elise Andreae-Lemmé 1910
Frau Franziska Speyer 1910
Adolf Keller 1910
Paul Bamberg 1910
Wilhelm B. Bonn 1910
Dr. med. Philipp von Fabricius 1911
Jakob Langeloth 1911
Frau Anna Canné 1911
*Prof. Dr. Karl Herxheimer 1911
Richard Nestle 1911
Wilhelm Nestle 1911
Dr. phil. Philipp Fresenius 1911
Dr. jur. Salomon Fuld 1911
Dr. phil. Ludwig Belli 1911
Frau Anna Weise, geb. Belli 1911
Frau Caroline Pfeiffer-Belli 1911
Dr. med. Ernst Blumenthal 1912
Frau Anna Koch, gb. v. St. George 1912
Carl Bittelmann 1912
Eduard Jungmann 1912
Friedrich Ludwig von Gans 1912
*Prof. Dr. Ludwig Edinger 1912
*Alexander Askenasy 1912
Hermann Wolf 1912
Wilhelm Holz 1912
Adolf Gans 1913
Dr. phil. Gustav von Brüning 1913
Hans Holtzinger-Tenever 1913
Dr. med. Carl Gerlach 1913
Heinrich Flinsch 1913
Heinrich Niederhofheim 1913
Dr. phil. Max Nassauer 1913
Fanny Goldschmid, geb. Hahn 1913
Albrecht Weis 1914
*Geh. San.-Rat Dr. Robert Fridberg 1914
*Prof. Dr. med. August Knoblauch 1914

II. Beitragende Mitglieder.

Abel, August, Dipl.-Ing. 1912
Abraham, S., San. Rat Dr. med. 1904
Abt, Jean 1908
Adelsberger, Paul S. 1908
Adler, Arthur, Dr. jur. 1905
Adler, Franz, Dr. phil. 1904
Albersheim, M., Dr. 1913
Albert, August 1905
Albert, K., Dr. phil., Amöneburg 1909
Albrecht, Julius, Dr. 1904
Alexander, Franz, Dr. med. 1904
Almeroth, Hans, 1905
Alt, Friedrich 1894
*Alten, Heinrich 1891
Alten, Frau Luise 1912
Altheimer, Max 1910
*Alzheimer, A., Prof. Dr., Breslau 1896
Ambrosius, E. F., Architekt 1913
Ambrosius, Karl 1912
Amschel, Frl. Emy 1905

Anmerkung. Es wird höflichst gebeten, Veränderungen der Wohnung oder des Titels u. dgl. dem Bureau der Senckenbergischen Naturforschenden Gesellschaft, Viktoria-Allee 7, mitzuteilen.

Anders, Johannes 1912
Andreae, Albert 1891
Andreae, Frau Alfred 1912
Andreae, Frau Albarda 1905
Andreae, Arthur 1882
Andreae, Carlo, Dr. jur. 1910
Andreae, Heinrich 1912
*Andreae, Hermann 1873
Andreae, J. M. 1891
Andreae, Konrad 1906
Andreae, Frau Marianne 1910
Andreae, Frl. Melly 1913
Andreae, Richard 1891
Andreae jr., Richard 1908
Andreae, Rudolf 1910
Andreae, Viktor 1899
*Andreae-v. Grunelius, Alhard 1899
Andreae-Hahn, Karl 1911
Andreas, Gottfried 1908
Antz, Georg, Zahnarzt 1908
Antz, Stephan 1910
Apfel, Eduard 1908
Apolant, Hugo, Prof. Dr. med. 1903
Armbrüster, Gebr. 1905
Askenasy, Robert, Dr. jur. 1910
Auerbach, E., Justizrat Dr. 1911
Auerbach, L., San.-Rat Dr. 1886
Auerbach, M., Amtsger.-Rat Dr. 1905
*Auerbach, S., San. Rat Dr. 1895
Aurnhammer, Julius 1903
Autenrieth, Karl F. 1912
Avellis, Georg, San.-Rat Dr. 1904
Bacher, Karl 1904
Dr. Bachfeld & Co. 1913
Baer, Edwin M. 1913
Baer, Jos. Moritz, Stadtrat 1873
Baer, Karl 1910
Baer, Max, Generalkonsul 1897
Baer, M. H., Justizrat Dr. 1891
Baer, Simon Leop. 1860
Baer, Theodor, Dr. med. 1902
Baerwald, A., San. Rat Dr. 1901
Baerwald, E., Dr. jur. 1910
Baerwald, Frau Emma 1912
Baerwind, Franz, San.-Rat Dr. 1901
Bahlsen, Emil, Prof. Dr. 1914
Bamberger, Frau Charlotte 1913
Bamberger, Simon, Kom.-Rat 1914
Bames, Albert 1914
Bangel, Rudolf 1904
Bäppler, Otto, Architekt 1911
*Bardorff, Karl, San.-Rat Dr. 1864
Barndt, Wilhelm 1902
Barthel, Karl G. 1912
de Bary, August, Dr. med. 1903
de Bary, J., Geh. San.-Rat Dr. 1866
de Bary, Karl Friedrich 1891
de Bary-Jeanrenaud, S. H. 1891
de Bary-Osterrieth, Joh. Heinr. 1909
de Bary-Sabarly, Karl 1910
*Bastier, Friedrich 1892
Bauer, Moritz, Dr. phil. et med. 1910
Bauer, Rudolf 1911
Bauer-Weber, Friedrich, Ober-Ing. 1907
Baumstark, R., Dr. med., Bad Homburg 1907
Baumstark, Frau Dr., Bad Homburg 1911
Baunach, Robert 1900
Bechhold, J. H., Prof. Dr. phil. 1885
Beck, H., Dr., Offenbach 1910
Beck, Karl, Dr. med. 1905
Becker, H., Prof. Dr. phil. 1903
v. Beckerath, R., Rittmeister a. D. 1912
Beer, Frau Berta 1908
Beer, Ludwig 1913
Behm, Franz, Oberst 1910
Behrends, Robert, Ingenieur 1896
Behrends-Schmidt, K., Gen.-Kons. 1896
*Beit-v. Speyer, Ed., Kom.-Rat, Gen.-Konsul 1897
Benario, Jacques, Dr. med. 1897
Benda, Louis, Dr. phil. 1913
Bender, Georg, Inspektor 1909
Benkard, Georg, Dr. jur. 1912
Benzinger, Otto 1914
Berg, Alexander, Dr. jur. 1900
Berg, Fritz, Justizrat Dr. 1897
Berg, Heinrich 1910
Bergmann, Elias 1912
Berlizheimer, Sigmund, Dr. med. 1904
Berner, Frau Lina 1913
Bessunger, Karl 1909
Besthoff, Jakob 1913
Besthorn, H. J. Karl 1913
Besthorn, Otto 1908

v. Bethmann, Frhr. S. Moritz 1905
Bibliothek, Kgl., Berlin 1882
Biedermann, Geh. Rat Prof., Jena 1912
Bierbaum, Kurt, Dr. 1911
Biernbaum, A., Bergrat 1912
Binding, Karl 1897
Binding, Theodor 1908
Bing, Albert 1905
Binger, Frau Frances 1913
Bischheim, Bernhard 1907
Bittel-Böhm, Theodor 1905
Blanckenburg, Max 1911
Bleibtreu, Ludwig 1907
Bleicher, H., Stadtrat Prof. Dr. 1903
Block, Alfred, Buchschlag 1913
*Blum, Ferd., Prof. Dr. med. 1893
Blum, Frau Lea 1903
Blumenthal, Adolf 1883
Blumenthal, E. H., Gen.-Direktor 1910
Blümlein, Viktor B. 1909
Bode, Paul, Geh. Studienrat Dr. 1895
Bodewig, Heinrich, Dr. jur. 1911
Boehnke, K. E., Stabsarzt Prof. Dr. 1911
Boeke, H. E., Univ. Prof. Dr. 1914
Boettiger, E., Dr., Offenbach 1910
Böhm, Henry, Dr. med. 1904
Böhme, John 1904
Boll, Jakob, Rektor 1914
Boller, Wilhelm, Prof. Dr. phil. 1903
Bolognese-Molnar, Frau B. 1910
Bonn, Sally 1891
Bopp, Frau W. 1912
Borchardt, Heinrich 1904
Borgnis, Alfred Franz 1891
Borgnis, Karl 1900
Born, Frau Emmy 1913
Born, Erhard, Dr. jur. 1912
Boveri, Walter jr., Baden-Aargau 1914
Böttcher, G., San.-Rat Dr., Wiesbdn. 1913
Brach, Frau Natalie 1907
Brammertz, Wilhelm, Dr. 1913
Brandt, F., Hofrat Dr. 1910
Brasching, P., Oberlehrer 1912
Braun, Franz, Dr. phil. 1904
Braun, Leonhard, Dr. phil. 1904
Braunfels, O., Geh. Kom.-Rat 1877
Brechenmacher, Franz 1906
Breitenstein, W., Ing., Algier 1908
Brendel, Wilhelm 1906
Brentano-Brentano, Josef 1908
Briel, Heinrich 1906
Brill, Wilhelm, Dr. med. 1913
Brodnitz, Siegfried, San.-Rat Dr. 1897
Bröll, Adolf 1913
Brönner, Frau Pauline 1909
Bruck, Richard, Justizrat 1906
Brückmann, Karl 1903
Bucher, Franz 1906
Bücheler, Anton, San.-Rat Dr. 1897
Buchka, Ernst 1911
Budge, Frau Rosalie 1912
Budge, S., Dr. jur. 1905
Büding, Friedrich, Dr. jur. 1913
Buhlert, Fritz, Ingenieur 1910
Bullnheimer, Fritz, Dr. phil. 1904
Burchard, K., Bergass., Clausthal 1908
Burchard, Kurt, Prof. Dr. jur. 1904
Burgheim, Gustav, Justizrat Dr. 1905
Burghold, Julius, Justizrat Dr. 1913
Burmeister, F., Dr., Offenbach 1912
v. Büsing-Orville, Frhr. Adolf 1903
Büttel, Wilhelm 1878
Caan, Albert, Dr. med. 1912
Cahen, Hermann, Dipl.-Ing. 1913
Cahen-Brach, E., San.-Rat Dr. 1897
Cahn, Albert 1905
Cahn, Heinrich 1878
Cahn, Paul 1903
Cahn, S., Konsul 1908
Canné, Ernst, Dr. med. 1897
Canté, Cornelius 1906
*Carl, August, San.-Rat Dr. 1880
Cassian, Heinrich 1908
Cayard, Carl 1907
Cayard, Frau Louise 1909
Challand, Frl. M. 1910
Christ, Fritz 1905
Clauss, Gottlob, Architekt 1912
Cnyrim, Adolf, Dr. jur. 1909
Cnyrim, Ernst 1904
Cochlovius, F., Dipl.-Ing. 1912
Cohen, Frau Ida 1911
Cohn, Franz, Prof. Dr. med. 1914
Cooper, Will. M., Dr. 1912
*Creizenach, Ernst 1906

Cullmann, R., Landger.-Rat a. D. 1905
Cuno, Fritz, San. Rat Dr. 1910
Cuno, H., Architekt 1914
Cunze, D., Dr. phil. 1891
Cunze, H., Gerichtsassessor 1913
Curtis, F., Prof. Dr. phil., Bad Homburg 1903
Dahlem, H. V., Aschaffenburg 1911
Damann, Gottfried 1913
Daube, Adolf 1910
Daube, G. L. 1891
Daube, Kurt, Geh. San.-Rat Dr. 1906
Deckert, Emil, Prof. Dr. phil. 1907
Déguisne, K., Prof. Dr. phil. 1908
Delkeskamp, R., Dr. ing. München 1904
Delliehausen, Theodor 1904
Delosea, R., Dr. med. 1878
Demmer, Theodor, San.-Rat Dr. 1897
Dencker, Hans, Dr. med. 1913
Denzer, Heinrich, Vockenhausen 1911
Dessauer, Friedrich, Direktor 1913
Dettweiler, Frl. Thilli 1911
Deubel, Hans 1911
Deutsch, Adolf, San. Rat Dr. 1904
Diener, Max, Konsul 1912
Diener, Richard, Konsul 1905
Diesterweg, Moritz (E. Herbst) 1883
Dieterichs, Fr., Apotheker 1912
Dietze, Karl 1870
Dingler, H., Prof. Dr., Aschaffenbg. 1910
Dippel, Erwin, Dipl.-Jng. 1913
Ditmar, Karl Theodor 1891
Ditter, Karl, Bornemouth 1903
Doctor, Ferdinand 1892
Dondorf, Karl 1878
Dondorf, Otto 1905
Donner, Karl Philipp 1873
Dreher, Albert 1910
Drescher, Otto, Reg.-Rat 1910
Drevermann, Frau Ria 1911
Dreves, Erich, Justizrat Dr. 1903
Dreyfus, Willi 1910
Dreyfuß, Fritz 1910
Dreyfuß, Max 1912
Drory, William L., Direktor Dr. 1904
Drory, William W., Direktor 1897
Du Bois, Georg, Dr. phil. 1906
Duden, G., Generaloberarzt Dr. 1912
Duden, P., Prof. Dr. phil., Höchst 1906
Dumcke, Paul, Gen.-Direktor 1909
*Dürer, Martin 1904
Ebeling, Hugo, San.-Rat Dr. 1897
Ebenau, Fr., Dr. med. 1899
Eberstadt, Albert 1906
Eberstadt, Fritz 1910
Eck, Albert, Oberursel 1913
v. Eckartsberg, Emanuel, Major 1908
Eckert, Frau Marie 1906
Eckhardt, Karl, Bankdirektor 1904
Ederheimer, Adolf, Dr. jur. 1913
Egger, Edmund, Prof. Dr., Mainz 1911
*Ehrlich, P., Wirkl. Geh. Rat Prof. Dr. Exzellenz 1887
Ehrlich, Frl. Rosa 1911
Eichengrün, Ernst, Direktor 1908
Eiermann, Arnold, San. Rat Dr. 1897
Eisenmann, Frl. Hanna 1913
Eitel, Wilhelm, Dr. phil. 1914
Elkan, B., Neuyork 1913
*Ellinger, Leo, Kommerzienrat 1891
Ellinger, Ph., Dr., Heidelberg 1907
Ellinger, R., Justizrat Dr. 1907
Embden, Gustav, Prof. Dr. med. 1907
von der Emden, Carl 1914
Emmerich, Friedrich H. 1907
Emmerich, Heinrich 1911
Emmerich, Otto 1905
Enders, M. Otto 1891
Engel, Fritz 1913
Engelhard, Alfred, Architekt 1913
Engelhard, Karl Phil. 1873
Engelhardt, Leopold, Dr. med. 1913
Engler, Eduard, Konsul 1913
Epstein, Jak. Herm. 1906
Epstein, Jos., Prof. Dr. phil. 1890
Epstein, Wilhelm, Dr. phil. 1907
Epting, Max, Direktor, Höchst 1911
Erlanger, Frau Anna 1912
Erlanger, Frau Luise 1911
Eschelbach, Jean 1904
Ettlinger, Albert, San.-Rat Dr. 1904
Euler, Rudolf, Direktor 1904
Eurich, Heinrich, Dr. phil. 1909
Eysen, Anton 1912
Eyssen, Frau Elise 1910

Fadé, Louis, Direktor 1906
Fahr, Frl. Aenny, Darmstadt 1912
Feis, Oswald, San.-Rat Dr. 1903
Feist, Fr., Prof. Dr. phil., Kiel 1887
Feist-Belmont, Frau Auguste 1914
Fellner, Johann Christian 1905
Fellner, Otto, Dr. jur. 1903
Fester, August, Bankdirektor 1897
Fester, Hans, Dr. jur. 1910
Finck, August, Direktor 1912
Finck, Karl 1910
*Fischer, Bernh., Prof. Dr. med. 1908
Fischer, Karl 1902
Fischer, Ludwig 1902
Fischer, Philipp J. 1913
v. Fischer-Treuenfeld, A., Kiel 1911
Flaecher, F., Dr. phil., Höchst 1908
Flanaus, Robert 1913
Fleck, Georg, Dr. med. 1910
Fleck, Otto, Oberförster 1903
Fleisch, Karl 1891
Flersheim, Albert 1891
Flersheim, Ernst 1912
Flersheim, Martin 1898
Flersheim, Robert 1872
Flesch, Karl, Stadtrat Dr. jur. 1907
*Flesch, Max, Prof. Dr. med. 1889
Flinsch, W., Kom.-Rat 1869
Flock, Heinrich 1911
Flörsheim, Gustav 1904
v. Flotow, Frhr. Theodor 1907
Flügel, Fritz, Dr., Schwanheim 1914
Flügel, Josef, Limburg 1907
de la Fontaine, E., Geh. Reg.-Rat 1907
Forchheimer, Arthur 1908
Forchheimer, Frau Jenny 1903
Forchheimer, Karl 1913
Forsboom, Wolfgang 1914
Forst, Karl, Dr. phil. 1905
*Franck, Ernst, Direktor 1899
Frank, Franz, Dr. phil. 1906
Frank, Heinrich, Apotheker 1891
Frank, Karl, Dr. med. 1910
Frank, Karl, Dr. jur. 1913
Franze, Gustav, Stadtrat 1913
Fresenius, A., San.-Rat Dr., Jugenheim 1893
Fresenius, Ferdinand, Dr. phil. 1912
Freudenthal, B., Prof. Dr. jur. 1910
*Freund, Mart., Prof. Dr. phil. 1896
Freyeisen, Willy 1900
Freyhan, Paul, Ob.-Landesger.-Rat 1914
*Fridberg, R., Geh. San.-Rat Dr. 1873
Friedmann, Heinrich 1910
Friedrich, Oskar, Dipl.-Ing. 1913
Fries, Heinrich 1905
Fries, Heinrich, Oberursel 1910
Fries Sohn, J. S. 1889
Fries, Wilhelm, Dr. phil. 1907
Fries-Dondorf, Frau Anna 1911
v. Frisching, Moritz 1911
Fritsch, Karl, Dr., Zahnarzt 1910
Fritz, Jakob, Hanau 1910
Fritzmann, Ernst, Dr. phil. 1905
Frohnknecht, O., Neuyork 1913
Fromberg, Leopold 1904
Fromm, Emil, Kreisarzt Dr. 1910
Fuld, Adolf, Justizrat Dr. 1907
Fulda, Anton 1911
Fulda, Heinrich, Dr. med. 1907
Fulda, Karl Herm. 1877
Fulda, Paul 1897
Fünfgeld, Ernst 1909
Fünfgelt, Emil 1912
*Gäbler, Bruno, Landger.-Direkt. 1900
Galewski, H., Reg.-Baumeister 1912
Gans, L., Geh. Kom.-Rat Dr. phil. 1891
v. Gans, Ludwig W. 1907
Gaum, Fritz 1905
Geelvink, P., Dr. med. 1908
Geiger, B., Geh. Justizrat Dr. 1878
Geisler, K., Kgl. Gewerberat Dr. 1913
Geisow, Hans, Dr. phil. 1904
Geist, George, Dr. med. dent. 1905
Geiß, Willi 1912
Gelhaar, Erich, Dr. med. 1910
Gerlach, Robert 1914
Gerth, H., Dr. phil., Bonn 1905
Getz, Moritz 1904
Gieseke, Adolf, Dr., Höchst 1912
Gins, Karl 1906
Glimpf, Friedrich 1912
Glöckler, Alexander, Ingenieur 1909
Glogau, Emil August 1904
Gloger, F., Dipl.-Ing. 1908

Gneist, Karl, Oberst 1913
Göbel, August, Lehrer 1911
Göbel, Karl 1910
Goering, V., Direktor 1898
Goeschen, Frau Klara 1910
v. Goldammer, F., Hauptmann a. D., Kammerherr S. M. d. Kaisers 1903
*Goldschmid, Edgar, Dr. med. 1908
Goldschmid, J. E. 1901
Goldschmidt, Anton 1910
Goldschmidt, Julius 1905
Goldschmidt, Julius 1912
Goldschmidt, Frau Luise 1910
Goldschmidt, M. S. 1905
Goldschmidt, R., Prof. Dr., München 1901
Goldschmidt, Saly Heinrich 1912
v. Goldschmidt-Rothschild, Frhr. Max, Generalkonsul 1891
*v. Goldschmidt-Rothschild, R. 1907
Goll, Karl, Offenbach 1910
Goll, Richard 1905
Gombel, Wilhelm 1904
*Gonder, Richard, Dr. phil. 1911
Gottschalk, Joseph, San.-Rat Dr. 1903
Graebe, K., Geh. Reg.-Rat Prof. Dr. 1907
Gramm, Friedrich Wilhelm 1912
Grandhomme, Fr., Dr. med. 1903
Graubner, Karl, Höchst 1905
Greb, Frau Louis 1914
Greeff, Ernst 1905
Greiff, Jakob, Rektor 1880
Grieser, Ernst 1904
Groedel, Franz, Dr. med. 1912
Grosch, K., Dr. med., Offenbach 1904
Grosse, Gottfried 1907
Groß, Frl. Berta 1911
Groß, Otto, Dr. med. 1909
Großmann, August, Hofheim 1912
Großmann, Emil, Dr. med. 1906
Grumbach, Adalbert, Mannheim 1912
v. Grunelius, Frl. Anna 1912
v. Grunelius, Eduard 1869
v. Grunelius, Fred, Rittmeister 1914
v. Grunelius, Max 1903
Grünewald, August, Dr. med. 1897
*Gulde, Johann, Dr. phil. 1898
Gumbel, Karl, Dr. jur. 1910
Günther, Alfred, Architekt 1913
*Günther, Hermann, Dr. jur. 1912
Günther, Oskar 1907
Günzburg, Alfred, San.-Rat Dr. 1897
Gürke, Oskar 1912
Gutenstein, Frau Clementine 1911
Guttenplan, Frau Lily 1907
Gymnasium nebst Realschule, Höchst 1913
Haack, Karl Philipp 1905
*Haag, Ferdinand 1891
Häberlin, J., Justizrat Dr. phil. h. c. 1871
Haeffner, Adolf, Kom.-Rat 1904
Hagenbach, R., Dr., 1910
Hahn, Julius 1906
Hahn, Otto, Baurat 1908
Hahn-Opificius, Frau M., Dr. med. 1907
Hallgarten, Fritz, Dr. phil. 1893
Halpern, Frau, Dr. E. 1914
Hamburg, Karl 1910
Hammel, Leo 1914
Hanau, Ludwig, San.-Rat Dr. 1910
Hankel, M., Dr. phil., Offenbach 1911
Hansen, A., Geh. Rat Prof., Gießen 1912
Happel, Fritz 1906
v. Harnier, E., Geh. Justizr. Dr. 1866
Harris, Charles L. 1913
Hartmann, Eugen, Prof. Dr. ing. 1891
Hartmann, Gg., Niederhöchstadt 1912
Hartmann, Johann Georg 1905
Hartmann, Frl. Käti 1913
Hartmann, Karl 1905
Hartmann, M., Geheimer San.-Rat Dr., Hanau 1908
Hartmann-Bender, Georg 1906
Hartmann-Kempf, Rob., Dr. phil. 1906
Hassel, Georg, Justizrat Dr. 1910
Hauck, Georg, 1898
Hauck, Max 1905
*Hauck, Otto 1896
Haurand, A., Geh. Kom.-Rat 1891
Haus, Rudolf, Dr. med. 1907
Häuser, Adolf, Justizrat 1909
Hausmann, Franz, Dr. med. 1904
Hausmann; Friedrich, Prof. 1907
Hausmann, Julius, Dr. phil. 1906
Heberle, August, Ingenieur 1911
Heberlein, Ferd., Direktor Dr. 1910
Heerdt, Rudolf, Direktor 1906

Heichelheim, Hugo 1913
Heichelheim, Sigmund, Dr. med. 1904
Heidingsfelder, Ludwig 1912
Heidingsfelder, Otto 1913
Heil, Albrecht, Fr. Crumbach 1914
Heilbrunn, Ludwig, Dr. jur. 1906
Heilmann, Heinrich 1906
Heinemann, Louis 1914
Heinz-Jung, Frau Emmy 1907
Heister, Ch. L. 1898
Helgers, E., Dr. phil. 1910
Hellmann, Albert, Dr. med. 1912
Hemmerich, Wilh., Hauptmann 1907
Henrich, K. F., Geh. Kom.-Rat 1873
Henrich, Ludwig 1900
Henrich, Rudolf 1905
Heräus, C. W., G.m.b.H. Hanau 1910
Herborn, Jakob 1912
*Hergenhahn, Eugen, San. Rat Dr. 1897
Hermann, Karl 1911
Hertlein, Hans, Dr. phil., Höchst 1910
Hertzog, Adolf, Gerichtsassessor 1907
Hertzog, Frau Anna 1908
Hertzog, Georg 1905
Herxheimer, Frau Fanny 1900
Herxheimer, G., Prof. Dr. med., Wiesbaden 1901
Herxheimer, Hans, Dr. med. 1912
Herz, Harald, G., Direktor 1914
Herz-Mills, Ph., Direktor 1903
Herzberg, Karl, Konsul 1897
Herzberg, Frl. Resi 1912
Herzfeld, Lehmann 1913
Herzog, Ulrich, Dr. med. 1908
Hesdörffer, Julius, San.-Rat Dr. 1903
Hesse jr., Hubert, Bad Homburg 1910
v. Hessen, Landgraf Alexander Friedr., Kgl. Hoheit 1911
v. Hessen, Prinz Friedrich Karl, Hoheit 1907
Hessenberg, Hans Carl 1913
Heß, Arnold, Dr. phil., Höchst 1908
Heuer, Frl. Anna, Cronberg 1909
Heuer, Ferdinand 1909
Heuer & Schoen 1891
*v. Heyden, L., Prof. Dr. phil. h. c. 1860
v. Heyder, Georg 1891
Heyman, Ernst 1911
Hirsch, Ferdinand 1897
Hirsch, Frau Lina 1907
Hirsch, Paul 1914
Hirsch, Raphael, San.-Rat Dr. 1907
v. Hirsch, Robert 1910
Hirsch-Tabor, O., Dr. med. 1910
Hirschfeld, Albert 1909
Hirschfeld, Otto H. 1897
Hirschhorn, Frau Ottilie 1913
Hobrecht, Frl. Annemarie 1907
Hobrecht, Frl. Elly 1912
Hochschild, Bertold, Neuyork 1913
Hochschild, Leo, 1908
Hochschild, Philipp, Dr. 1907
Hochschild, Salomon 1906
Hock, Fritz 1907
Hoene, R., Oberlandesgerichtsrat 1912
Hoerle, Fräulein Cécile 1907
Hoerle, Julius 1907
Hof, C. A., Dr., Hanau 1912
Hoff, Adolf 1910
Hoff, Alfred, Konsul 1903
Hoffmann, Benno 1913
Hoffmann, Georg, F., Stadtrat 1914
Hoffmann, Hans, Dr. phil. 1912
Hoffmann, Karl C., Mexiko 1911
Hoffmann, M., Dr., Mainkur 1910
Hoffmann, Paul, Königstein 1908
Hoffmann, Rich. Telegr.-Direktor 1914
Hofmann, Otto 1905
Hofmann, Richard 1901
Hohenemser, Frau Mathilde 1908
Hohenemser, Moritz W. 1905
Hohenemser, Robert, Dr. jur. 1905
Hohenemser, Willy, Dr. phil. 1912
Holl, Joseph & Co. 1905
Holz, August 1909
Holz, Emil, Reg.-Baumeister 1913
Holz, Otto 1910
Holz, Richard, A. F. 1913
Holzmann, Eduard 1905
Holzmann, H., Rg.-Baumeister a. D. 1913
Holzmann, Frau Marie 1913
Homberger, Ernst, Dr. med. 1904
Homburger, A., Dr., Heidelberg 1899
Homburger, David R. 1913
Homburger, Michael 1897

Homm, Nikolaus 1906
Homolka, Benno, Dr. 1912
Horkheimer, Anton, Stadtrat a. D. 1906
Horkheimer, Fritz 1892
Horstmann, Frau Elise 1903
Horstmann, Georg 1897
v. Hoven, Franz, Baurat 1897
*Hübner, Emil, San.-Rat Dr. 1895
Hübner, Hermann 1912
Hunke, L., Dr. phil. 1912
Hupertz, Eduard, Oberstaatsanwalt Geh. Oberjustizrat Dr. 1905
Hüttenbach, Frau Lina 1909
Hüttenbach, Otto 1910
Jacobi, Heinrich, Dipl.-Ing. 1911
Jacobi-Borle, Frau Sophie 1909
*Jacquet, Hermann 1891
Jaeger-Manskopf, Fritz 1897
Jaffé, Frau Emilie 1910
Jaffé, Gustav, Justizrat 1905
Jaffé, Theophil, Geh. San.-Rat Dr. 1905
Jäger, Hans, Offenbach 1913
*Jassoy, August, Dr. phil. 1891
Jassoy, Frau Ida 1908
Jassoy, Ludwig Wilhelm 1905
Ickler, Frl. Thekla 1914
Jelkmann, Fr., Dr. phil. 1893
Jenisch, C., Dr. phil., Mainkur 1908
Jensen, Heinrich, Apotheker 1910
Illig, Hans, Direktor 1906
Jordan-de Rouville, Frau L. M. 1903
Joseph, Ludwig, Dr. jur. 1910
Josephthal, Karl 1908
Jourdan, Karl 1910
Istel, Alfred, Gerichtsassessor 1910
Istel, Frau Charlotte, Paris 1908
Jucho, Fritz, Dr. jur. 1910
Jucho, Hch., Dr. jur. 1910
Jung, Frau Emilie 1907
Jung, R., Prof. Dr. phil. 1910
Jungé, Bernhard 1907
Jungmann, W., stud., München 1912
Junior, Karl 1903
Jureit, J. C., Kom.-Rat 1892
Jureit, Willi 1910
Kahler, August, Hanau 1912
Kähler, Johannes 1913
Kahn, Bernhard, Kom.-Rat 1897
Kahn, Ernst, San.-Rat Dr. 1897
Kahn, Julius 1906
Kahn, Robert, Dr. phil., Bern 1910
Kahn, Rudolf 1910
Kahn-Freund, Richard 1910
Kalberlah, Fritz, Dr. med. 1907
Kalischer, Georg, Dr., Mainkur 1912
*Kallmorgen, Wilh., San.-Rat Dr. 1897
Käßbacher, Max 1909
Katzenellenbogen, A., Justizr. Dr. 1905
Katzenstein, Edgar 1906
Kaufmann, Erich 1913
Kaufmann, Gustav 1910
Kayser, Heinrich, San.-Rat Dr. 1903
Kayser, Hermann, Ing. 1913
Kayser, Karl 1906
Kaysser, Frau Georgine 1909
Kaysser, Heinrich 1911
Kaysser, Frl. Maria 1914
Keller, Otto 1885
Kellner, Frl. Marie 1910
Kellner-Minoprio, Frau Carry 1913
Kemmerzell, Alfred 1913
Kerteß, A., Mainkur 1913
Kessler, Hugo 1906
Keyl, Friedrich, Dr. phil. 1912
Kilb, Jean, Skobeleff 1909
Kindervatter, Gottfried 1906
Kirchberg, Paul, Dr. med. 1912
Kirchheim, S., Stadtrat Dr. med. 1873
Kirchner, Karl, Alzenau 1912
Kissner, Heinrich 1904
Kleim, Otto, Lehrer, Kassel 1914
Klein, F., Dr. med., Idstein 1912
Klein, W. A. 1910
Klein-Hoff, Jakob 1912
Kleinschmidt, Emil 1912
Kleinschnitz, Franz 1909
Kleint, Fritz, Dr. 1913
Kleyer, Heinr., Kommerzienrat Dr. ing. h. c. 1903
Kliewer, Joh., Gewerberat 1907
Klimsch, Eugen 1906
Klingelhöffer, W., Dr., Offenburg 1911
Klinghardt, Franz, Dr. 1908
Klotz, Karl Eberhard 1913
Knabenschuh, Paul 1913
Knauer, Jean Paul 1906

Knickenberg, Ernst, Dr. med. 1897
*Knoblauch A., Prof. Dr. med. 1891
Knoblauch, Frau Johanna 1908
Knoblauch, Paul, Dr. med. 1905
Knodt, Frau Marie 1912
Kober, Friedrich 1914
Koch, Louis 1903
Koch, Ludwig, Offenbach 1913
Koch, Richard, Dr. med. 1913
Kochendörfer, Ernst, Dr. phil. 1912
Kohn, Julius, San.-Rat Dr. 1904
Kohnstamm, O., Dr., Königstein 1907
Kölle, Gotthold, Dr. phil. Direkt. 1912
Kölle, Karl, Kgl. Baurat 1905
Kolm, Rudolf 1910
Kömpel, Eduard, San.-Rat Dr. 1897
König, Albert, San.-Rat Dr. 1905
König, Ernst, Dr. phil., Sindlingen 1908
König, Karl, Dr. med. 1904
Königswerther, Frl. M. 1914
Könitzers Buchhandlung 1893
Könitzer, Oskar 1906
Könitzer-Jucho, Frau Lisa 1907
Korff, Gustav jun., Hanau 1912
Körner, Erich, Prof. 1907
Köster, E. W., Direktor 1908
Koßmann, Alfred, Bankdirektor 1897
Koßmann, Heinrich, Wiesbaden 1908
Kotzenberg, Karl, Konsul 1903
Kowarzik, Frau Pauline 1911
Kraemer, Friedrich J. 1914
Kraemer-Wüst, Julius 1908
Kramer, Frau Emma 1908
Kramer, Robert, San.-Rat Dr. 1897
Kratzenberg, Adolf, Ing. 1913
Krebs, Wilhelm 1913
Krekel, E., Forstm., Hofheim i. T. 1904
Krekels, Oskar, Dr. med. 1912
Küchler, Eduard 1886
Küchler, Fr. Karl 1900
Kugler, Adolf 1882
Kuhlmann, Ludwig 1905
Kühne, Konrad, Oberst a. D. 1910
Künkele, H. 1903
Kutz, Arthur, Dr. med. 1904
Laakmann, Otto 1913
Labes, Philipp, Justizrat Dr. 1905
*Lachmann, Bernh., San.-Rat Dr. 1885
Ladenburg, August 1897
Ladenburg, Ernst, Kom.-Rat 1897
Laibach, Friedrich, Dr. phil. 1911
Lambinet, Frau Justizrat, Mainz 191
Lampé, Ed., San.-Rat Dr. 1897
Lampe, Willy 1900
Landauer, Max, Cronberg 1907
Landsberg, August 1913
Landsberg, Heinrich, Direktor 1913
Landsberg, L., Prof. Dr. med. 1914
Langenbach, Ernst, Konsul 1912
Lapp, Wilhelm, Dr. med. 1904
*Laquer, Leopold, San.-Rat Dr. 1897
Lausberg, Georg 1910
Lausberg, Karl Ferdinand 1912
Lauterbach, Ludwig 1903
Lehmann, Leo 1903
Lehranstalt für Zollbeamte d. Provinz Hessen-Nassau, Kgl. 1907
Lehrs, Philipp, Dr. phil., London 1913
Leibig, August 1913
Leisewitz, Gilbert 1903
Leitz, Ernst, Optische Werke 1908
Lejeune, Adolf, Dr. med. 1900
Lejeune, Alfred 1903
Lejeune, Ernst 1905
*Lepsius, B., Prof. Dr. phil., Berlin 1883
Leroi, Alfred 1914
Leser, E., Geh. San.-Rat Prof. Dr. 1908
Leser, W., Oberlandesger.-Rat Dr. 1907
Leuchs-Mack, Frau Bertha 1905
Levi, Ernst, Dr. jur. 1912
Levi, Max 1910
Levi-Reis, Adolf 1907
*Levy, Max, Prof. Dr. phil. 1893
Leykauff, Jean 1910
*Libbertz, A., Geh. San.-Rat Dr. 1897
Liebknecht, Otto, Dr. phil. 1914
Liebmann, Jakob, Justizrat Dr. 1897
Liebmann, Louis, Dr. phil. 1888
Liebrecht, Arthur, Dr. phil. 1910
Liefmann, Emil, Dr. med. 1912
Liefmann, Frau Marie 1912
*Liesegang, Raphael Ed. 1910
Lilienfeld, Sidney, Dr. med. 1907
Lindheimer, L., Justizrat Dr. 1905
Lindheimer-Stiebel, W., Amtsrat, Schwalbach 1911

Lindley, Sir William 1904
Lindner, Bernhard 1910
Linke, Franz, Dr. phil. 1909
Lipstein, Alfred, Dr. med. 1908
Lismann, Karl, Dr. phil. 1902
Livingston, Frau Emma 1897
Loeb, Adam, Dr. med. 1913
Loeb, C. M., Neuyork 1913
Loeb, J., Neuyork 1913
Loeser, Rudolf, Dr., Dillingen 1912
Loew, Siegfried 1908
Loewenthal, R., Dr. phil. 1913
Lorentz, Guido, Dr. phil., Höchst 1907
Lorenz, Richard, Prof. Dr. phil. 1910
*Loretz, H., Geh. Bergrat Dr. 1910
*Loretz, Wilh., San.-Rat Dr. 1877
Lossen, Kurt, Dr. med. 1910
*Lotichius, Alfred, Dr. jur. 1908
Lotichius, August 1911
Lotichius, Otto 1911
Löw-Beer, Frau Hedwig 1912
Löw-Beer, Oskar, Dr. phil. 1910
Löwe, Hermann 1908
Loweniek, Lewis James 1914
Löwenstein, Simon 1907
zu Löwenstein-Wertheim-Rosenberg, Prinz Johannes, Durchlaucht, Haid 1907
Lucae, Frl. Emma 1908
Lucius, Frau Maximiliane 1909
Ludwig, Wilhelm 1911
Lüscher, Karl 1905
Lust, Heinrich Friedrich 1905
Lutz, Georg 1912
Lyzeum, Städt., Höchst 1912
Mack, Frau Helene 1911
Maier, Frau Cecilie 1910
Maier, Herm. Heinr., Direktor 1900
Majer, Alexander 1889
Majer, Hermann 1910
Manskopf, Nicolas 1903
Marburg, Gustav, 1911
Marburg, Robert 1912
Martin, E., Senatspräsident Dr. 1912
von Martius, Kurt, Dr. phil. 1912
Marum, Arthur, Dr. med. 1910
v. d. Marwitz, F., Rittmeister a. D. 1912
Marx, Alfred V., Dr. med. 1912
Marx, Eduard 1907
*Marx, Ernst, Prof. Dr. med. 1900
Marx, Karl, San.-Rat Dr. 1897
v. Marx, Heinrich, Falkenhof 1908
v. Marx, Frau Mathilde 1897
Mastbaum, Josef, Hofheim i. T. 1911
Matthes, Alexander 1904
May, Adam 1908
May, Franz L., Dr. phil. 1891
May, Martin 1866
May jun., Martin 1908
May, Robert 1891
May-Geisow, Heinrich 1913
Mayer, Frl. J., Langenschwalbach 1897
Mayer, Julius 1912
Mayer, Ludo, Geh. Kom.-Rat 1903
Mayer, Martin, Justizrat Dr. 1908
Mayer, W. Erwin, Dr. 1913
v. Mayer, Freih. A., Geh. Kom.-Rat 1903
v. Mayer, Eduard 1891
v. Mayer, Freiherr Hugo 1897
Mayer-Alapin, Siegfried 1913
Mayer-Dinkel, Leonhard 1906
Mayer-Erhardt, Paul, Dr. jur. 1913
Mayerfeld, Anton 1910
Mehs, Claus 1912
Meister, Frau Josefine 1911
v. Meister, Herbert, Dr. phil. 1900
v. Meister, Wilhelm, Reg.-Präsident Dr. jur., Wiesbaden 1905
Meixner, Fritz 1911
Melber, Friedrich, Konsul 1903
*Melber, Walter 1901
Merton, Alfred, Direktor 1905
Merton, Eduard, Rittnerthaus 1909
*Merton, H., Dr. phil., Heidelberg 1901
Merton, Wilhelm Dr. phil. h. c. 1878
Merz, Reinhold, Dr., Oberursel 1913
Merzbach, Fritz 1911
Merzbach, H. Felix 1911
Merzbach, Wilhelm, Offenbach 1913
Mettenheimer, Bernh., Dr. jur. 1902
Mettenheimer, Theodor 1911
*v. Mettenheimer, H., Prof. Dr. med. 1898
Metzger, L., Dr. med. 1901
Metzger, Frau Ida, 1914
v. Metzler, Hugo 1892

Meyer, Franz 1911
Meyer, Karl, Dr., Höchst 1912
Meyer, Max, Dr. med., Köppern 1914
Meyer, P., Ober-Reg.-Rat Dr. jur. 1903
Meyer, Richard, Dr. jur. 1909
*v. Meyer, Edward, San.-Rat. Dr. 1893
Meyer-Petsch, Eduard 1906
Michel, Frau Hedwig 1911
Michel, Karl G., Bankdirektor 1912
Michel, Rudolf, Dr. phil. 1913
Minjon, Hermann 1907
*Möbius, M., Prof. Dr. phil. 1894
v. Moellendorff, Frau Betty 1912
Moessinger, W. 1891
Montanus, Georg 1913
Morgenstern, Frl. Aenne 1913
Morian, Fr., Verleger, Darmst. 1914
Mouson, August 1909
Mouson, Jacques 1891
Müller, Adolf, 1907
*Müller, Eduard 1909
Müller, H., Bankdirektor 1910
Müller, Frl. Jenny 1913
*Müller, Karl, Berginspektor 1903
Müller, L., Oberlehrer 1911
Müller, Max, Fabrikdirektor 1909
Müller, O. Viktor, Dr. med. 1907
Müller, Paul 1878
Müller-Beck, George, Gen.-Kons. 1912
Müller-May, Frl. Geschwister 1911
Müller Sohn, A. 1891
Mumm v. Schwarzenstein, Frau A. 1913
Mumm v. Schwarzenstein, A. 1869
Mumm v. Schwarzenstein, Fr. 1905
Nassauer, Frau Paula 1909
Nassauer, Siegfried 1910
Nathan, S. 1891
Naumanns Druckerei, C. 1913
*Naumann, Edmund, Dr. phil. 1900
Nebel, August, San.-Rat Dr. 1896
Nebel, Karl, Prof. 1910
Neher, Ludwig, Baurat 1900
Neisser, Frau Emma 1901
*Neisser, Max, Prof. Dr. med. 1900
Nestle, Hermann 1900
Netz, Willy, Darmstadt 1913
Netzel, H. L. 1910
Neuberger, Julius, Dr. med. 1903
Neubronner, J., Dr. phil., Cronberg 1907
Neubürger, Fritz, Dr. phil. 1914
Neubürger, Th., Geh. San.-Rat Prof. Dr. 1860
de Neufville, Eduard 1900
de Neufville, Julius, Direktor 1913
*de Neufville, Robert, Kom.-Rat 1891
de Neufville, Rud., Stadtrat Dr. 1900
v. Neufville, Adolf 1896
v. Neufville, G. Adolf 1896
v. Neufville, Karl, Gen.-Konsul Kom.-Rat 1900
v. Neufville, Kurt 1905
Neukirch, Carl, Dr. jur. 1913
Neumann, Adolf 1913
Neumann, Paul, Justizrat Dr. 1905
Neumann, Th., Prof. Dr. phil. 1906
Neumeier, Sigmund 1913
Neumond, Adolf 1913
Neustadt, Adolf 1903
Niederhofheim, Heinr. A., Direktor 1891
Niederhofheim, R., Dr. 1913
Nies, L. W. 1904
Noll, Johannes 1910
Obernzenner, Julius 1905
Ochs, Richard, Direktor 1905
Odendall, L., Dr. phil. 1912
Oehler, Rudolf, San.-Rat Dr. 1900
Oehler, Frau Viktoria 1910
Oehmichen, Hans, Dipl. Berging. 1906
Oelsner, Hermann, Justizrat Dr. 1906
Ohl, Philipp 1906
Oppenheim, Eduard, Bankdirekt. 1905
Oppenheim, Gustav, Dr. med. 1910
Oppenheim, Moritz 1887
Oppenheim, Paul, Dr. phil. 1907
Oppenheimer, Joe, Justizrat Dr. 1905
Oppenheimer, Frau Leontine, Offenbach 1909
Oppenheimer, Max, Dr. phil. 1911
Oppenheimer, Maximilian 1912
Oppenheimer, O., San.-Rat Dr. 1892
Oppenheimer, Oskar F. 1905
Oppenheimer, S., Dr. med. 1910
Oppermann, E., Dr. phil., Höchst 1907
d'Orville, Eduard 1905
Osann, Fritz, Oberstabsarzt Dr. 1909
Osterrieth-du Fay, Robert 1897

Östreich, Frau Anna, Utrecht 1901
Oswalt, H., Geh. Justizrat Dr. 1873
Pabst, Gotthard 1904
Pachten, Ferd., Justizrat Dr. 1900
Paehler, Franz, Dr. phil. 1906
v. Panhuys, Henry, Generalkonsul 1907
Panzer, Friedrich, Prof. Dr. 1912
Parrisius, Alfred, Dr. phil. 1904
Parrot, Eduard 1913
Passavant, Philipp 1905
Passavant, Rudy 1905
v. Passavant, G. Herm., Konsul 1903
v. Passavant-Gontard, R., Geh. Kommerzienrat 1891
Pauli, Heinrich, Dr. phil. 1914
Peipers, August 1905
Peters, G., Dr., Höchst 1912
Peters, Hans 1904
Petersen, Ernst, San.-Rat Dr. 1903
*Petersen, Th., Prof. Dr. phil. 1873
Petsch-Manskopf, Eduard 1912
Pfaff, Frl. Agnes 1912
Pfaff, Frau Maria 1906
Pfeffel, August 1869
Pfeiffer, Richard, Dr. med. 1912
Pfeiffer-Belli, C. W. 1903
Philantropin, Realschule und höhere Mädchenschule 1912
Philippe, Ernst 1914
Philippi, Frl. Helene 1912
Picard, Lucien 1905
Pilz, Ernst 1911
Pinner, Oskar, Geh. San.-Rat Dr. 1903
Plieninger, Th., Gen.-Direktor Dr. 1897
Pohle, L., Prof. Dr. phil. 1903
Pohlmann, Frau Emmy 1913
Ponfick, Wilhelm, Dr. med. 1905
Popp, Georg, Dr. phil. 1891
Poppelbaum, Hartwig 1905
Posen, Eduard, Dr. phil. 1905
Posen, Sidney 1898
*Priemel, Kurt, Dr., Direktor des Zoologischen Gartens 1907
*Prior, Paul, Dipl.-Ing. 1902
Proctor, Charles, Direktor 1913
Prösler, Frau Julie 1914
Pustau, W., Reg.- u. Baurat 1913
Quendel, Chr., Rechnungsrat 1911
*Quincke, H., Geh. Med.-Rat Prof. 1908
Quincke, H., Senatspräsident 1903
Raab, Frau Luise 1912
Raecke, Frau Emmy 1907
Ransohoff, Moritz, San.-Rat Dr. 1907
Rapp, Gustav 1913
Rasor, August 1910
Rath, Julius, Dr., Offenbach 1911
Ratzel, August, Prof. 1912
Rau, Henri, Konsul, Mexiko 1910
Rauch, Fritz, Dr. med. 1910
Rauschenberger, Walter, Dr. 1913
Ravenstein, Simon 1873
Rawitscher, L., Geh. Justizrat Dr. 1904
Regensburger, Eugen 1913
Reh, Robert 1902
Rehn, L., Geh. Med.-Rat Prof. Dr. 1893
Reichard, A., Dr. phil., Hamburg 1901
Reichard-d'Orville, Georg 1905
*Reichenbach, H., Prof. Dr. phil. 1872
Reichenbach, Frau Jenny 1914
Reichenberger, Frau Else 1912
Reidenbach, Friedr. Wilh. 1908
Reifenberg, Adolf 1913
Reil, August, Lehrer 1911
Rein, Frl. Ella 1908
v. Reinach, Frau Antonie 1905
Reinemann, Paul 1910
Reinert, Frau Martha 1909
Reis, Ernst 1910
Reishaus, Frl. H., Hamburg 1910
Reiß, A., Dr. jur. 1906
Reiß, Ed., Dr. med., Tübingen 1903
Reiß, Emil, Dr. med. 1907
Reiß, Frl. Sophie 1907
Rennau, Otto 1901
Reutlinger, Jakob 1891
Reymann, Georg, Dr. med. 1913
Rhein. Naturf. Gesellschaft, Mainz 1912
Rheinstein, Richard, Dr. jur. 1913
Richter, Ernst, Oberapotheker Dr. 1910
Richter, Felix, Bergwerksdir. a. D. 1912
Richter, Johannes 1898
*Richter, Rudolf, Dr. phil. 1908
Richters, Carl, Dr. phil. 1914
Rickmann, W., Dr., Höchst a. M. 1912
Riese, Frau Karl 1897
Riese, Otto, Geh. Rat Dr. 1900

Rieser, Eduard 1891
Rieß v. Scheurnschloß, Karl, Polizeipräsident 1912
Ritsert, Eduard, Dr. phil. 1897
Ritter, Hermann, Baurat 1903
Ritter, Wilhelm 1910
Ritz, Hans, Dr. 1913
Roediger, Frl. Anna 1908
Roediger, Conrad, Dr. jur. 1910
*Roediger, Ernst, San.-Rat Dr. 1888
Roediger, Paul, Justizrat Dr. 1891
Roger, Karl, Bankdirektor 1897
Rohmer, Frau Helena 1914
Rolfes, Werner 1908
Römer, Frau Marg., Buchschlag 1912
Ronnefeld, Adolf 1905
Ronnefeld, Friedrich 1905
Roos, Heinrich 1899
Roos, M., Neuyork 1913
Roques-Mettenheimer, E., Konsul 1897
Rose, Ludwig, Dr. phil. 1910
Rösel, R., Fabrikdirektor Dr. phil. 1910
Rosenau, Ludolf 1914
Rosenbaum, E., San.-Rat Dr. 1891
Rosenbaum, Emil, Dr. med. 1910
Rosenbusch, Eduard 1907
Rosenbusch, Frl., M., Offenbach a. M. 1914
Rosengart, Joh., San.-Rat Dr. 1899
Rosenhaupt, Heinrich, Dr. med. 1907
Rosenthal, Alfred 1913
Rosenthal, Frau Anna 1913
Rosenthal, Max 1910
Rosenthal, Paul 1910
Rosenthal, R., Justizrat Dr. 1897
Rößler, Frl. Charlotte 1907
Rößler, Friedrich, Dr. phil. 1900
Rößler, Heinrich, Prof. Dr. phil. 1884
Rößler, Hektor 1878
Rößler, Hektor, Dr. jur. 1910
Roth, G. G., Dr. med., Hanau 1912
Roth, Karl, Medizinalrat Dr. 1903
Rother, August 1903
Rothschild, D., Dr. med., Soden 1904
Rothschild, Otto, Dr. med. 1904
v. Rothschild, Freifrau Mathilde 1912
Röver, August 1909
Rückrich, Fritz 1913
Rühle, Karl 1908
Ruland, Karl, Offenbach 1908
Rullmann, Theodor 1912
Rumpf, Georg, Dr. phil. 1913
Rumpf, Gustav Andreas, Dr. phil. 1905
Ruppel, Sigwart, Prof. 1908
Ruppel, W., Prof. Dr., Höchst 1903
Sabarly, Albert 1897
Sabersky, Ernst, Fabrikdirekor 1914
Sachs, Hans, Prof. Dr. med. 1903
Sachs, J. S., Dr. phil. 1913
Sachs-Hellmann, Moritz 1909
*Sack, Pius, Prof. Dr. phil. 1901
Salin, Alfred 1913
Salomon, Bernh., Prof. Generaldir. 1900
v. Salomon, F., Krim.-Pol.-Inspekt. 1913
Salvendi, Frau Leni 1911
von Sande, Karl, Oberursel 1910
Sander, Arnold, Dr. phil. 1913
Sandhagen, Frau Marie 1911
*Sattler, Wilh., Stadtbauinsp. 1892
Sauerländer, Robert 1904
Sauerwein, H., Gartenarchitekt 1913
Schaeffer, Gustav, Windhuck 1914
*Schäffer-Stuckert, Fritz, Prof. Dr. dent. surg. 1892
Schaffnit, K., Dr. phil. 1903
Schanzenbach & Co., G. m. b. H. 1913
Scharff, Charles A. 1897
Scharff, Friedrich 1912
Scharff, Julius, Bankdirektor 1900
*Schauf, Wilh., Prof. Dr. phil. 1881
Schaumann, Gustav, Stadtrat 1904
Scheffen, Hermann, Dr. med. 1910
Scheib, Adam 1905
Schellens, Walter, Dr. 1912
Scheller, Karl 1897
v. Schenck, General der Infanterie und Komm. General d. XVIII. Armeekorps, Generaladjutant S. M. des Kaisers u. Königs, Exz. 1913
Schenck, Rudolf, Dr. phil. 1910
Schepeler, Hermann 1891
Schepeler, Remi 1909
Scherlenzky, Karl August 1905
Schey von Koromla, Frhr. Philipp 1910
Schiechel, Max, Dipl.-Ing. 1909
Schiefer, Karl 1912

Schiele, Frl. Anna 1910
Schiele, Frl. Anna 1913
Schiele, Ludwig, Direktor 1910
Schiermann-Steinbrenk, Fritz 1903
Schiff, Ludwig 1905
Schiff, Philipp 1910
Schild, Eduard 1904
Schlesinger, Hugo 1910
Schlesinger, Simon F. 1912
Schlesinger, Theodor Heinrich 1907
Schleußner, Friedr., Direktor 1900
Schleußner, Karl, Dr. phil. 1898
Schlieper, Gustav, Direktor 1910
Schloßmacher jun., Karl 1906
Schloßstein, H., Amtsgerichtsrat 1913
Schlund, Georg 1891
Schmick, Rudolf, Geh. Oberbaurat, München 1900
Schmidt, Albrecht, Direktor 1912
v. Schmidt, Arnold, Freiherr 1913
Schmidt, Frau Anna 1904
Schmidt, J. J., San.-Rat Dr. 1907
Schmidt, W., Dr., Fechenheim 1911
Schmidt-Benecke, Eduard 1908
Schmidt-Diehler, W. 1908
Schmidt-Günther, G. H., Konsul 1910
Schmidt-Knatz, Fr., Dr. jur. 1913
Schmidt-de Neufville, Willy, Dr. 1907
Schmidt-Polex, Anton 1897
Schmidt-Polex, K., Justizrat Dr. 1897
Schmidtgen, Otto, Dr., Mainz 1912
Schmitt, Wilhelm 1910
Schmölder, P. A. 1873
*Schnaudigel, Otto, Prof. Dr. med. 1900
Schneider, Alexander 1912
Schneider, Gustav M. 1906
Schöller, Frau W., Düren 1912
Scholderer, Frau A., Schönberg 1910
Scholl, Franz, Dr. phil., Höchst 1908
Scholz, Bernhard, Dr. med. 1904
Schöndube, Hermann 1912
Schopflocher, Fritz 1913
Schott, Alfred, Direktor 1897
Schott, Frau Elisabeth 1912
Schott, Theod., Prof. Dr. med. 1903
Schramm, Karl, Dr., Mainkur 1913
Schreiber, Chr., Telegraphendir. 1912
Schreiner, Paul 1913
Schrey, Max 1905
Schuenemann, Theodor 1908
Schüler, Max 1908
Schultze, Herm., Dr., Griesheim 1912
Schultze, Otto, Prof. Dr. med. et phil. 1913
Schulze-Hein, Frau Ida 1891
Schumacher, Peter, Dr. phil. 1905
Schürenberg, Gustav, Dr. med. 1910
Schuster, Bernhard 1891
Schuster, Paul, Dr. med. 1908
Schuster-Rahl, F. W. 1905
Schwarte, Karl, Fabrikant 1909
Schwartze, Erich, Dr. phil. 1907
Schwarz, Ernst, Dr. phil. 1908
Schwarz, Frau Ernestine 1907
Schwarz, Georg, Direktor 1910
Schwarzlose, E., Pfarrer Dr. 1912
Schwarzschild, Alfred 1910
Schwarzschild, Ferd., Dr. jur. 1913
Schwarzschild, Martin 1866
Schwarzschild-Ochs, David 1891
Schweikart, Alex. Dr. phil. 1911
Schweizer, Ludwig 1914
Schwenkenbecher, A., Prof. Dr. med. 1910
Schwinn, G., Hofheim 1910
Scriba, Eugen, San.-Rat Dr. 1897
Scriba, L., Höchst 1890
Seckel, Heinrich 1910
Seckel, Hugo, Dr. jur. 1909
Seeger, Willy 1904
Seidler, August, Hanau 1906
*Seitz, A., Prof. Dr., Darmstadt 1893
Seitz, Heinrich 1905
Seligmann, M., Amtsg.-Rat Dr. 1905
Seligmann, Rudolf 1908
Seligmann, Siegfried 1914
Seuffert, Theod., San.-Rat Dr. 1900
Sexauer, Otto 1910
*Siebert, A., Landesökonomierat 1897
Siebert, Arthur, Kom.-Rat 1900
Siebrecht, Heh., Bankdirektor 1910
Siegel, Ernst, Dr. med. 1900
Sieger, Fr., Justizrat Dr. 1913
Siesmayer, Ph., Gartenbaudirektor 1897
Simon, Emil 1910
Simon, Friedr., Prof. Dr. phil. 1908
Simon, Kurt, Dr. jur. 1913

Simon-Wolfskehl, Frau A. 1910
Simonis, Eduard, Konsul 1907
Simons, Walter, Major 1907
Simrock, Karl, Dr. med. 1907
Singer, Fritz, Dr. phil., Offenbach 1908
Sinning, Heinrich 1912
Sioli, Emil, Prof. Dr. med. 1893
Sippel, Albert, Prof. Dr. med. 1896
Sittig, Edmund, Prof. 1900
Solm, Richard, San.-Rat. Dr. 1903
Sommer, Julius, Direktor 1906
Sommerlad, Friedrich 1904
*Sondheim, Frau Maria 1907
Sondheim, Moritz 1897
Sondheimer, Albert, Dr. phil. 1913
Sondheimer, Frau Emma 1910
Sondheimer, Rich. N. 1912
Sonnemann, Wilhelm 1910
Sonntag, Frau Emilie 1911
Spahn, P., Wirkl. Geh. Ober-Justizrat Dr., Oberlandesgerichts-Präsident, Exzellenz 1912
Spieß, G., Geh. San.-Rat Prof. Dr. 1897
Spieß, Frau Klothilde 1910
Spieß, Otto 1912
Stamm, Frau Hedwig 1913
Stavenhagen, Julius 1909
v. Steiger, Baron Louis 1905
v. Steiger, Frau Baronin 1912
v. Stein, Frau Baronin Adelheid, Pröbstin 1909
Steinbrenck, Adolf, Dr. phil. 1913
Steinthal, Johs. Mor., Dr. jur. 1913
Stelz, Ludwig, Prof. 1914
Stern, Adolf 1906
Stern, Frau Johanna 1901
Stern, Mayer 1905
Stern, Otto 1914
*Stern, Paul, Dr. jur. 1905
Stern, Richard, San.-Rat, Dr. 1893
Stern, Willy 1901
Stern-Roth, Karl, Offenbach 1913
Sternberg, Paul 1905
Sternfeld, T., Neuyork 1913
Stettenheimer, Ernst, Dr. jur. 1913
Stettheimer, Eugen 1906
Stiebel, Gustav, Dr. med. 1912
Stiebel, Karl Friedrich 1903
Stilling, Erwin, Dr. 1913
Stock, Friedrich 1913
Stock, Wilhelm 1882
Strasburger, J., Prof. Dr. med. 1913
*zur Strassen, O. L., Prof. Dr. 1910
Strauß, Eduard Dr. phil. 1906
Strauß, Ernst 1898
Strauß, J., Tierarzt, Offenbach 1908
Strauß, Jul. Jakob 1910
Strauß, Saly M. 1914
Strauß, Zadok, Dr. med. 1913
Strauß-Ellinger, Frau Emma 1908
Strauß-Hochschild, M. 1910
Stroeger, Frau Emilie 1913
Stroh, Louis 1913
Stroof, Ignaz, Dr. ing. h. c. 1903
Sulzbach, Emil 1878
Sulzbach, Karl, Dr. jur. 1891
Süsser, Simon 1912
Sussmann, O., Dr., Neuyork 1913
Szamatólski, Dagobert, Hofrat 1905
Szamatólski, Richard 1913
Tausent, Karl 1910
*Teichmann, Ernst, Dr. phil. 1903
„Tellus", Aktiengesellschaft für Bergbau und Hüttenindustrie 1907
Textor, Karl W. 1908
Thalmessinger, H., Dr. jur. 1910
Thebesius, L., Just.-Rat Dr. 1900
Theis, C. Fr., Dr., Höchst 1910
Theobald, Jakob 1910
Thierry, Alexander 1914
Thoma, Phil. 1893
Thoms, Heinrich, Dr. Kreistierarzt 1904
Trautmann, K., Reg.-Baumeister, Kigoma 1914
Trebst, Paul 1913
Treidel, Josef 1914
von Trenkwald, Frau M. 1910
Treupel, Gustav, Prof. Dr. med. 1903
Trier, Bernhard 1909
Trier, Frau Berta 1908
Trier, Franz 1911
Trier, Julius 1908
Tröller, Wilhelm, Dipl.-Ing. 1912
Trommsdorf, Wilhelm 1912
Türk, Frl. Berta 1909

Türk, Erich, London 1911
Ueberfeld, Jac. Jvon 1912
Uhlfelder, H., Magistratsbaurat 1913
Ullmann, Karl, Dr. phil. 1906
Uth, Franz, Justizrat Dr., Hanau 1907
Varrentrapp, A., Geh. Reg.-Rat Dr. 1900
Velde, August, Prof. Dr. 1908
Velde, Frl. Julie, Oberlehrerin 1902
v. d. Velden, Wilh., Bankdirektor 1901
Velten, Rudolf 1912
Versluys, J., Prof. Dr., Gießen 1910
Vogelsang, Max, Direktor 1913
Vögler, Karl, Prof. Dr. phil. 1903
Vögler, Frau K. 1912
*Vohsen, Karl, San.-Rat Dr. 1886
Voigt, Alfred, Direktor 1911
Voigt, Georg, Oberbürgermeister 1913
Voigt, W., Prof. Dr. phil., Bonn 1908
Vossen, Fritz 1909
Voß, Otto, Prof. Dr. med. 1907
*Wachsmuth, R., Rector magnificus a. d. Universität, Prof. Dr. 1907
Wagener, Alex, Bad Homburg 1904
Wagner, Gottfried 1905
Wagner, Hermann, Dr., Höchst 1913
Wagner, Richard, Landgerichtsrat 1912
*Wahl, Gustav, Dr. phil., Leipzig 1906
Walcker, Frl. Elisabeth 1912
Waldeck, Siegfried 1911
Walthard, Max, Prof. Dr. med. 1908
v. Wartensleben, Frau Gräfin Gabriele, Dr. phil. 1902
Wassermann, E., Dr., Charlottenbg. 1910
Wasserzug, Detmar, Dr. 1910
Watts, Frau N., London 1914
Weber, Bernhard 1911
Weber, Eduard, Direktor 1907
Weber, Heinrich, San.-Rat Dr. 1897
Weber, O. H., Dr., Rheinfelden (Baden) 1910
Weber-Schalck, Frau Thea 1910
Weidlich, Richard, Dr. jur. et rer nat., Höchst 1913
Weidmann, Hans, Direktor 1905
Weigel, Martin 1913
Weihe, Karl, Dipl.-Ing. 1913
Weill, David 1910
Weill, J. C. 1910
Weiller, Emil 1906
Weiller, Lionel 1905
*v. Weinberg, A., Geh. Regierungs-Rat Dr. 1897
v. Weinberg, Karl, Gen.-Konsul 1897
Weinrich, Philipp 1908
Weinschenk, Alfred 1903
Weinsperger, Friedrich 1906
Weintraud, W., Prof. Dr. med., Wiesbaden 1909
Weis, Julius, Montigny 1897
Weisbrod, Aug., Druckerei 1891
Weismann, Daniel 1902
Weismüller, Franz 1913
Weiss, Oskar 1913
Weller, Albert, Dr. phil. Direktor 1891
Wendler, Adolf, Stabsveterinär 1913
Wendt, Bruno, Dr. jur., 1909
Wendt, Karl 1912
Wense, Wilhelm, Dr., Griesheim 1911
Wenz, Wilhelm, Dr. phil. 1913
Wernecke, Paul, Baurat 1908
Werner, Felix 1902
Werner, G., Kreisarzt Dr. 1913
Werner, Julius 1914
Wertheim, Julius 1909
Wertheim, Karl, Justizrat 1904
Wertheim, Max 1907
Wertheimber, Julius 1891
Wertheimber-de Bary, Ernst 1897
Wertheimer, Otto, Dr. phil. 1905
Wetterhahn, Frl. Geschwister 1913
Wetzlar-Fries, Emil 1903
Weydt-Varrentrapp, Ph., Direktor 1913
Wiederhold, K., Dr., Mainkur 1904
Wiegert, W., Dr. med. vet. 1910
*v. Wild, Rudolf, San.-Rat Dr. 1896
Wilhelmi, Adolf 1905
Wilhelmi-Winkel, Gustav 1907
Willemer, Karl, San.-Rat Dr. 1905
Winkler, Hermann, Direktor 1909
*Winter, F. W., Dr. phil. h. c. 1900
Winter, Frau Gertrud 1908
Winterhalter, Frl. E., Dr. med., Hofheim 1903
Winterwerb, Rud., Justizrat Dr. 1900
Wirth, Richard, Dr. phil. 1905
Witt, Felix H., Dr. ing. 1914

Witebsky, Michael, Dr. med. 1907
Wohlfahrt, Ernst, San.-Rat Dr. 1912
Wolf, Eugen, Dr., Süssen 1911
Wolff, Ferdinand 1913
Wolff, Ludwig, San.-Rat Dr. 1904
Wolff, K., San.-Rat Dr., Griesheim 1910
Wolfskehl, Ed., Regier.-Baumeister, Darmstadt 1907
Wollstätter jun., Karl 1907
Wolpe, S., Zahnarzt, Offenbach 1910
Worgitzky, Georg, Prof. Dr. 1912
Wormser, S. H., Bankdirektor 1905
Wronker, Hermann 1905
Wucherer, Karl A., Architekt 1913
Wüst, Georg 1908
Wüst, Hermann 1908
Zeh, Alexander 1912
Zeiß-Bender, Louis, Konsul 1907
Zeltmann, Theodor 1899
Zerban, Eugen 1908
Ziegler, Karl 1905
Ziervogel, Ewald, Ob.-Ing. 1913
Zimmer, J. Wilh., Stadtrat 1907
Zisemann, Frau Mathilde 1912

III. Außerordentliche Ehrenmitglieder.

Adickes, Franz, Exzellenz, Wirkl. Geh. Rat, Dr. med. et jur. h. c., 1907
Ebrard, Friedrich, Geh. Konsistorialrat Prof. Dr. 1911
v. Erlanger, Freifrau Karoline, Nieder-Ingelheim 1907
*Hagen, Bernhard, Hofrat Dr. phil. h. c. et med. 1911
v. Harnier, Adolf, Geh. Justizrat Dr. 1911
*v. Heyden, Lucas, Prof. Dr. phil. h. c. jub., Major a. D. 1910
*Kobelt, Wilhelm, Prof. Dr. med. et phil. h. c., Schwanheim 1912
*v. Metzler, Albert 1907
*Rehn, Heinrich, Geh. San.-Rat Dr. 1911
Reiss, L. H. 1908
Schiff, Jakob H., Neuyork 1907
Ziehen, Julius, Stadtrat Prof. Dr. 1908

IV. Korrespondierende Ehrenmitglieder.

Adolf Friedrich Herzog zu Mecklenburg, Kais. Gouverneur, Togo 1912
v. Gwinner, Arthur, M. d. H., Berlin 1913
Rein, J. J., Geh. Regierungsrat Prof. Dr., Bonn 1866

V. Korrespondierende Mitglieder.

Ahlborn, Fr., Prof. Dr., Hamburg 1909
Albert I., Prince de Monaco, Altesse Sérénissime, Monaco 1904
Bail, Karl Adolf Emmo Theodor, Geh. Studienrat Prof. Dr., Danzig 1892
Barrois, Charles, Prof. Dr., Lille 1907

Beccari, Eduard, Prof. Dr., Florenz 1892
Becker, Georg, Direktor, Wiesbaden 1900
v. Bedriaga, Jacques, Dr., Florenz 1886
v. Behring, Emil, Exz., Wirkl. Geh. Rat Prof. Dr., Marburg 1895
v. Berlepsch, Graf Hans, Erbkämmerer, Schloß Berlepsch 1890
Beyschlag, Fr., Geh. Bergrat Prof. Dr., Geol. Landesanstalt, Berlin 1902
Bolau, Heinrich, Dr., Hamburg 1895
Boulenger, G. A., F. R. S., Brit. Museum (N. H.), Dep. of Zool., London 1883
Boveri, Theodor, Prof. Dr., Zool. Institut, Würzburg 1902
Brauer, August, Prof. Dr., Zool. Museum, Berlin 1904
Breuer, H., Geh. Reg.-Rat Prof. Dr., Wiesbaden 1887
Brigham, W. F., Bernice Pauhi Bishop Museum, Honolulu 1910
Buchner, E., Geh. Reg.-Rat Prof. Dr., Chem. Institut, Würzburg 1907
Bücking, H., Prof. Dr., Geol. Landesanstalt, Straßburg 1896
Bumpus, H. C., Prof. Dr., American Museum of Nat. History, Neuyork 1907
Bütschli, O., Geh. Hofrat Prof. Dr., Zool. Institut, Heidelberg 1875
du Buyson, Robert, Comte, Saint-Rémy la Varenne 1904
Conwentz, H., Geh. Reg.-Rat Prof. Dr., Staatl. Stelle für Naturdenkmalpflege, Berlin 1892
Correns, C., Prof. Dr., Berlin 1913
Darwin, Francis, M. A., M. B., L. L. D., D. Sc., Hon. Ph. D., Cambridge 1909
Dewitz, J., Dr., Stat. f. Schädlingsforschungen, Devant-les-Ponts 1906
Döderlein, L., Prof. Dr., Zool. Institut, Straßburg 1901
Douglas, James, Copper Queen Company „Arizona", Neuyork 1894
Dreyer, Ludwig, Dr., Wiesbaden 1894
Dyckerhoff, Rudolf, Prof. Dr. ing. h. c., Biebrich a. Rh. 1894
Ehlers, E., Geh. Reg.-Rat Prof. Dr., Zool. Institut, Göttingen 1905
Engelhardt, Hermann, Hofrat Prof., Dresden 1891
Engler, H. G. A., Geh. Reg.-Rat Prof. Dr., Bot. Institut, Berlin 1892
Eulefeld, A., Forstrat, Lauterbach 1910
Fischer, Emil, Geh. Reg.-Rat Prof. Dr., Chem. Institut, Berlin 1891
Fischer, Emil, Dr., Zürich 1899
Fleischmann, Karl, Konsul, Guatemala 1892
Forel, August, Prof. Dr. med., phil. et jur. h. c., Yvorne 1898
Fresenius, Heinrich, Geh. Reg.-Rat Prof. Dr., Wiesbaden 1900
Fries, Theodor, Prof. Dr., Upsala 1873
Friese, Heinrich, Dr., Schwerin 1901
Fürbringer, M., Geh. Hofrat Prof. Dr., Anat. Institut, Heidelberg 1903
Gaskell, Walter Holbrook, M. D., Physiol. Institut, Cambridge 1911
Gasser, E., Geh. Med.-Rat Prof. Dr., Anat. Institut, Marburg 1874
Geisenheyner, Ludwig, Dr., Kreuznach 1911
Geyer, D., Mittelschullehrer, Stuttgart 1910
Goldschmidt, V., Prof. Dr., Heidelberg 1913
v. Graff, L., Hofrat Prof. Dr., Zool. Institut, Graz 1901
Greim, Georg, Prof. Dr., Darmstadt 1896
v. Groth, P., Geh. Hofrat Prof. Dr., Mineral. Institut, München 1907
Haas, A., Lehrer, Duala 1914
Haberlandt, Gottlieb, Prof. Dr., Bot. Institut, Berlin 1905

Habermehl, H., Prof., Worms 1911
Haeckel, Ernst, Exz., Wirkl. Geh.-Rat Prof. Dr., Jena 1892
Hartert, Ernst J. O., Ph. D., Zool. Museum, Tring Herts 1891
Hauthal, Rudolf, Prof. Dr., Römer-Museum, Hildesheim. 1905
von Heimburg, F., Landrat und Kammerherr, Wiesbaden 1914
Heller, Karl Maria, Prof. Dr., Zool. Museum, Dresden 1910
Hertwig, O., Geh. Med.-Rat Prof. Dr., Anat.-biol. Institut, Berlin 1907
Hertwig, R., Geh. Hofrat Prof. Dr., Zool. Institut, München 1907
Hesse, Paul, Venedig 1887
Hornstein, F., Prof. Dr., Kassel 1868
v. Ihering, H., Prof. Dr., Museu Paulista, Sao Paulo 1898
Jickeli, Karl Fr., Dr., Hermannstadt 1880
Jung, Karl, Frankfurt a. M. 1883
Kammerer, Paul, Dr., Wien 1909
Kayser, E. F., Geh. Reg.-Rat Prof. Dr., Geol.-pal. Institut, Marburg 1902
v. Kimakovicz, Moritz, Hermannstadt 1888
Klemm, Gustav, Prof. Dr., Landesgeolog, Darmstadt 1908
Knoblauch, Ferdinand, Sidney 1884
v. Koenen, A., Geh. Bergrat Prof. Dr., Geol.-pal. Institut, Göttingen 1884
König, Alexander F., Geh. Rat Prof. Dr., Bonn 1893
Körner, Otto, Geh. Med.-Rat Prof. Dr., Ohrenklinik Rostock 1886
Kossel, A., Geh. Hofrat Prof. Dr., Physiol. Institut, Heidelberg 1899
Kraepelin, K. M. F., Prof. Dr., Naturhist. Museum, Hamburg 1895
Kükenthal, Willy, Prof. Dr., Zool. Institut, Breslau 1895
Lampert, K., Oberstudienrat Prof. Dr., Nat.-Kabinett, Stuttgart 1901
Langley, John Newport, Prof., Cambridge 1905
Lankester, Sir Edwin Ray, M. A., D. Sc., L. L. D., Prof., London 1907
Lepsius, R., Geh. O.-Bergrat Prof. Dr., Geol. Landesanstalt, Darmstadt 1896
Le Souëf, Dudley, Zool. Garten, Melbourne 1899
Liermann, Wilh., Prof. Dr., Kreiskrankenhaus, Dessau 1893
v. Linstow, Otto, Geh. Rat Prof. Dr., Gen.-Oberarzt a. D., Göttingen 1905
Liversidge, A., Prof. Dr., Hornton St. 1876
Loeb, Jacques, M. D., Prof., Rockefeller Institut, Chicago 1904
Lucanus, C., San.-Rat Dr., Hanau 1908
Ludwig Ferdinand, Prinz von Bayern, Kgl. Hoheit, Dr., Nymphenburg 1884
de Man, J. G., Dr., Ierseke (Holland) 1902
Martin, Ch. J., Dr., Lister Institute of Preventive Medizine, London 1899
v. Méhely, Lajos, Dr., Nationalmuseum, Budapest 1896
Möller, A., Oberforstmeister Prof. Dr., Forstakademie, Eberswalde 1896
Montelius, G. O. A., Prof. Dr., Statens Hist. Museum, Stockholm 1900
di Monterosata, Marchese, Tommaso di Maria Allery, Palermo 1906
Nansen, Fridtjof, Prof. Dr., Lysaker bei Kristiania 1892
Nies, August, Prof. Dr., Mainz 1908
Nissl, Franz, Prof. Dr., Psychiatr. Klinik, Heidelberg 1901
Notzny, Albert, Heinitzgrube, Beuthen 1902
Oestreich, Karl, Prof. Dr., Utrecht 1902
Osborn, Henry Fairfield, A. B., D. Sc., L. L. D., Prof., Präsident d. American Museum of Natural History, Neuyork 1909

Pfeffer, W., Geh. Rat Prof. Dr., Bot. Institut, Leipzig 1907
Pfitzner, R., Pastor, Darmstadt 1912
Preiss, Paul, Geometer, Ludwigshafen 1902
Ranke, J., Geh. Hofrat Prof. Dr., Anthropol. Institut, München 1883
Rayleigh, The right Hon. Lord, P. C., O. M., Prof., Kanzler der Universität Cambridge, Essex 1909
Reis, Otto M., Oberbergrat ,u. Vorstand d. geogr. Landesuntersuchung von Bayern, Dr., München 1902
Retowski, Otto, Staatsrat, Eremitage, St. Petersburg 1882
Retzius, Magnus Gustav, Prof. Dr., Stockholm 1882
Roux, Wilhelm, Geh. Med.-Rat Prof. Dr., Anat. Institut, Halle 1889
Russ, Ludwig, Dr., Jassy 1882
Rüst, David, San.-Rat Dr., Hannover 1897
Rzehak, Anton, Prof. Dr., Brünn 1888
Sarasin, Fritz, Dr., Naturhist. Museum, Basel 1898
Sarasin, Paul, Dr., Basel 1898
Scharff, Robert, Ph. D., B. Sc., Nat. Museum of Science and Art, Dublin 1896
Schenck, H., Geh. Hofrat Prof. Dr., Bot. Garten, Darmstadt 1899
Schillings, C. G., Prof., Weiherhof bei Düren 1901
Schinz, Hans, Prof. Dr., Zürich 1887
Schlosser, Max, Prof. Dr., Paläont. Sammlung, München 1903
Schmeisser, K., Geh. Bergrat, Oberbergamts-Direktor, Breslau 1902
Schmiedeknecht, Otto, Prof. Dr., Blankenburg 1898
Schneider, Sparre, Museum, Tromsö 1902
v. Schröter, Guido, Wiesbaden 1903
Schultze, Leonhard S., Prof. Dr., Marburg 1908
Schulze, F. E., Geh. Reg.-Rat Prof. Dr., Zool. Institut, Berlin 1892
Schweinfurth, Georg August, Prof. Dr., Berlin 1873
Schwendener, Simon, Geh. Reg.-Rat Prof. Dr., Berlin 1873
Simroth, Heinrich, Prof. Dr., Leipzig 1901
Spengel, J. W., Geh. Hofrat Prof. Dr., Zool. Institut, Gießen 1902
Speyer, James, Neuyork 1911
Steindachner, F., Geh. Hofrat Dr., K. K. Nat. Hofmuseum, Wien 1901
Steinmann, G., Geh. Bergrat Prof. Dr., Geol.-pal. Institut, Bonn 1907
Stirling, James, Government Geologist of Viktoria, Melbourne 1899
Strahl, H., Geh. Med.-Rat Prof. Dr., Anat. Institut, Gießen 1899
Stratz, Carl Heinrich, Dr., Haag (Holland) 1887
Stromer v. Reichenbach, Ernst, Freiherr, Prof. Dr., München 1908
Strubell, Adolf Wilhelm, Prof. Dr., Bonn 1891
Thilo, Otto, Dr., Riga 1910
Torley, Karl, Dr., Iserlohn 1901
Tréboul, E., Président de la Soc. nat. des sciences nat. et math., Cherbourg 1902
Urich, F. W., Government Entomologist, Port of Spain (Trinidad) 1894
Verbeek, Rogier Diederik Marius, Dr., Haag (Holland) 1897
Verworn, Max, Prof. Dr., Physiol. Institut, Bonn 1893
Vigener, Anton, Apotheker, Wiesbaden 1904
Voeltzkow, Alfred, Prof. Dr., Berlin 1897
de Vries, Hugo, Prof. Dr., Bot. Institut, Amsterdam 1903

Waldeyer, H. W. G., Geh. Med.-Rat Prof. Dr., Anat. Institut, Berlin 1892
Weber, Max C. W., Prof. Dr., Zool. Museum, Amsterdam 1903
Weinland, Christ. David Friedr., Dr., Hohenwittlingen bei Urach 1860
v. Wettstein, Richard, Prof. Dr., Wien 1901
Wiesner, J., Geh. Hofrat Prof. Dr., Pflanzenphysiol. Institut, Wien 1907
Willstätter, Richard, Prof. Dr., München 1911
Wittich, E., Dr., Mexiko 1912
Witzel, Louis, Comuna Prundu Jedetul Jefov (Rumänien) 1906
Wolterstorff, W., Dr., Naturhist. Museum, Magdeburg 1904
Zinndorf, Jakob, Offenbach 1900

Rückblick auf das Jahr 1914.

Mitteilungen der Verwaltung.

Manche für das Jahr 1914 in Aussicht genommene und bereits begonnene Arbeiten der Verwaltung mußten infolge des Kriegsausbruches unterbleiben oder konnten nicht mehr zu Ende geführt werden. Ein großer Teil der Herren der Verwaltung steht im Felde oder ist durch andere Heeresdienste so in Anspruch genommen, daß nur das Nötigste erledigt werden konnte. Dies ist auch der Grund, warum ein viertes Heft vom 45. „Bericht" nicht mehr erschienen ist und die Ausgabe dieses Berichts erst jetzt erfolgen kann.

Und doch hat gerade das unvergeßliche Jahr 1914 auch für unsere Gesellschaft ganz bedeutende Ereignisse gebracht. Am 26. Oktober fand in einfacher würdiger Weise die feierliche Eröffnung der „Königlichen Universität Frankfurt" statt. In aller Stille hat sie nunmehr mit ihren Arbeiten begonnen. Der Erweiterungsbau des Museums sowie der Universitäts-Institute für Zoologie, Mineralogie und Geologie-Paläontologie waren bis zum Ende des Jahres 1914 so weit fertig gestellt, daß die beiden letzteren, nachdem sie einige Zeit im Museum zu Gaste waren, ihre neuen Institute beziehen konnten. Die geplante Erweiterung der Schausammlung und die Neuaufstellung von Teilen der wissenschaftlichen Sammlung in den bereits angegliederten neuen Museumsräumen muß bis zum Friedensschluß zurückgestellt werden.

Es ist ein merkwürdiges Zusammentreffen, daß gerade mit der Aufführung unseres Erweiterungsbaues an der Viktoria-Allee die Niederlegung des alten Senckenbergischen Museums am Eschenheimer Turm zeitlich zusammenfällt. Leider ist der Grundstein des alten Museums, nach dem besonders gesucht wurde, nicht aufgefunden worden.

Die Mitgliederzahl ist leider im vergangenen Jahr etwas zurückgegangen. Die Zahl der neueingetretenen (61) ist sehr gering im Verhältnis zu früheren Jahren. Ausgetreten oder verzogen sind 71, verstorben 35, sodaß die Zahl der beitragenden Mitglieder am 31. Dezember 1431 betrug, gegen 1476 am 1. Januar 1914.

Auch bei uns hat der Krieg schon manche schmerzliche Lücke gerissen. Auf dem Felde der Ehre sind, soweit uns bekannt geworden, gefallen: unser tüchtiger, bewährter Sektionär für Krustazeen und arbeitendes Mitglied Dr. A. Sendler, das Mitglied unserer Revisions-Kommission Dr. jur. Eugen Wertheimber, die beitragenden Mitglieder Alfred Andreae, W. Bartsch, Amtsgerichtsrat E. Kaulen, der junge, hoffnungsvolle Zoologe Dr. W. Stendell, sowie Arthur Schulze-Hein, einer unserer jüngsten und eifrigsten Helfer.

Die Gesellschaft beklagt tief den Tod ihres korrespondierenden Ehrenmitgliedes Geheimer Rat Prof. Dr. C. Chun-Leipzig, sowie den Tod ihrer arbeitenden Mitglieder Prof. Dr. F. Richters, Sektionär für Krustaceen, Dr. jur. F. Schmidt-Polex und A. Weis, Sektionär für Hymenopteren. Wir verloren ferner durch den Tod eine Reihe Gelehrter, die korrespondierenden Mitglieder: Dr. Albert Günther-London, Prof. C. B. Klunzinger-Stuttgart, Sir John Murray-Edinburgh, Exzellenz von Semenow-Tian-Chansky-St. Petersburg, Prof. Dr. E. Sterzel-Chemnitz, Prof. Dr. Ed. Sueß-Wien, Exzellenz A. Weismann-Freiburg und J. D. Wetterhan-Freiburg. Einen schmerzlichen Verlust erlitt die Gesellschaft weiterhin durch den Tod ihres langjährigen bewährten Freundes und ewigen Mitgliedes J. Langeloth-Neuyork.

In die Reihe der ewigen Mitglieder wurden eingetragen: Geh. San. Rat Dr. R. Fridberg, Prof. Dr. A. Knoblauch und A. Weis (†), der der Gesellschaft durch letztwillige Verfügung 25000 Mark, sowie seine Insektensammlung, seine fachwissenschaftlichen Bücher und Apparate vermacht hat.

Zu korrespondierenden Mitgliedern wurden ernannt: Landrat Kammerherr F. von Heimburg-Wiesbaden und Lehrer A. Haas-Duala.

Zu arbeitenden (Verwaltungs-Mitgliedern) wurden ernannt: Ferdinand Haag, Hermann Jacquet, Raphael Ed. Liesegang und Seine Magnifizenz Prof. Dr. R. Wachsmuth, Rektor der Königlichen Universität Frankfurt a. M.

Als Vertreter der Gesellschaft in den Großen Rat der Universität wurden die Herren Geh. Reg.-Rat Dr. A. von Weinberg und Dr. A. Jassoy gewählt.

Der Direktor unseres Museums, Prof. Dr. O. zur Strassen, wurde zum o. Professor für Zoologie und zum Direktor des Zoologischen Universitäts-Instituts ernannt, Dr. F. Drevermann zum a. o. Professor für Geologie-Paläontologie und Direktor des Geol.-Pal. Instituts.

Prof. Schauf sah sich zu unserem größten Bedauern aus Gesundheitsrücksichten gezwungen, die mineralogischen Vorlesungen aufzugeben. Sie wurden mit Beginn des Wintersemesters 1914/15 dem o. Professor für Mineralogie an der Universität Frankfurt Dr. H. E. Boeke übertragen. Zoologische Vorlesungen wurden in der zweiten Hälfte des Jahres, da Prof. zur Strassen durch militärische Pflichten an der Abhaltung verhindert war, vertretungsweise von Dr. L. Nick gehalten.

Prof. zur Strassen, der als Hauptmann d. L. auf dem westlichen und dann auf dem östlichen Kriegsschauplatz kommandiert war, ist Ende November mit einer schweren Schußwunde im rechten Ellenbogen zurückgekommen.

Von den übrigen Beamten des Museums stehen im Felde: die Assistenten Dr. A. Born und Dr. E. Brauns, der Präparator G. Ruprecht, der Schreiner M. Burkard und der Hausmeister F. Braun. Dr. Haas, der bei Ausbruch des Krieges in Südfrankreich sammelte, wurde nach Spanien abgeschoben und ist gezwungen, dort das Ende des Krieges abzuwarten.

Der Hausmeister B. Diegel ist am 31. März aus den Diensten der Gesellschaft ausgetreten; die freigewordene Stelle wurde dem seit Jahren im Hause tätigen Schlosser F. Braun übertragen. Durch die Verminderung der Neueingänge war es möglich, den vor einigen Jahren zur Unterstützung der Präparatoren eingestellten Gerber zum 31. Dezember zu entlassen.

Die ordentliche Generalversammlung fand am 13. Februar statt. Sie genehmigte nach dem Antrag der Revisionskommission die Rechnungsablage für 1913 und erteilte dem I. Kassier W. Melber Entlastung. Der Voranschlag für 1914 in Einnahmen und Ausgaben mit M. 130097.73 balanzierend, wurde genehmigt. Nach dem Dienstalter schieden aus der Revisionskommission Robert Osterrieth und Konsul E. Roques-Mettenheimer aus; an ihre Stelle wurden Freiherr S. M. von Bethmann und Dr. jur. E. Wertheimber gewählt. Für 1914 gehörten der Revisionskommission ferner an: Hermann Nestle als Vorsitzender, Heinrich Andreae, Alfred Merton und Kurt von Neufville.

Am 5. Mai wurde der Askenasy-Preis an Prof. Dr. W. F. Bruck-Gießen zur Unterstützung seiner Forschungsreise nach Britisch-Ostindien vergeben.

Der Reinach-Preis wurde Oberlehrer Dr. W. Wenz-Frankfurt für seine vortreffliche Arbeit über „Grundzüge einer Tektonik des östlichen Teiles des Mainzer Beckens" zuerkannt.

Die wissenschaftliche Sitzung am 14. März war dem Andenken von Gustav Lucae gewidmet, dessen 100. Geburtstag auf diesen Tag fiel: San.-Rat Dr. E. Roediger hielt die Gedächtnisrede.

Bei der Jahresfeier am 23. Mai sprach Hauptmann Ed. Ritter von Orel-Wien über „Der Stereoautograph, ein neuer automatischer Kartenzeichner".

Mit Jahresschluß sind nach zweijähriger Amtsführung satzungsgemäß aus der Direktion ausgeschieden: der I. Direktor Geh. Reg.-Rat Dr. A. von Weinberg und der I. Schriftführer Dipl.-Ing. P. Prior. An ihre Stelle wurden für die Jahre 1915/16 Prof. Dr. med. A. Knoblauch und Dr. F. W. Winter gewählt.

Übersicht der Einnahmen und Ausgaben vom 1. Januar bis 31. Dezember 1914.

Einnahmen

		M.	Pf.
Saldo des Zinsen-Kontos, abzügl. Dotationen an verschiedene Stiftungs-Konti		24 318	01
Mitgliederbeiträge		31 191	30
Erträgnis der v. Bose-Stiftung 1913 . . .		53 347	70
Eintrittsgelder		935	—
Abhandlungen und Berichte:			
Bücherverk. u. Geschenke, einschl. M. 2000. Zinsen aus der v. Heyden-Stiftung . . .		9 231	56
Geldgeschenke für Naturalien . . .		6 811	60
Betriebsverlust im Jahre 1914		2 818	93
An Geschenken und Legaten gingen ein:			
Vermächtnis Carl Gerlach	M. 9 477.–		
davon ab für ewige Mitgliedschaft . . .	„ 1 000.		
		128 654	10

Ausgaben

		M.	Pf.
Unkosten		24 396	20
Saldo des Gehalte-Kontos . .		56 519	04
„ „ Vorlesungen-Kontos .		793	61
„ „ Bibliothek-Kontos		7 333	64
Rückstellungen:			
Versicherungs-Reserve-Konto	M. 1 158.02		
Pensions-Konto	„ 3 025.	4 183	02
Abhandlungen und Berichte		14 660	88
Naturalien		19 413	95
Abschreibungen:			
Kursverlust auf Wertpapiere	M. 1 200.		
Jährliche Prämie auf Haftpflicht-Versicherung	„ 153.76	1 353	76
		128 654	10

Bilanz per 31. Dezember 1914.

Soll

	M.	Pf.
Dr. Senckenberg. Stiftungsadministration .	34 285	71
Hypotheken-Konto	14 000	—
M. Rappsche Stiftung . . .	115 713	60
Wertpapiere:		
Kapital-Konto	64 078	51
Geschenke- und Legate-Konto . . .	696 232	—
Haftpflichtversicherung für 9 Jahre	1 383	84
Hinterlegungs-Konto . . (betrifft Neubau)	150 000	—
Bank Neubau-Konto . . (betrifft Neubau)	4 242	25
Neubau-Konto . . . . (betrifft Neubau)	92 555	25
Übernommene Schuldscheine (betrifft Neubau)	54 000	
Betriebsverlust	2 818	93
	1 229 310	09

Haben

	M.	Pf.
H. Mylius-Stiftung, Vorlesungen-Konto	13 714	29
„ „ „ Gehalte-Konto .	20 000	—
„ „ „ Bibliothek-Konto . . .	8 571	43
M. Rappsche Stiftung, Kapital-Konto . . .	115 713	60
Rüppell-Stiftung, Kapital-Konto	35 718	37
Cretzschmar-Stiftung, Kapital-Konto . .	3 065	—
Askenasy-Stiftung, Kapital-Konto	10 477	21
Karl u. Lukas v. Heyden-Stiftg., Kapital-Kto.	50 000	—
v. Reinach-Stiftung, Kapital-Konto	45 249	91
v. Reinach-Preis, Kapital-Konto	11 413	73
v. Soemmerring-Preis, Kapital-Konto .	3640	56
Tiedemann-Preis, Kapital-Konto	3 951	—
Kapital-Konto	66 079	51
Geschenke- u. Legate-Konto	486 131	33
Versicherungs-Reserve-Konto	5 964	54
Naturalien-Konto	3 230	38
Pensions-Konto	32 209	38
Mitgliederbeiträge-Konto	545	—
Publikationen-Konto . .	2 135	95
Vorlesungs-Konto	503	21
Darlehens-Konto für Neubau	300 000	—
Bank-Konto	10 995	69
	1 229 310	09

Museumsbericht.

Mancher mag im Vorjahre prophezeit haben, der Museumsbericht über das Jahr 1914 werde sein Gepräge erhalten durch unsere großen Neubauten und die Eröffnung der Universität. Aber der gewaltige Krieg, der Europa in Brand setzt, hat auch die Stätten der Wissenschaft nicht unberührt gelassen. Zwar hat die Universität ihre Tätigkeit in aller Stille beginnen können, und unsere Neubauten stehen unter Dach und Fach, doch müssen sie großenteils verödet liegen. Die meisten unserer zahlreichen Mitarbeiter und ein großer Teil der Beamten des Museums sind überallhin zerstreut, dem Vaterlande ihre Kräfte zu widmen; die fast täglichen, gewohnten Eingänge an Museumsmaterial, namentlich aus dem Ausland, haben Anfang August mit einem Schlage aufgehört, und manche wertvolle Sendung, die unterwegs war, wird für immer verschollen sein; doch mehrten sich gegen Ende des Jahres wiederum Geschenke und Ankäufe. Wenn wir trotz alledem einen Museumsbericht bringen können, der dem der Vorjahre kaum nachsteht, so beweist dies den Aufschwung, den unser Museum in den ersten sieben Monaten des Jahres — denn auf diese beziehen sich die folgenden Seiten fast allein — genommen hat, und läßt hoffen auf ein immer stärkeres Vorwärtsgehen nach siegreich beendetem Krieg.

Die Besucherzahl kam an die Vorjahre natürlich nicht heran. 50081 Personen (gegen 75957 im Vorjahre und 65275 in 1912) besichtigten die Sammlungen. Geh. Reg.-Rat Dr. A. von Weinberg begrüßte den 2. Deutschen Wissenschaftler-Tag, und wie immer kamen Fachgelehrte, Schulen und Vereine. Führungen besonderer Art brachte das Kriegsjahr: jeden Freitag nachmittag von 3 Uhr an (ab September) kamen Verwundete aus den hiesigen Lazaretten, die unter der Leitung eines der wissenschaftlichen Beamten die Sammlungen mit stets regem Interesse durchwanderten.

Geändert hat sich in der Schausammlung nichts besonderes. Die dritte Koje im ersten Stock mußte wegen Platzmangel im Säugetiersaal der Aufstellung einiger großer neupräparierter Prachtstücke dienen. Der Durchbruch im gleichen Saal, nach dem Neubau hinüber, machte die Verschiebung und provisorische Neuaufstellung des langen Wandschrankes mit den niederen Säugetieren nötig.

In der Schreinerei wurden große Reißbretter und Gestelle für das Malerinnen-Atelier angefertigt, außerdem wieder mehrere große Schränke für die wissenschaftliche Säugetier- und Vogelsammlung, Postamente für Schauobjekte und andere kleine Arbeiten mehr ausgeführt. Die Hausdruckerei besorgte die laufenden Drucksachen für das Bureau und Etiketten für neuaufgestellte Schaustücke, Neueingänge und Fundorte. Die einzige größere Reparatur war die Neuherrichtung der Hausmeisterwohnung.

Den Universitäts-Instituten für Zoologie und Geologie-Paläontologie wurden der kleine Hörsaal und das Laboratorium bis zur Fertigstellung ihrer eigenen Arbeitsräume zur Verfügung gestellt; auch das mineralogische Institut war in den ersten Wochen des Eröffnungssemesters im Museum zu Gast.

A. Zoologische Sammlung.

Den wertvollsten Zuwachs für unsere Sammlungen brachte in diesem Jahr das Vermächtnis unseres am 1. Januar 1914 verstorbenen Sektionärs A. Weis. Dadurch kamen nicht nur seine ausgedehnten und mit großer Sorgfalt geführten Sammlungen in den Besitz des Museums; auch seine große wissenschaftliche Bibliothek, vorwiegend Insekten betreffend, ein Mikroskop und andere Instrumente fielen uns zu.

Der Ausbruch des Krieges ist Ursache, daß die uns gehörige zoologische Ausbeute der Lernerschen Spitzbergen-Expedition noch nicht in unseren Händen ist. Sie mußte in Tromsö bleiben, nachdem die Reise vorzeitig abgebrochen war. J. Mastbaum-Hofheim brachte eine größere Sammlung gut erhaltener Säuger, Reptilien, Mollusken und Arthropoden aus Ceylon. Regierungsbaumeister C. Trautmann sandte interessantes und reiches Tiermaterial, namentlich Insekten vom Tanganjika-See. Eine große Ausbeute von Mittelmeertieren verschiedenster Gruppen, hauptsächlich nach allen Regeln der Kunst konservierter „Niedere", erzielte Dr. O. Loew-Beer in der Gegend von Nizza; auch Dr. L. Nick war wiederum drei Wochen in Portofino (Ligurien) tätig und beendete seine Studien über die dortige Fauna. Eine Pyrenäen-Reise von Dr. F. Haas wurde durch den Krieg jäh unterbrochen, und er mit seinen Begleitern aus Südfrankreich nach Spanien abgeschoben, wo er bis zum Friedensschluß zu bleiben gezwungen ist. Da er jetzt verschiedene Gebiete des Landes bereist und sammelt, dürfte der nächste Bericht umfangreiche und sehr erwünschte Eingänge von dorther zu verzeichnen haben.

Die Zahl unserer freiwilligen Mitarbeiterinnen und Mitarbeiter ist auch in diesem Jahre wieder gewachsen. Ohne ihre immer bereite Hilfe wäre es nicht mehr möglich, die Arbeiten in allen Abteilungen zu fördern und voran zu treiben. Außer den Damen und Herren, die ihre Tätigkeit auf bestimmte Abteilungen des Museums beschränkten und die in den Einzelberichten genannt werden,* halfen uns, wo es eben Not tat, Frau E. Halpern, Frl. E. Metzger, Frl. A. Roediger und Frl. M. Rosenbusch. Frl. L. Baerwald ordnete eine Sammlung von Mittelmeertieren und bestimmte davon hauptsächlich Echinodermen und Fische.

Für die Vorlesungen entwarfen unsere Künstlerinnen Frl. B. Groß, Frl. S. Hartmann, Frl. A. Reifenberg und Frl. H. Sonntag zahlreiche, vollendet ausgeführte Wandtafeln von Würmern und Arthropoden, die unseren großen Bestand darin aufs schönste ergänzen.

Einen unserer besten und eifrigsten Helfer verloren wir in Arthur Schulze-Hein, der auf französischem Boden den Heldentod fand. Er hat noch draußen im Feld für das Museum gesammelt.

Auf zahlreiche museumstechnische und zoologische Fragen — namentlich über Schädlinge — konnte Auskunft gegeben werden. Material zu wissenschaftlichen Arbeiten erhielten: cand. Albrecht-Gießen, Dr. H. Balß-München, Graf H. von Berlepsch-Schloß Berlepsch, Dr. H. Blunck-Marburg, Prof. Dr. A. Brauer-Berlin, Prof. Dr. L. Döderlein-Straßburg, Prof. Dr. R. Gestro-Genua, stud. H. Herxheimer-Bonn, H. Holtzinger-Tenever, Prof. Dr. G. von Horváth-Budapest, Dr. L. Johansson-Göteborg, Prof. Dr. W. Lubosch-

Würzburg, Dr. I. G. de Man-Jerseke, Prof. L. Müller-München, Naturhistorisches Museum-Stettin, Dr. H. Prell-Tübingen, Frl. H. Reishaus-Hamburg, Frl. N. de Rooy-Amsterdam, Dr. C. von Rosen-München, A. Schädel-Münster, Dr. L. Scheuring-Helgoland, Dr. O. Schmidtgen-Mainz, Prof. Dr. A. Seitz-Darmstadt, Prof. Dr. M. Semper-Aachen, Geh. Rat Prof. Dr. G. Steinmann-Bonn, Prof. Dr. L. Stelz, E. Strand-Berlin, Dr. R. Vogel-Tübingen, A. Weber-München.

Herzlichen Dank schulden wir allen denen, die unseren Sammlungen wiederum reiche Geschenke zugewiesen haben. Es sind im Berichtsjahre u. a.: J. Aharoni-Jaffa, H. Alten, Geh. San.-Rat G. Altschul, Frau A. Andreae-Sulzhof bei Rain a. Lech, Dr. R. Askenasy, B. Auner, Frl. L. Baerwald, Frl. M. Bauer, Frau Dr. R. Baumstark-Bad Homburg, Städt. Ober-Tierarzt G. Berdel, R. Berndes-Kritzow in Meckl., Dr. K. Bierbaum, R. Block, Dr. C. Boettger, Dr. A. Born, A. Braunfels, Kapitän H. Brehmer-Hamburg, Seminarlehrer A. Brückner-Coburg, Dr. A. Bucheler, E. Buchka, Förster L. Budde-Schwanheim a. M., Dr. W. von Buddenbrock-Heidelberg, Bürgermeisteramt Illingen, Frl. C. Burgheim, H. C. Burnup-Maritzburg, H. Claus, E. Cnyrim, E. Creizenach, K. Dietze-Jugenheim, K. Dörffler-Breitenbrunn i. O., Prof. L. Edinger, K. Erber-Höchst a. M., Forstrat Eulefeld-Lauterbach i. H., Frl. A. Fahr-Darmstadt, Hauptmann A. Fischer-San Bernardino, Dr. K. Flach-Aschaffenburg, Firma Flersheim-Heß, Dr. H. Gerth-Bonn a. Rh., A. Ghidini-Genf, A. Göbel, R. von Goldschmidt-Rothschild, Frl. B. Groß, Lehrer Gümmer-Heinsen, Bankdirektor A. von Gwinner-Berlin, A. Haas-Duala, Dr. A. Hagmeier-Helgoland, Lehrer A. Hanstein, G. Hartmann-Niederhöchstadt i. T., K. Hashagen-Bremen, Direktor F. Heberlein, A. Heil, O. Heinz-Jung, K. Hermann, Frl. R. Herzberg, R. Hilbert-Sensburg, Frl. A. Hobrecht, Frl. E. Hobrecht, Frl. C. Hoerle, Dr. R. Houy-Berlin (†), H. Jacquet, Dr. A. Jassoy, K. Jung, Ch. Kahn-Paris, Dr. H. Kauffmann, Bankier H. Keßler, Frl. L. v. Kienitz, J. Kilb-Skobeleff, Frl. M. Kilzer, F. Klaus, Pastor O. Kleinschmidt-Dederstedt, Frau Kom.-Rat H. Kleyer, A. v. Klippstein, Prof. A. Knoblauch,

Prof. W. Kobelt-Schwanheim a. M., F. Koenen-Cöln a. Rh., H. König, W. Lampe, Tierarzt L. Lang, E. Lejeune, A. Levi-Reis, Frau H. Löw-Beer, Dr. O. Löw-Beer, Dr. A. Lotichius, Frl. M. Ließ, J. Livingston, K. Lürmann-Bremen, Prof. E. Marx, J. Mastbaum-Hofheim i. T., E. May, E. u. J. Mayer, L. Mayer-Dinkel, W. Melber, H. Merks, Dr. H. Merton-Heidelberg, Prof. M. Möbius, Adolf Müller, Ed. Müller, Konsul W. Müller Beeck, Freiherr A. v. Mumm-Portofino, Naturhistorisches Museum-Wiesbaden, C. Natermann-Hann. Münden, Lehrer Nebel-Latferte, Kom.-Rat R. de Neufville, Dr. H. Nick-Gießen, A. Nußpickel, G. Ochs, Frl. Dr. St. Oppenheim-Paris, Palmengarten, Pastor Pfitzner-Darmstadt, J. Piaget-Neuchâtel, Dr. W. Polinsky-Krakau, Dipl.-Ing. P. Prior, Frau v. Prollius-Stubbendorf i. Meckl., Senatspräsident H. Quincke, Dr. J. Rath-Offenbach a. M., Frl. A. Reichenbach, Frau E. Reichenberger, Fräulein M. Remy, W. Rencker, G. Riedlinger, Dr. F. Rintelen-Swakopmund (†), H. Rolle-Berlin, Frau M. Römer-Buchschlag, Förster Saltow-Altschlirf i. Oberhessen, Dr. A. Schaedel-Münster i. W., J. Scherer-Langen, Just.-Rat C. Schmidt-Polex, Direktor Dr. O. Schmidtgen-Mainz, Dr. Schneid, M. u. W. Scholz, Frl. L. Schorr-Bensheim a. d. Bergstr., G. Schwinn-Hofheim, Direktor J. Seeth, A. Seidler-Hanau, S. Seligman, Dr. A. Sendler (†), Landesökonomierat A. Siebert, Frau M. Sondheim, Frl. M. Stellwag, A. v. Steiger, Frau Baronin L. v. Steiger, Prof. O. zur Strassen, Dr. E. Teichmann, Reg.-Baumeister C. Trautmann-Kigoma, B. Trier, Frl. B. Türk, Dr. E. v. Varendorff, Verband Mitteldeutscher Rotvieh-Züchter-Gießen i. H., Prof. J. Versluys-Gießen, Städt. Völkermuseum, A. Wagner-Dimlach, Wasserbauamt Saarbrücken, A. H. Wendt-St. Goar a. Rh., Dr. W. Wenz, J. Wertheim, Geh. Reg.-Rat A. von Weinberg, Generalkonsul C. von Weinberg, A. Weis, Konsul Weis-Tschoeng-tu, J. Wiemer-Hochheim a. M., Frau G. Winter, M. Zehrung, Zoologischer Garten, G. Zwanziger-Fürth a. M.

Die Ordnung und Katalogisierung der Hausbibliothek wurde durch Frl. A. Hobrecht weitergeführt; ein nach Nummern geordneter Katalog der großen Separatensammlung ist in Angriff genommen worden. Die Vermehrung der Bestände verdanken wir u. a. den freundlichen Spenden von: Akademie für Sozial- und Handelswissenschaften, Prof. M. Ballerstedt-Bückeburg, Prof. H. Bechhold, J. Böhm, Prof. H. von Buttel-Reepen-Oldenburg, E. Cuyrim, Prof. F. Drevermann, Prof. L. Edinger, Geh. Reg.-Rat Ch. Ernst-Wiesbaden, Prof. A. Forel-Jvorne, Prof. M. Freund, Geh. Rat M. Fürbringer-Heidelberg, D. Geyer-Stuttgart, Dr. R. Gonder, Dr. F. Haas, Prof. K. M. Heller-Dresden, Herderscher Verlag-Freiburg i. Br., Frl. R. Herzberg, Prof. L. von Heyden, Dr. A. Jassoy, Prof. C. B. Klunzinger-Stuttgart (†), Prof. A. Knoblauch, Prof. W. Kobelt-Schwanheim a. M., Prof. G. von Koch-Darmstadt (†), Fr. Koenike-Bremen, Dr. F. Kühn, E. Leitz-Wetzlar, R. Ed. Liesegang, Dr. J. G. de Man-Jerseke, Prof. E. Marx, M. Mayer-Coblenz, Prof. M. Möbius, Prof. F. Neumann, Dr. L. Nick, Dr. R. Richter, Dr. L. Scheuring-Helgoland, Prof. O. Schnaudigel, Reg.-Rat A. Schuberg-Berlin, Prof. L. S. Schultze-Jena-Marburg, Dr. E. Schwarz, Prof. L. Stelz, Dr. W. Stendell (†), Dr. R. Sternfeld, E. Strand-Berlin, Prof. O. zur Strassen, H. Strohmeyer, Dr. E. Teichmann, L. O. Tesdorf-Hamburg, G. B. Teubner-Leipzig, Dr. R. Thilo-Riga, Prof. A. Voeltzkow-Berlin, Geh. Reg.-Rat A. von Weinberg, A. Weis (†), Dr. F. W. Winter, Dr. E. Wychgram-Kiel, Dr. G. Wülcker-Heidelberg, H. Wünn-Weißenburg, Zahnärztlicher Verein. Zahlreiche Einzelwerke oder Fortsetzungen bereits vorhandener Werke wurden käuflich erworben.

I. Wirbeltiere.

1. Säugetiere. In der Schausammlung wurde die Zusammenstellung der Monotremen, Beuteltiere und Zahnarmen weiter ausgebaut und ergänzt, und mit der Neuaufstellung der Insektenfresser begonnen. Sehr fühlbare Lücken wurden gefüllt durch die Erwerbung eines Langschnabeligels (*Zaglossus bruyni nigroaculeatus* Rothsch.) und eines Greiffußhüpfers (*Hypsiprymnodon moschatus* Ramsay). Diese langgesuchten Seltenheiten sind ebenso wie die stattliche Rappenantilope und die prächtige amerikanische Schneeziege neue wertvolle Gaben des Sektionärs Dr. A. Lotichius. Der riesige, von R. von Goldschmidt-

Rothschild im Vorjahre geschenkte Alaska-Elch wurde montiert und ausgestellt; der Freigebigkeit desselben Gönners verdanken wir für die Huftiersammlung eine Thomsons-Gazelle und ein Topi. Ebenfalls für die Schausammlung wurde ein weißes Nashorn (*Ceratotherium simum cottoni* Lydekker) aus dem Lado beschafft.

Für die wissenschaftliche Sammlung waren kleinere Ausbeuten, u. a. von G. Hartmann aus Surinam und J. Kilb aus West-Turkestan sehr willkommen. Geh. Rat von Weinberg und Generalkonsul C. von Weinberg überwiesen dem Museum Felle und Skelette der beiden für die deutsche Vollblutzucht hochwichtigen Rennpferde Festino und Festa. Da infolge von Personalveränderungen durch den Krieg in der zweiten Hälfte des Jahres neue Schaustücke nicht herausgebracht werden konnten, fand sich reichlich Zeit zu sehr nötigen Arbeiten in der Balg- und Skelettsammlung. Für Katalogarbeiten sind wir Frl. E. Schumacher-Cronberg verpflichtet.

2. Vögel. Der Zuwachs der Vogelsammlung betrug rund 1350 Bälge. Kommerzienrat L. Ellinger schenkte uns 179 Bälge, die von Dr. R. Houy (†) in Neukamerun gesammelt worden sind und von Prof. Reichenow und Prof. O. Neumann bearbeitet werden, darunter mehrere neue Arten. Von G. Hartmann-Niederhöchstadt erhielten wir 438 Vögel aus Surinam, von L. Kuhlmann im Tausch 230, meist nordamerikanische. O. Mastbaum-Hofheim brachte aus Ceylon 30 Bälge mit, E. Küchler 17 aus Buchara. Aus Neuguinea erwarben wir 80, aus Madagaskar 30 Bälge, ferner größere Serien aus Ferghana, vom Rio Doce in Brasilien, und von Corsica, meist Geschenke von Kom.-Rat R. de Neufville. Eine reizende Neuerwerbung ist ein Männchen der wunderschönen *Pipra opalizans*, einer Art, die nur in wenigen Sammlungen vertreten und sicher, außer bei uns, in keiner einzigen Schausammlung zu sehen ist; wir verdanken dies schöne Geschenk Frau Reichenberger. Eine schmerzlich empfundene Lücke unserer Vogelsammlung wurde durch die Freigebigkeit von Dr. H. Merton gründlich ausgefüllt: er kaufte für uns ein lebendes Pärchen des überaus seltenen Kagu, *Rhinochetus jubatus* Des Murs, aus Neukaledonien, das wir vorläufig im hiesigen Zoologischen Garten mit freundlicher Zustimmung des Direktors einquartiert haben. Dazu schenkter er uns ein vollständiges Kagu-Skelett sowie — gleichfalls eine Kost-

6

barkeit — ein Ei des merkwürdigen, dem Aussterben nahen Vogels. Die Damen Frl. H. Eisenmann, Frau Dr. H. Löw-Beer, Frau E. Reichenberger und Frl. F. Ritter arbeiteten mit gewohntem Fleiß und bestem Erfolg an der Vogelsammlung. Herrn Grafen von Berlepsch schulden wir, wie immer, für seine fachmännische Unterstützung wärmsten Dank.

3. Reptilien und Amphibien. In der herpetologischen Abteilung wurde die Bearbeitung der Reptilien und Amphibien der II. Inner-Afrika-Expedition des Herzogs Adolf Friedrich zu Mecklenburg unternommen und beendet. Reiche Sammlungen aus dem Gebiet des Schari und des Ubangi ergaben neben einer Anzahl neuer Formen wichtige Aufschlüsse über die faunistischen Beziehungen der angrenzenden Ost- und Westafrikanischen Regionen. Eine wertvolle Ergänzung dazu bildet die Sammlung Houy aus den östlichen Gegenden von Neukamerun, deren Dubletten vom Berliner Museum überwiesen wurden. Weitere besonders wertvolle Zuwendungen erhielt die wissenschaftliche Sammlung durch Regierungslehrer A. Haas (Kamerun), J. Mastbaum (Ceylon), Dr. E. Teichmann (Deutsch-Ostafrika), sowie durch den Zoologischen Garten. Durch Tausch erhielten wir vom Baseler Museum mehrere Kotypen neukaledonischer Echsen. Auf verschiedenen zoologischen Exkursionen fand sich Gelegenheit, die Bestände an einheimischen Reptilien und Amphibien wesentlich zu vergrößern.

In der Schausammlung wurde neben den schon vorhandenen riesigen Schildkrötenformen eine große Geierschildkröte (*Macroclemmys temmincki* Holbr.) neu aufgestellt. Sonst sind noch eine in der typischen Drohstellung montierte indische Brillenschlange (*Naja tripudians* Merr.) und eine australische Schwarzotter (*Pseudechis porphyriacus* Shaw) zu erwähnen. Ein Geschenk von Dr. Löw-Beer ist die Haut eines über vier Meter langen Gavials (*Gavialis gangeticus* Gm.), der später eine der Zierden unserer Sammlung bilden wird.

4. Fische. Die Fischabteilung erhielt besonders reichen Zuwachs an Mittelmeerfischen durch die Sammeltätigkeit von Dr. L. Nick bei Portofino und Dr. O. Löw-Beer bei Nizza. Lehrer A. Haas schenkte zahlreiche Kamerunfische; die Dubletten der Houyschen Sammlung aus Neukamerun wurden vom Berliner Museum, interessante japanische Fische durch Prof. Dr. L. Edinger überwiesen. Infolge der eifrigen Tätigkeit des Sektionärs A. H. Wendt konnte die Sammlung der Süßwasserfische Mittel-Europas weiter vervollkommnet werden. Leider sind durch den Krieg viele bereits angeknüpfte Verbindungen zerstört worden.

II. Wirbellose Tiere.

5. Tunikaten. Dr. H. Mertons Ascidien von den Aru- und Key-Inseln, circa 60 Nummern, sind von Ph. Sluiter determiniert zurückgegeben worden und in unseren Abhandlungen beschrieben. Der Munifizenz von Geh. Rat C. Chun-Leipzig (†) verdanken wir Pyrosoma- und Doliolum-Arten von der deutschen Tiefsee-Expedition; sonst liegt nur einiges neue Tunikatenmaterial aus dem Roten Meer und dem Mittelmeer vor.

6. Mollusken. Auch in diesem Jahre hatte die Abteilung wieder einen außerordentlich starken Zuwachs zu verzeichnen: über 900 Nummern an Neueingängen und jetzt verarbeitetem Material konnten registriert werden. Von Wichtigerem ist eine Aufsammlung aus Sabang von Kapitän Brehmer zu nennen. A. Wagner-Dimlach vervollständigte unsere Clausiliensammlung durch eine umfangreiche Reihe siebenbürgischer Alopia-arten und -unterarten, und Reg.-Baumeister C. Trautmann schickte Schnecken und Muscheln vom Tanganjika, die durch ihre Schalenausbildung geradezu an marine Formen erinnern; aus der Sudan-Ausbeute von A. König und O. le Roi erhielten wir für die Bearbeitung des gesamten Materials die Dubletten Dr. C. R. Boettger, der uns einen großen Teil seiner eigenen Molluskensammlungen schenkte, bearbeitete die Mollusken der Merton-Reise und der Hanseatischen Südsee-Expedition.

Daß auch in diesem Jahre ein überaus reiches Najaden-Material eingelaufen ist, verdanken wir in erster Linie wiederum den freundlichen Bemühungen unseres korrespondierenden Mitgliedes, des Kammerherrn F. von Heimburg-Wiesbaden. Wertvolle, tiergeographisch wichtige Beiträge zu diesem Teil der Sammlung haben uns die Herren H. C. Burnup-Maritzburg, E. Graeter-Aleppo, W. Polinsky-Krakau und in Deutschland Lehrer Gümmer-Heinsen, Lehrer Nebel-Laferte, A. Brückner-Coburg und G. Zwanziger-Fürth a. M. verschafft. Dr. F. Haas und Dr. E. Schwarz untersuchten die Unioniden zwischen Main und Deutscher Donau auf Grund eigener Tätigkeit in den betreffenden Gebieten.

6*

Die Bibliothek der Sektion hat durch Geschenke von Prof. Kobelt-Schwanheim starke Bereicherung erfahren. Angekauft wurden eine Reihe charakteristischer Mittelmeer-Gastropoden von der Zoologischen Station in Neapel. Katalogisierungsarbeiten in Sammlung und Bibliothek haben Frl. E. Greb und Frl. A. Kinsley freundlichst übernommen.

7. Insekten. Einen schweren Verlust erlitt die Abteilung durch den Tod ihres Sektionärs für Hymenopteren A. Weis, der seit 22 Jahren am Senckenbergischen Museum wirkte. Seine riesigen Sammlungen an Käfern und Hautflüglern in unsere Bestände einzufügen wird Arbeit für lange Zeit sein.

Die Determination unbestimmter europäischer Käfer der Weisschen Sammlung hat Prof. Dr. L. von Heyden in Angriff genommen und bereits großenteils durchgeführt; von Heyden bestimmte außerdem Sammlungen von den Canaren und aus Ligurien und behandelte das Material K. Küchlers aus Turkestan; diese Arbeit, die in unseren Abhandlungen bereits erschienen ist, ergab neue Arten. Die Deutsche Sammlung, der nur noch wenige Arten fehlen, wurde von E. Buchka durch sehr willkommene Geschenke, darunter den vorher noch nicht vorhandenen *Leucorhinus albicans* Schönh. ergänzt. Dr. E. von Varendorff übergab uns Käfer von seiner Weltreise, darunter afrikanische Höhlentiere. Durch zufällige Ankäufe war es uns möglich, eine prachtvolle Serie des großen *Chalcosoma atlas* L. zusammenzustellen, die die enorme individuelle Variation dieser Art an einem einzigen Fundort demonstriert. Außerdem wurde ein Pärchen des riesigen Bockkäfers *Batocera una* White erworben. Bestimmungen von Käferlarven führten Dr. H. Blunck-Marburg (Dytisciden) und Dr. R. Vogel-Tübingen (Lampyriden) aus. Dr. K. Flach-Aschaffenburg begann mit der Bearbeitung der Cicindeliden.

Bei den Schmetterlingen fuhr E. Müller mit dem Ordnen und Einrangieren unserer alten Hauptsammlung in den neuen Insektensaal fort. Zu unseren prächtigen Ornithopteren kam ein wunderschönes Pärchen von *Ornithoptera chimaera* Rothsch. und ein *O. trojanus* Stdgr., Geschenke von A. Heil-Fränkisch-Crumbach. Weitere wertvolle Falter haben J. Mastbaum (Ceylon), J. Kilb (Turkestan), G. Hartmann (Paramaribo), K. Dietze und E. Müller freundlichst überwiesen. Beim Präparieren half K. Molzahn.

Prof. Dr. P. Sack begann bei den Dipteren mit der Umordnung der wissenschaftlichen und gleichzeitigen Einordnung der Heydenschen Sammlung an Hand des Kertész'schen Dipteren-Katalogs. Durch Ankauf einer Reihe sehr seltener Arten konnten Lücken der Fliegenschausammlung ausgefüllt werden.

In der Hemipteren-Abteilung wurden die Sammlungen durch Dr. J. Gulde vollständig durchgesehen. Der Rest der Mertonschen Wanzen ging an G. von Horváth-Budapest zur Bestimmung. Von dem inzwischen verstorbenen Prof. Breddin konnte eine Hemipteren-Arbeit über Material aus dem Senckenberg-Museum, die sich in seinem Nachlaß gefunden hat, in unseren Abhandlungen veröffentlicht werden.

Auch bei den übrigen Insektengruppen ist die Arbeit rüstig vorangegangen, dank der eifrigen Hilfe unserer Mitarbeiterinnen: Frl. M. Andreae, Frl. C. Burgheim, Frl. A. Morgenstern und Frau Weiß. Größere Zuwendungen, die sich auf alle Insektenordnungen verteilen, machten außer J. Mastbaum und C. Trautmann, deren Tätigkeit schon erwähnt wurde, Hauptmann A. Fischer-San Bernardino, der trotz widriger Verhältnisse unentwegt für uns arbeitete, I. Aharoni (Syrien) und Frl. Dr. St. Oppenheim (Südfrankreich). Das Berliner Museum überwies uns aus der Houyschen Ausbeute Termiten und Neuropteren; Dr. E. Teichmann verdanken wir Imagines und Larven einer äußerst seltenen, im System ganz isoliert stehenden Orthoptere, des *Hemimerus talpoides* Walk., der nur auf dem Fell der afrikanischen Hamsterratte Cricetomys vorkommt. Embien, die vor wenigen Jahren unserer Sammlung noch ganz fehlten, sind in diesem Jahre aus Südamerika, Syrien und Ligurien vertreten. Insekten der Heimat wurden auf Exkursionen beigebracht und hier noch manche Lücke in den Sammlungen ergänzt. So brachte eine Sammelfahrt in den Vogelsberg gleich neun Arten der bei uns noch wenig vertretenen Ordnung der Trichopteren. — Zur wissenschaftlichen Bearbeitung verschickt wurden die Termiten, die Dr. C. von Rosen-München übernahm.

8. **Krustazeen.** Die Abteilung hat ihre beiden Sektionäre verloren. Im Juli ist Prof. Dr. F. Richters verstorben, der seit 1877 für die Sammlung tätig war. Dr. A. Sendler wurde uns in voller Schaffenskraft durch den Krieg entrissen; er ist bei Camp des Romains gefallen.

Die Sammlung der Dekapoden vermehrte sich durch Ankäufe ägyptischer und brasilianischer Formen. Dazu kam u. a. Krebsmaterial aus Ceylon und von den Gestaden des Mittelmeeres. Aus dem Naturhistorischen Museum in Hamburg gelangten die Dubletten der II. Innerafrika-Expedition des Herzogs Adolf Friedrich an; Geh. Rat C. Chun-Leipzig (†) schuldet das Museum Dank für Galatheiden von der Deutschen Tiefsee-Expedition. Die Bearbeitung des reichen Materiales der hanseatischen Südsee-Expedition wurde durch Dr. Sendler abgeschlossen, und das Ergebnis liegt druckfertig vor.

In der Isopodenschausammlung konnte ein Riese unter den Asseln, die Tiefseeform *Bathynomus döderleini* Ortm., ein Geschenk von Prof. zur Strassen, aufgestellt werden. Frl. R. Herzberg arbeitete in der wissenschaftlichen Isopodensammlung die einheimischen Onisciden durch, deren Zahl durch ihre Bemühungen beträchtlich vermehrt wurde, und bestimmte eine Kollektion mariner- und Landformen aus Ligurien.

Der wichtigste Zuwachs in der Amphipodensammlung ist eine Reihe von Gammariden aus dem Baikalsee, aus dem Material bisher ganz fehlte, obwohl die Vertreter dieser Familie aus dem gewaltigen Binnengewässer wegen ihrer Größe und Artenfülle seit langer Zeit bekannt sind. Die Tiere wurden uns teils gegen Bestimmung überlassen, teils gekauft. Frl. H. Reishaus-Hamburg verdanken wir die Determination von Mittelmeeramphipoden.

Unter den niederen Krebsen wurde die größte deutsche Cladocere *Leptodora kindti* Focke auf einer Exkursion in den Vogelsberg in zahlreichen Exemplaren gefangen.

9. Arachnoideen. Araneen. Für die Schausammlung wurden zwei Pärchen großer Vogelspinnen aus Costa-Rica, *Acanthoscurria minor* Aless. und *Eurypelma bistriata* Koch erworben. E. Strand-Berlin übernahm wiederum umfangreiches Material aus Syrien zur Bestimmung. Bei der Katalogisierung der Neueingänge hat Frl. K. Klaua freundlichst geholfen.

Opilioniden. Bei der weiteren Bearbeitung dieser wenig beachteten, aber interessanten Gruppe konnte A. Müller zwei neue japanische Arten feststellen.

Skorpioniden. In Dr. O. Löw-Beer hat des Museum für diese Gruppe einen neuen tätigen Mitarbeiter gefunden, der die vielen in den letzten Jahren aufgesammelten, nicht determinierten Skorpione bereits durchbestimmt und eine Reihe in unserer Sammlung noch nicht vertretener Arten festgestellt hat.

10. Myriapoden. Größere Eingänge an Tausendfüßen verdanken wir Frl. Dr. St. Oppenheim. und J. Mastbaum. Dem Baseler Museum wurde auf Wunsch von Dr. H. Merton eine Anzahl Dubletten von seiner Reiseausbeute abgegeben. Das gesamte unbestimmte Material an Scolopendriden hat Frl. E. Hobrecht determiniert, der wir außerdem für die Ordnung und Verwaltung der Abteilung verpflichtet sind.

11. Würmer. Unsere gesamten Hirudineen sind zur Bearbeitung und Revision an Prof. L. Johansson-Göteborg gegangen. Unter den Neueingängen stellen wie immer verschiedene Eingeweidewürmer ein großes Kontingent; viele davon verschafte uns, wie schon früher, Tierarzt L. Lang. Dr. W. von Buddenbrock-Heidelberg bedachte das Museum mit der seltenen deutschen Landplanarie *Rhynchodesmus terrestris*; durch den Palmengarten erhielten wir zum erstenmale eine große tropische Bipalium-Art lebend.

12. Echinodermen. Die Sammlung wurde hauptsächlich durch Mittelmeerarten bereichert. Zur Bestimmung wurden alle unbearbeiteten Seeigel und Seesterne, einschließlich der Ausbeute der Hanseatischen Südsee-Expedition, an Prof. L. Döderlein-Straßburg gegeben; sie sind bereits zurückgekommen und großenteils in die wissenschaftliche Sammlung eingereiht.

13. Coelenteraten. Von Dr. E. Bannwarth-Cairo wurde eine Anzahl Riffkorallen erworben. Dr. L. Scheuring-Helgoland erledigte die Bestimmung einer Anzahl Hydroiden von der ligurischen Küste.

14. Protozoen und Plankton. Die systematischen Studien, die Frau M. Sondheim seit längerer Zeit an Schlammproben von der Madagaskarreise Voeltzkows vornimmt, führten zur Rehabilitierung einer von Stein (1854) beschriebenen Heliozoenart und zur Einziehung des 1879 aufgestellten Heliozoengenus Monobia. — Dr. A. Schädel-Münster bearbeitete Plankton aus dem Gebiet der Edertalsperre sowie verschiedene andere Proben; unsere Sammlung ist sowohl an marinem wie Süßwasserplankton erheblich bereichert worden.

III. Vergleichende Anatomie.

Starke Inanspruchnahme aller Mitarbeiter durch laufende Sammlungstätigkeit und vorbereitende Arbeiten für die jetzt gesteigerten Ansprüche an die anatomische Lehrsammlung haben es unmöglich gemacht, langwierige Präparationen für die Schausammlung durchzuführen. Der wichtigste Neueingang ist ein prächtig erhaltener Buckwal-Embryo aus Süd-Georgien. Dazu kommt ein neues Spalteholzpräparat vom Labyrinth des Menschen.

Durch die ständig einlaufenden Bitten um Arbeitsmaterial wurde eine Katalogisierung der großen Bestände unserer wissenschaftlichen Sammlung dringend nötig und unter der Leitung von Frau M. Sondheim in Angriff genommen. Die Eingänge aus dem Zoologischen Garten, darunter viele Geschenke, lieferten wichtiges Arbeitsmaterial. So kamen aus drei Hauptgruppen der Straußenvögel: Struthio, Rhea und Casuarius, Vertreter zur Präparation, die unserem eifrigen Mitarbeiter E. Cnyrim Gelegenheit zu Sehnen- und Muskelpräparaten gaben; seine Arbeit über einen neuen Muskel an der Schläfendrüse des indischen Elefanten ist inzwischen publiziert. — Weitere seltene Objekte lieferten die Kadaver der für die Säugetiersammlung erworbenen *Zaglossus bruyni nigroaculeatus* Rothsch. und *Zalophus californianus* Lesson, sowie eines Brillenpinguins; Direktor G. Seeth schenkte zwei Schimpansen, zu denen ein dritter von F. Klaus kam. Für spätere vergleichende Studien über die Wirkung der künstlichen Zuchtwahl bei der Rennpferd-Rasse wurden die Herzen der beiden Weinbergischen Vollblutpferde konserviert. Durch Kauf kamen wir in den Besitz eines männlichen und weiblichen Geschlechtsapparates vom Schnabeltier, sowie einer Serie von Gürteltierembryonen. Frau A. zur Strassen und Frl. A. Reichenbach verdanken wir eine Reihe schöner, für Lehrzwecke hervorragend geeigneter Präparate.

E. Creizenach verwaltete unsere durch die Ausbeute der großen Expeditionen der letzten Jahre immer mehr wachsende Skelettsammlung. Von neuem Material sind die Skelette der beiden Rennpferde, des Langschnabeligels und eines Kagus besonders erwähnenswert.

31. Dezember 1914.

B. Botanische Sammlung.

Da mit der Errichtung der Universität ein eigenes botanisches Institut (Viktoria-Allee Nr. 9, 1. u. 2. Stock) eingerichtet worden ist, so hat die Senckenbergische Naturforschende Gesellschaft mit der Administration der Dr. Senckenbergischen Stiftung die Verabredung getroffen, daß die bisher in ihrem Museum befindliche botanische Sammlung dem botanischen Institut als Leihgabe überwiesen werden soll bis auf das Herbarium, das dem Institut dauernd verbleiben soll. Es wurde deshalb bereits zu Beginn des Jahres mit den Vorbereitungen zum Umzug begonnen, der Ende Juli und Anfang August ausgeführt wurde. Seit dem 1. Oktober ist das neue botanische Institut in Betrieb.

Unterdessen sind die verschiedenen Abteilungen noch durch Geschenke und andere Erwerbungen vermehrt worden, und zwar wurden der Schausammlung Geschenke überwiesen von: Prof. Brick-Hamburg, Dr. Burck, E. I. Butler-Pusa (Ostindien), Lehrer Büttner-Neu-Isenburg, M. Dürer, Frl. M. Franque, Güldenpfennig-Staßfurt, Hofrat Hagen, Frl. L. Hanau, Frl. A. Hobrecht, Ph. J. Körber, Dr. Laibach, J. Mastbaum-Hofheim, Amtsrichter A. Meyer-Gummersbach, stud. H. Möbius, Münch-Preungesheim, Dr. L. Nick, L. Nies, stud. Ochs, Palmengarten, Buchhändler A. Rothschild, Geh. Rat H. Schenck-Darmstadt, Stadtgärtnerei, Städt. Schulgarten, Geh. Rat A. von Weinberg, Wertz, G. H. Winkler-Mainkur.

Im Herbarium wurden die Neueingänge eingereiht, besonders die Schätze des Leonhardischen Herbariums. Neue Erwerbungen wurden nicht gemacht, außer einzelnen Pflanzen, die uns von der Stadtgärtnerei und dem Palmengarten zugingen, und außer den vom Sektionär (Dürer) selbst gesammelten Pflanzen.

Die Lehrsammlung wurde besonders durch Herstellung von Wandtafeln, mikroskopischen Präparaten u. a vermehrt. Es wurde ihr überwiesen: Arbeitsmaterial von Chemiker K. Le Dous-Neu Isenburg, Dr. L. Nick, mikroskopische Präparate von Dr. F. Rawitscher-Freiburg i. B., Abbildungen von Prof. L. Diels-Marburg und Dr. F. W. Winter.

Die Sektionsbibliothek erhielt Zuwachs von: Brooklyn Botanic Garden, Chem. Fabrik Flörsheim, Dr. Nördlinger,

Institut für allgemeine Botanik-Hamburg, Instituto Médico Nacional-Mexico, C. Neithold, Prof. Th. Neumann, Senckenbergische Bibliothek, Prof. H. Schinz-Zürich, College of Agriculture-Tokio, U. S. National Museum-New York, T. O. Weigel-Leipzig.

Zu mikroskopischen Arbeiten wurde das Institut nur benutzt von Dr. R. Schenck.

Allen, die durch Geschenke zur Vermehrung unserer Sammlungen beigetragen haben, sei auch an dieser Stelle inniger Dank ausgesprochen.

C. Paläontologisch-geologische Sammlung.

Bis zum Beginn des Krieges waren die Fortschritte in der Durcharbeitung der Sammlungsbestände durch die fleißige Mitarbeit von Dr. E. Helgers (tertiäre Zweischaler), Frl. Th. Ickler (Pflanzen), Frl. M. Kaysser (Reptilien), Frl. J. Müller (Säugetiere), Frau Dr. R. Richter (rheinisches Devon), Frl. A. Schiele (Fische), Frl. E. Schreiber (Pflanzen), Frl. B. Türk (tertiäre Gastropoden) und Dr. W. Wenz (Mainzer Becken) recht gut. Durch den Krieg aber wurde der anderweitige Bedarf an tüchtigen Hilfskräften so groß, daß nur wenige die Arbeit fortzusetzen vermochten. Dazu stehen Sektionär Dr. R. Richter und Assistent Dr. A. Born im Felde.

Sammlungsmaterial wurde zur Bestimmung und wissenschaftlichen Bearbeitung ausgeliehen an: Dr. P. Dienst-Berlin (die Aviculiden von Miellen a. Lahn), Dr. W. E. Schmidt-Berlin (die Crinoiden des Unterdevons und sandigen Mitteldevons), Dr. H. G. Stehlin-Basel (die fossilen Chiropteren des Mainzer Beckens), Dr. F. A. Bather-London (Echinodermen von Gembong, Java, desgl. von Graudenz aus dem Erraticum), stud. Herxheimer-Bonn (Gryphaeen aus allen Formationen). Im Museum arbeitete Dr. F. Roman-Lyon (Wirbeltiere aus dem Mainzer Tertiär, besonders das Skelett von *Ceratorhinus tagicus* Roman).

Nachfolgende Veröffentlichungen beruhen ganz oder teilweise auf dem Material des Museums:

1. F. Schöndorf, Jahrb. des Nass. Vereins für Naturkunde Wiesbaden 66, 1913 (*Palaeaster eucharis* Hall).
2. F. Schöndorf l. c. (*Onychaster*).

3. W. Bucher, Geognost. Jahrhefte XXVI, 1913 (Junges Tertiär der Rheinpfalz).

4. A. Wurm, Verhandl. des Naturhistor. medizin. Vereins Heidelberg N. F. XII, 4. 1913 (Spanische Trias).

5. W. Wenz, Jahresber. u. Mitteil. Oberrh. geolog. Vereins N. F. IV, 1, 1914 (Schwemmlöß im Mosbacher Sand).

6. W. Wenz, l. c. (Schwemmlöß von Leimen bei Heidelberg).

7. F. Frech, Centralblatt f. Min. Geologie etc. 1914, Nr. 6 (Mitteldevonische *Bellerophon*-Arten).

8. F. Frech, l. c. Nr. 7 (Stringocephalenkalk von Hunan, Süd-China).

9. P. Oppenheim, Centralblatt für Min. Geologie etc. 1914, Nr. 9. Über Unteroligocän im Nordöstlichen Tunesien.

10. W. Freudenberg, Geolog. paläontologische Abhandlungen N. F. Bd. XII, Heft 4 und 5 (Säugetiere des ältesten Quartärs von Mitteleuropa).

11. F. Drevermann, Centralblatt f. Min. Geol. etc. 1914, Nr. 20 (*Trematosaurus*-Schädel).

Auch in dieser schweren Zeit hat der Gemeinsinn groß denkender Menschen geholfen, die Sammlung zu vergrößern. Sollte in der nachfolgenden Aufzählung wider Erwarten der eine oder andere freundliche Spender fehlen, so bitten wir das mit der Abwesenheit des buchführenden Assistenten Dr. A. Born zu entschuldigen. Die Schenker sind: Frl. M. Andreae, Dr. G. Dahmer-Höchst, Prof. C. Deninger-Freiburg, Direktor E. Franck, Prof. E. Gaertner-Pfaffendorf a. Rh., Geolog. Institut der Techn. Hochschule-Aachen, H. Grün, A. von Gwinner-Berlin, Kgl. Geologe Dr. W. Henke-Berlin, J. Henninger, Seine Hoheit Prinz Friedrich Karl von Hessen, Firma Ph. Holzmann u. Co., Lehrer A. Kahler-Hanau, Sanitätsrat Dr. C. Kaufmann, Architekt H. Kayßer, Frl. M. Kayßer, Rektor A. Kuno, Zivilingenieur R. Lion, Konsul F. Melber, Familie A. Nußpickel, Frau Dr. R. Richter, Konsul W. Rolfes-Port Elizabeth, Gebr. Rother-Müllenbach, Eifel, Chemiker A. Schmidt-Bad Homburg, M. Stern, Seminarlehrer a. D. Steuernagel, stud. rer. nat. A. Vogler, Dr. jur. E. Wagner, Geh. Regierungsrat Dr. A. von Weinberg, Dr. W. Wenz, K. Wirtz-Schondorf a. Ammersee, sowie eine Reihe von Herren, die nicht namentlich genannt sein wollen.

Die Vermehrung der Hausbibliothek hielt sich in bescheidenen Grenzen; es trugen dazu bei: Privatdozent Dr. K. Andrée-Marburg a. Lahn, Dr. S. von Bubnoff-Freiburg i. Br., Prof. Dr. W. Deecke-Freiburg i. Br., Dr. F. Haas, Dr. H. L. Hummel-Freiburg i. Br., Dr. E. Jaworski-Bonn, E. Lais-Freiburg i. Br., Dr. R. Richter, Prof. F. Richters, Bergrat Dr. W. Schottler-Darmstadt, Dr. E. Schwarz, Dr. K. Stierlin-Freiburg i. Br., Dr. H. Thürach-Freiburg i. Br., Prof. Dr. J. Versluys-Gießen, Landesgeologe H. Völker-Gießen, Dr. W. Wenz, Dr. J. L. Wilser-Freiburg i. Br., Dr. A. Wurm-Heidelberg. Im Tausch wurden zahlreiche Separata vom Zoolog. Institut der Universität Graz erworben.

I. Wirbeltiere.

1. Säugetiere. Die beiden wichtigsten Erwerbungen des Jahres sind die Glieder der Pferdereihe *Eohippus, Mesohippus, Merychippus* und *Equus* aus dem amerikanischen Tertiär und Diluvium (von jeder Gattung Ober- und Unterkiefer, Hand und Fuß, sowie Einzelzähne, fast ausschließlich in Originalexemplaren), ein Geschenk von Geh. Reg.-Rat Dr. A. v. Weinberg, sowie das nahezu vollständige Skelett eines mächtigen Auerochsen (*Bos primigenius* Bojanus), das beim Neubau des chemischen Instituts in 5—6 m Tiefe entdeckt und ausgegraben wurde. Die Firma Ph. Holzmann u. Co. übernahm in dankenswerter Freigebigkeit die sämtlichen recht hohen Kosten für das Abteufen mehrerer Schächte, zu dem sie überdies geschulte Arbeiter und Pumpen zur Verfügung stellte. Bankdirektor A. v. Gwinner regte Nachforschungen in Ägypten an, um dem Museum, wenn möglich, Schädel der großen tertiären Säugetiere aus dem Fayum zu verschaffen. Der Sammler scheint eine Menge wichtiger Funde gemacht zu haben, über die später berichtet werden soll, sobald sie in unsere Hände gelangen.

2. Reptilien und Amphibien. Die Hauptarbeit galt wieder der *Trachodon*-Mumie, die gut vorwärts gebracht wurde. Das Gestein ist wegen seiner außerordentlichen Härte so schwer zu entfernen, daß die Beendigung der Arbeit noch nicht abzusehen ist. Die begonnene Montierung des prachtvollen, von A. von Gwinner im Vorjahre geschenkten Skeletts von *Peloneustes* wurde durch den Krieg abgebrochen. Eine Reihe wichtiger Gipsabgüsse von Trias-Reptilien und Stegocephalen wurde von der Geologischen Landesanstalt zu Berlin eingetauscht.

3. **Fische.** Ein prächtiger *Pachycormus esocinus* Agassiz aus dem Lias von Holzmaden, ein Geschenk von A. von Gwinner, sowie eine Anzahl von Muschelkalkfischen sind die Haupterwerbungen. Bereits angekaufte wichtige Funde aus dem Oldred Schottlands mußten wegen des Kriegs dort liegen bleiben.

II. Wirbellose Tiere.

Hier verdient der Stamm der Arthropoden besondere Hervorhebung. So schenkte San.-Rat Dr. E. Kaufmann eine große Zahl prachtvoll erhaltener und wissenschaftlich besonders wertvoller Trilobiten aus dem Devon der Eifel; eine sehr große Zahl ganz vollständiger Trilobiten aus 23 verschiedenen Gattungen konnte durch eine Sammlung unter unsern Mitgliedern erworben werden, deren Namen nicht genannt werden sollen. Reiche Aufsammlungen aus dem Devon Belgiens vom Sektionär Dr. R. Richter und seiner Frau kamen gerade noch vor Ausbruch des Kriegs über die Grenze; Dr. A. Born brachte von seiner Reise nach Spanien und Südfrankreich eine größere Ausbeute aus dem Palaeozoicum der Montagne noire, sowie verschiedenen geolog. Horizonten Nordspaniens mit. Einige große Platten für die Schausammlung wurden von A. von Gwinner geschenkt, und auch in den übrigen Stämmen der Wirbellosen sind überall kleine Fortschritte erzielt worden.

Ein besonderer Beweis für das warme Interesse, dessen sich die geologisch-paläontologische Sammlung erfreut, sind zwei unscheinbare Stücke: eine *Rhynchonella lacunosa* Schlotheim aus dem oberen Jura von Sey, Ardennen, von Sr. Hoheit Prinz Friedrich Karl von Hessen im Schützengraben gesammelt und ein *Perisphinctes sp.* von Verdun, unter gleichen Umständen von einem unbekannten Soldaten gesammelt und geschenkt von Johanna Henninger.

III. Pflanzen.

Kleinere Reihen von Trias-Pflanzen verschiedener deutscher und alpiner Fundorte wurden erworben.

Lokalsammlung. Wie immer versorgten Privatsammler und eigene Exkursionen das Museum mit vielen Funden tierischer und pflanzlicher Art aus der Umgebung. Des freundlichen Entgegenkommens des Städt. Tiefbauamtes und seiner Beamten muß, wie alljährlich, gedacht werden. Als wichtigster Fund sei das Skelett von *Bos primigenius* (vergl. Säugetiere) nochmals erwähnt.

Mit einer Ausstellung: Tertiäre Pflanzen aus Oberhessen beteiligten wir uns auf Wunsch des Schenkers, M. Stern, an der Gewerbe-Ausstellung für Oberhessen in Gießen.

IV. Allgemeine Geologie und Lehrmittel.

Ein mit Freude begrüßtes und sofort in der Vorlesung benutztes Geschenk von A. von Gwinner sind 2 Reliefs: die berühmte Glarner „Doppelfalte" in beiden Auffassungen. Gesteinsproben und prachtvolle Bilder aus dem Engadin schenkte Seine Hoheit Prinz Friedrich Karl von Hessen; eine Reihe von Belegstücken brachte der Assistent Dr. A. Born aus Spanien mit. Zahlreiche Wandtafeln wurden von Frl. C. Proesler und Frl. E. Walcker fertiggestellt.

D. Mineralogisch-petrographische Sammlung.

Als Schenker von Mineralien, Gesteinen und Präparaten sind zu nennen: Ph. Augstein, Dr. W. Eitel, Iwan Gromoff, H. Grozinger, A. von Gwinner, Prof. E. Hartmann, Frl. L. Kinkelin, R. E. Liesegang, Landesgeologe Dr. H. Lotz, Berginspektor K. Müller, Dr. H. Pauli, Ing. H. Pichler, Dipl.-Ing. P. Prior, Hofrat O. Retowski, San.-Rat E. Roediger, Prof. A. Steuer, L. Strauß, S. M. Strauß, Dr. W. Wense-Griesheim, Dr. W. Wenz.

Wir danken auch hier den Genannten für ihre freundlichen Zuwendungen auf das verbindlichste. An Reichhaltigkeit und Wert sind auch in diesem Jahr wieder die Schenkungen unseres korrespondierenden Ehrenmitgliedes, des Herrn Arthur von Gwinner, hervorzuheben, u. a. Flußspat von Oberkirch und Baveno; in X-Strahlen fluorescierender Willemit von Franklin; Kristalle von Kupferlasur und Malachit nach Kupferlasur von Tsume; Herrerit und Weißbleierz, z. T. in Malachit umgewandelt von demselben Fundort; Gangstufe mit Bleiglanz und Zinkblende auf Kohlenkalk von Alston Moor; blauer Aragonitsinter von Arrigas, Dép. Gard; Anhydrit von Wathlingen; eine Stufe mit über 12 großen Exemplaren von Talk nach Quarzkristallen von Göpfersgrün; Reinit (Eisenwolframat) von Otomezaka, Japan; Turmalin von Krageroe; Lapis Lazuli, Prov. Coquimbo, Chile; Platte von Aragonitsinter, sog. Onyxmarmor (68 : 25 cm) aus Arizona; Gneißfaltungsstück (80 : 50 cm) von Seublitz, Fichtelgebirge; Obsidianblock (61 cm³), Acquacalda, Lipari; geschliffene Platte von Quarzkeratophyr, sog. Leopardit (73 : 21 cm) von Marlotta, Mecklenburg Co., N. Carolina, ein Gestein mit dendritenartigen Eisen-Manganoxydzeichnungen, aber die Oxyde sind nicht auf Klüften ausgeschieden, sondern wurden von den Gesteinskomponenten eingeschlossen; Gangstufen der Freiberger kiesigen Bleiformation mit Pyrit, Blende, Arsenkies, Quarz, Eisenspat und der „edlen Braunspaltformation" mit Dolomit, Pyrit, Blende, Bleiglanz; schließlich eine ausgezeichnete Stufe von Grünbleierz (21 : 16 cm) aus der Grube Bergmannstrost bei Ems, die mit Hunderten von Prismen verschiedener Größe besetzt ist, die größten erreichen 7 mm Kantenlänge bei etwa gleicher Dicke.

Dr. Eitel stellte uns eine Serie von ihm künstlich dargestellter Kriställchen von Tridymit, Christobalit, Periklas und Rutil, auch Photogramme von eutektischen Schmelzen und Gesteinsdünnschliffen, letztere z. T. in farbiger Aufnahme bei gekreuzten Nicols, zur Verfügung.

Dr. Wense in Griesheim verdanken wir eine gute Sammlung von 120 Gesteinsarten, meist sächsischer Herkunft.

R. E. Liesegang ersetzte seine früher mitgeteilten Präparate zur Erläuterung der Achatbildung durch noch schönere.

Ende Oktober erhielten wir eine Postkarte aus dem Dép. Marne, deren wesentlicher Inhalt lautete:

„Ich gelangte am 17. d. M. beim Ausheben eines Schützengrabens in den Besitz eines (nach meiner Ansicht) Meteorsteins, schön gezackt, so groß wie eine Kinderhand. Er lag ca 1 m tief gebettet auf einer Tonschicht, überlagert von einer Kalkstein-Tonschicht von ca 90 cm und noch ca 30 cm Ackererde . . . . Zwei Erdproben habe ich auch genommen aus der umgebenden Erde des Steins."

Hochachtungsvoll

Wehrmann Augstein.

Bald darauf kam eine Postsendung aus St. Goarshausen an, die den Stein — eine tonige Brauneisenkonkretion — nebst einer sauberen Profilzeichnung und wohlverpackten Bodenproben enthielt. Ist dieses Geschenk nicht eine rührende Kennzeichnung der Denkweise unserer „Barbaren" da draußen auf dem Schlachtfeld?

Herrn Berginspektor K. Müller sei auch in diesem Jahre für seine eifrige Museumstätigkeit und seine Vertretung des Sektionärs während dessen langer Erkrankung herzlichst gedankt. —

Da noch Rückstände aus dem vorigen Jahr zu decken waren, konnten nur wenige Mineralkäufe gemacht werden.

Jahresfeier am 23. Mai 1914.

Den Festvortrag hielt Hauptmann E. Ritter von Orel-Wien:

„Der Stereoautograph, ein neuer, automatischer Kartenzeichner."

Der interessante Vortrag schildert die Bedeutung der Photographie für die modernen Vermessungsmethoden. Die Photogrammetrie oder Bildmeßkunst bedient sich jener geometrischen Gesetze, unter denen die perspektivische Abbildung der Gegenstände des Objektraumes in der Kamera vor sich geht. Mit einer geeigneten Präzisionskamera, dem „Phototheodoliten", gelangt man zu genauesten perspektivischen Bildern, mittels derer alle in das Gesichtsfeld des Apparates fallenden Punkte, auf den Aufnahmestandort bezogen, festgelegt werden, können.

Man kann dann die Winkelwerte, welche die Sehstrahlen zu den einzelnen Punkten einschließen, aus der Lage der letzteren auf der photographischen Platte ableiten. Die Richtung auf ein bestimmtes Objekt wird hierbei in ähnlicher Weise festgelegt, wie es beim gewöhnlichen Meßtischverfahren geschieht. Während jedoch bei dieser Methode jede einzelne Richtung vom Standort in der Natur selbst entweder gemessen oder graphisch ermittelt werden muß, liefert das photographische Bild, statt einzelner Winkelwerte, mit einem Schlage meßbare Angaben ganzer Winkelgruppen.

Wenn man nun von mehreren bekannten Standorten („photogrammetrischen Stationen") aus die gleichen Geländeteile photographiert, wird man auf den Bildern leicht die identischen Punkte auffinden. So werden von verschiedenen Standorten aus die Richtungen zu den festzulegenden Objekten erhalten und durch graphische Konstruktion deren tatsächliche Lage ermittelt. Bei bekannter Lage der Punkte läßt sich ferner auch deren relative Höhe zum Standort berechnen.

Der Gedanke einer Verwertung der Photographie zu Meßzwecken tauchte bereits um die Mitte des vorigen Jahrhunderts auf; aber erst die ungeheuren Fortschritte der neueren Technik zeitigten allmählich praktische Resultate. Zu Anfang des jetzigen Jahrhunderts begannen die Versuche, das photogrammetrische Verfahren in Verbindung mit dem Prinzip des stereoskopischen Sehens zu bringen. Es wurde nicht mehr wie bisher auf einzelnen Bildern gearbeitet, sondern Bilderpaare geschaffen, welche die Vermessung der aufgenommenen Raumpunkte unter viel günstigeren Umständen gestatten. Die

7

stereoskopische Betrachtungsmöglichkeit der Objekte schafft durch die auftretende Plastik der Bilder scheinbare Modelle, die mit einer im Bildfeld sichtbaren „wandernden“ Marke in allen eingesehenen Teilen präzis vermessen werden können (Stereophotogrammetrie). Von den Endpunkten einer der Länge nach bekannten „Basis“ werden zwei Aufnahmen gegen das zu vermessende Objekt gemacht, und zwar wird der Abstand der beiden „Stereostationen“ möglichst groß gewählt, um eine gesteigerte Plastik zu erzielen und gleichzeitig die Genauigkeit der Punktbestimmung zu erhöhen. In einem geeigneten Betrachtungsinstrument, dem Pulfrichschen „Stereokomparator“, werden sodann diese Teilbilder zu einem einzigen, scheinbar körperlichen Modell vereinigt.

Naturgemäß war es die Geländevermessung, die dem neuen Verfahren zunächst das größte Interesse entgegenbrachte. Doch auch auf vielen anderen Gebieten wurden Versuche angestellt: in der Astronomie (Vermessung der Mondoberfläche), Meteorologie (Bestimmung von Wolkenhöhen), Ballistik (Messung von Geschoßflugbahnen), maritimen Technik (Wellenaufnahmen) usw.

Die Bearbeitung der Platten im Stereokomparator war jedoch recht umständlich; deshalb versuchte der Vortragende 1908, den Stereokomparator mit einem automatisch funktionierenden „Auftragapparat“ auszustatten. Im Jahre 1909 wurde das erste Modell eines solchen „Stereoautographen“ im K. und K. Militärgeographischen Institut zu Wien in Betrieb genommen und gleich darauf unter Verwertung der gewonnenen Erfahrungen an die Konstruktion der ersten großen Maschine geschritten, die 1911 fertiggestellt wurde. Den Verlauf der zur Formendarstellung so ungemein wichtigen „Höhenkurven“ zeichnet der Stereoautograph unmittelbar auf; ebenso können alle sichtbaren Linien, wie Wege, Wasserläufe und Kulturgrenzen, oder Häuser, Felsgruppen usw. sofort maßstabgetreu graphisch ermittelt und ihre Höhenlage bestimmt werden.

So hat die Stereophotogrammetrie eine Leistungsfähigkeit erreicht, deren volle Bedeutung vielleicht erst später erkannt werden wird. Das stereoautographische Verfahren gibt der modernen Vermessungstechnik ein wichtiges Hilfsmittel in die Hand und gestattet bei bedeutend gesteigerter Genauigkeit eine ungleich raschere Durchführung von Aufnahmen in hierzu geeigneten Gebieten, als es früher auch nur annähernd möglich gewesen ist.

L. Nick.

Lehrtätigkeit vom April 1914 bis März 1915.

I. Zoologie.

Sommerhalbjahr: Prof. zur Strassen behandelte in seiner Dienstagsvorlesung die Tausendfüßler und wandte sich dann einer besonders eingehenden Schilderung der Insekten zu, von denen alle niederen Ordnungen und von den höheren die Käfer und Schmetterlinge zur Darstellung kamen. In ausgezeichneter Weise wurde er hierbei durch farbige Tafeln unterstützt, die von den Damen Groß, Hartmann, Reifenberg und Sonntag zum Teil schon früher angefertigt waren, zum Teil während des Semesters neu hergestellt wurden.

Im Zoologischen Praktikum, das Prof. zur Strassen, unterstützt von den Damen M. Sondheim, L. Baerwald und A. Reichenbach, sowie von Dr. Nick, geleitet hat, wurden wirbellose Tiere anatomisch durchgearbeitet. Auf Regenwurm und Blutegel folgten Wegschnecke und Weinbergschnecke, Flußmuschel und Tintenfisch. Besonders eingehend wurde der Flußkrebs behandelt. Das für den zweiten Teil des Sommerhalbjahres geplante Studium von Insekten mußte des Krieges wegen unterbleiben.

Winterhalbjahr: Da Prof. zur Strassen zur Fahne einberufen worden ist, wurde Dr. L. Nick mit der Abhaltung der Zoologischen Vorlesung betraut; er las über „Das Plankton". Nach eingehender Behandlung der Bedingungen, unter denen das Leben der schwebenden Wasserorganismen in Meer und Süßwasser abläuft, wurden die sich daraus ergebenden allgemeinen „Konstruktionsprinzipien" besprochen und deren Anwendung in der Organisation der verschiedenen pflanzlichen und tierischen Planktonten erläutert.

7*

Exkursionen: Wie jedes Jahr führte Prof. Dr. A. Knoblauch auch im Berichtsjahre eine Reihe zoologischer Exkursionen, deren Ergebnisse unsere Sammlung einheimischer Tiere und die Kenntnis der Fauna unserer Umgebung immer erfreulich bereichern, die aber auch durch ihren harmonischen Verlauf jedem, der daran teilnehmen durfte, in angenehmer Erinnerung bleiben. Diesmal gings

1) am 2. April nach Münster i. T. und ins Lorsbacher Tal
2) am 30. Mai bis 2. Juni in den Vogelsberg mit Herbstein als Standquartier
3) am 27. Juni auf den Schwanheimer Sand und abends an die alten Eichen
4) am 12. Juli nach Jagdhaus Hausen bei Butzbach
5) am 18. Juli nach dem Oberwald und dem Steinbrücker Teich bei Darmstadt.

Eine große Herbstexkursion sollte in die Vogesen gehen, in den Schluchtpaß und nach Gerardmer. Vorbereitende Schritte wegen der nötigen Zutrittserlaubnis durch die französischen Behörden waren eingeleitet. Einige Wochen darauf tobte dort an der Grenze der Krieg.

Am ergebnisreichsten war die Pfingstexkursion in den Vogelsberg, die, wie unsere erste Tour (1912) in dies faunistisch sehr interessante Gebiet, vor allem eine überaus reiche Ausbeute an Insekten der verschiedensten Gruppen ergab. Zum erstenmal auf einer unserer Exkursionen wurden Flußperlmuscheln beigebracht, von einer schon länger bekannten Fundstelle aus der Altfell am Ostabhange des Vogelsbergs; bei genauerer Untersuchung der gefundenen Exemplare kamen ein paar schöne Perlen zu Tage. In dem großen Niedermooser Teich konnte ein neuer deutscher Fundort für *Leptodora kindti* Focke, unsere größte, bis auf das schwarze Auge ganz wasserklare Cladocere, festgestellt werden. Das reiche Plankton dieses großen Sees wurde lebend von den Exkursionsteilnehmern an Ort und Stelle unter dem Mikroskop durchgemustert. Wir verdanken das Gelingen dieser Sammelfahrt in erster Linie unserem korrespondierenden Mitglied Herrn Forstrat Eulefeld-Lauterbach, der uns Führer und auf den beiden Mooser Teichen Boote freundlichst zur Verfügung gestellt hat und uns überall ein kundiger Berater war. — Die Schwanheimer Exkursion galt wieder der

Sandfauna; wir hatten dabei mehrfach Gelegenheit, Grabwespen (*Sphex maxillosa* Fabr. und *Ammophila sabulosa* L.) bei ihrer Tätigkeit zu beobachten. In der Butzbacher Gegend, wohin uns eine liebenswürdige Einladung unserer Mitarbeiterin Frl. Melly Andreae führte, zeigte sich die Geburtshelferkröte sehr häufig. Zahlreiche Männchen trugen Eischnüre um die Hinterbeine, oder hatten sie in das Wasser eines kleinen Teiches abgestreift, in dem auch vorjährige Larven erbeutet wurden. Bei Darmstadt sollte ein Kreuzotterplatz abgesucht werden, an dem vor einigen Jahren zwei Tiere gefangen worden waren. Da wir leer ausgingen und auch von anderer Seite dort kein weiteres Exemplar der Giftschlange gefangen wurde, ist der erste Fund vielleicht auf den mißglückten „Einbürgerungsversuch" eines enragierten Liebhabers zurückzuführen, und Nolls Angaben über das Fehlen der Kreuzotter in der näheren und weiteren Umgebung Frankfurts träfen nach wie vor zu.

II. Botanik.

Sommerhalbjahr: Prof. Möbius las über „Physiologie der Ernährung". Die Vorlesungen begannen am 24. April und fanden wie gewöhnlich Dienstags und Freitags von 6—7 Uhr im kleinen Hörsaal des Museums statt; sie wurden besucht von 43 Hörern und Hörerinnen. Besprochen wurde in 18 Stunden: die Kohlensäure-Assimilation, die Aufnahme des Stickstoffs und der Aschenbestandteile, die Aufnahme, Verdunstung und Leitung des Wassers. Die Chemie des Stoffwechsels konnte nur begonnen werden, da nach den Sommerferien wegen des Kriegs die Vorlesung nicht fortgesetzt werden konnte. Die Darstellung wurde durch zahlreiche Experimente, makro- und mikroskopische Präparate und Abbildungen erläutert, auch die wichtigste Literatur wurde aufgelegt.

Das mikroskopische Praktikum für Anfänger wurde Donnerstags von 3—6 Uhr im großen Laboratorium des Museums gehalten und von 22 Teilnehmern (Herren und Damen) besucht. Der Kursus wurde in derselben Weise wie vor 2 Jahren durchgenommen, da er aber nach den Ferien wegen des Krieges nicht wieder aufgenommen werden konnte, fanden nur neun Übungen statt, in denen der Bau der Zelle, des Blattes und des Stengels durchgenommen wurde.

Winterhalbjahr: Am 1. Oktober 1914 wurde das botanische Institut der Universität im Bibliotheksgebäude (Viktoria-Allee 9) eröffnet, und die botanischen Vorlesungen und Übungen finden jetzt daselbst statt, aber neben den Universitätsvorlesungen in derselben Weise und zu denselben Bedingungen wie früher. Im Winterhalbjahr 1914/15 las Prof. Möbius Dienstags und Freitags über: „Pflanzengeographie".

III. Paläontologie und Geologie.

Sommerhalbjahr: Prof. Drevermann sprach über „Geologische Streifzüge durch Westdeutschland". Es wurde besonders darauf aufmerksam gemacht, die einzelnen Phasen in der geologischen Geschichte getrennt zu behandeln, um aus dieser Betrachtung ein klares Bild über den Aufbau von Westdeutschland zu erhalten. Eine besonders ausführliche Besprechung fanden die Tertiär- und die Diluvialzeit, die sich in der Nachbarschaft durch weite Verbreitung und großen Fossilienreichtum auszeichnen. Mehrere von den Damen Proesler und Walcker verfertigte Wandtafeln bildeten bei einzelnen Vorlesungen willkommenes Anschauungsmaterial. — Die von Prof. Drevermann im Anschluß an die Vorlesungen veranstalteten Exkursionen in die nähere und weitere Umgebung von Frankfurt erfreuten sich, wie immer, einer sehr lebhaften Teilnahme.

Winterhalbjahr: Die Vorlesung von Prof. Drevermann über: „Die Tiere der Vorzeit" ließ besonders biologische und stammesgeschichtliche Fragen der Paläontologie in den Vordergrund treten. Der Vortragende beschränkte sich vorläufig auf die Wirbellosen, deren einzelne Stämme in systematischer Reihenfolge in ihrem Werden und Vergehen wie in ihrer Bedeutung für den Bau der festen Erdrinde durchgesprochen wurden. Auf die Bedeutung paläontologischer Funde als wirklicher Ahnen rezenter Formen für die Systematik der heutigen Tierwelt wurde wiederholt besonders Nachdruck gelegt. Reiches Anschauungsmaterial an Wandtafeln wie an Belegstücken aus der Sammlung des Museums unterstützte den Vortrag. Noch besser kamen die Schätze der wissenschaftlichen Sammlung bei mehrfachen, außerordentlich gut besuchten Führungen zur Geltung, die gleichzeitig dazu dienten, den wechselnden Erhaltungszustand fossiler Funde und die Art wissenschaftlicher Arbeit an ihnen vor Augen zu führen.

IV. Mineralogie.

Sommerhalbjahr: Die angekündigte Vorlesung „Kristalline Schiefer" mußte wegen Erkrankung von Prof. Schauf kurz nach Beginn für das ganze Sommerhalbjahr ausfallen, und leider hat sich Prof. Schauf infolge Krankheit veranlaßt gesehen, seine Lehrtätigkeit bei der Gesellschaft vollständig aufzugeben. Die Gesellschaft spricht Herrn Prof. Schauf für seine langjährige erfolgreiche Lehrtätigkeit auch an dieser Stelle den wärmsten Dank aus. Laut Verwaltungsbeschluß wurde mit der Abhaltung der Vorlesungen der an das mineralogische Institut der Universität berufene o. Professor für Mineralogie Dr. H. E. Boeke betraut.

Winterhalbjahr: Prof. Boeke sprach über „Die Bildung und Umbildung der Gesteine vom Standpunkt der Gleichgewichtslehre" zunächst im Hörsaal des Senckenbergischen Museums, dann von Weihnachten ab im Hörsaal des neugegründeten Mineralogischen Instituts. Es wurden die neueren synthetischen Forschungen über die Bildung der Eruptivgesteine und der Sedimente, die Verwitterung mit besonderer Rücksicht auf die Kolloidmineralogie, und die Metamorphose der Gesteine besprochen. Zur Demonstration der behandelten Gegenstände diente namentlich die mikroskopische Projektion von Dünnschliffen und sonstigen Präparaten. Bei der Vorbereitung der Vorlesungen und den Demonstrationen war der Assistent des Instituts Dr. Eitel bis zu seiner Einberufung zum Heeresdienste behülflich.

V. Wissenschaftliche Sitzungen.

1. Sitzung am 31. Oktober 1914.

Prof. Dr. F. Drevermann:

„Aus Frankfurts Urzeit: Alte Sumpfwälder im Maintal und ihr Tierleben".

Beim Neubau des Chemischen Instituts am Kettenhofweg wurde in 5--6 Meter Tiefe unter dem Moor, das dort allenthalben schon in geringer Tiefe ansteht, ein fast vollständiges Skelett eines mächtigen Auerochsen gefunden und dank der hervorragenden Unterstützung der Baufirma Ph. Holzmann & Co. auch glücklich ausgegraben. In den gewaltigen Zeiten, in denen wir leben, droht selbst ein so bedeutungsvoller Fund vergessen zu werden, und so versucht der Redner, ihm wieder etwas zu seinem Rechte zu verhelfen, indem er die Zeit schildert, in welcher der Ur in der Frankfurter Gegend lebte. Sümpfe und Moore, dicht bestanden mit Erlen, Birken und Weiden, erfüllten das Maintal. Der Biber errichtete seine Bauten, Torfrind und Torfschwein lebten im Dickicht, verwilderte Hunde jagten dem Kleinwild nach, der Bär hauste im Gestrüpp und der Ur, als der mächtigste Waldbewohner, kam abends zur Tränke. Zeitlich läßt sich sein Vorkommen nur ungefähr festlegen. Wir wissen, daß im 6. Jahrhundert der Ur noch im Wasgenwald gejagt wurde; andererseits ist er im alten Reichsforst Dreieich nicht mehr vorhanden gewesen. Die übrigen Tiere geben leider auch kein genaues Bild, und so berechnet sich die Zahl der seitdem verflossenen Jahre auf mindestens 1300.

Wahrscheinlich ist es aber länger her, denn 5—6 Meter Moor bilden sich nur langsam. Und darunter lag der Fund, tief unten der Schädel und schräg nach dem Ufer zu aufwärts der mächtige Körper. Das eine Hinterbein fehlt ganz, ebenso der Schwanz; das andere ist kräftig benagt worden und die Fraßspuren deuten auf den Hund hin, dessen Skelett daneben lag. Der Ur ist verunglückt, indem er auf dem glatten zähen Letten des Grundes ausglitt und vielleicht die Wirbelsäule brach; nachher hat bei Zeiten des niederen Wasserstandes das Raubzeug an dem Kadaver genagt.

Auch geologisch ist das Alter nicht mit Jahreszahlen festzulegen. Aber es läßt sich doch feststellen, daß wir in der Neuzeit der Erdgeschichte zwei ganz verschieden alte Moorbildungen bei Frankfurt haben. Die eine war vor 60 Jahren besonders prachtvoll am Seehof aufgeschlossen und lieferte Mammut, Rentier, und einen anderen gewaltigen Wildochsen, den Wisent. Dies Moor ist viel älter als das Moor des Kettenhofwegs, Riederbruchs und so viele andere; ihre Tierwelt ist auch viel fremdartiger für uns. In den jüngeren Mooren sind auch bereits Menschenreste gefunden worden; es wäre zu wünschen, daß in friedlicheren Zeiten die erhöhte Bautätigkeit noch manchen Baustein zur Kenntnis jener Zeit herbeitrüge.

2. Sitzung am 14. November 1914.

Schriftstellerin Alice Schalek, Wien:

„Die deutschen Kolonien in der Südsee."

Jedem, der die Inselgruppen im Stillen Ozean kennt, ist ihr Gesamtname „die Südsee" zum Augurenwort geworden, die Südsee, wo man sich über nichts wundern darf, weil sie in ihrer seltsamen Mannigfaltigkeit die fast unangetastete Domäne von Beachcombern, Abenteurern und Kanakern geblieben ist. Doch das stillschweigende Übereinkommen, daß die Südsee eben die Südsee ist, wurde für die Entwicklung der Kolonien sehr gefährlich. Das Wort „unmöglich", das in Napoleons Wortschatz fehlte, ist eines der meistgebrauchten im Südsee-Vokabularium.

Die Unterlassung eines Vermittlungsversuchs in den scharfen Differenzen der Anschauungen der die Kolonien leitenden deutschen Beamten und der sie erschließenden Pflanzer hat zu der Aufrollung einiger heißumstrittener Probleme geführt, deren wichtigstes die Frage ist, wie überhaupt der Begriff Schutzgebiet aufzufassen ist.

Soll die Regierung ein von der Ethik bestellter, uneigennütziger Wärter eines Zoologischen Gartens sein, dessen vornehmste Aufgabe die Erhaltung der Art ihrer Schützlinge sei, oder soll sie Grund und Boden zur Verwertung an Reichsangehörige abgeben, was immer dann mit den Eingeborenen geschehe? Soll hier weiteres Großkapital arbeiten oder dem Kleinen Manne die Möglichkeit zu Einzelbetrieben gegeben werden? Soll man die christlichen Missionen ob ihrer selbstsüchtigen Zwecke bekämpfen oder ob ihrer selbstlosen bewundern? Und vor allem: wer soll in einem Lande die harte Arbeit leisten, wo das Klima sie den Weißen ebenso unmöglich macht, wie die mangelnde Körperausbildung den Schwarzen?

Alle diese Probleme haben noch keine rechte Lösung gefunden: es wird vorläufig ein bißchen nach rechts und ein bißchen nach links probiert, und die deutschen Kolonien mit ihren reichen Territorien harren noch des Prinzen, der Dornröschen wecken soll. Doch wenn diese Probleme die Nöte fast aller östlichen Kolonien bilden, so hat außerdem jede noch ihre speziellen. Die akuteste für Neu-Guinea ist das Verbot der Paradiesvogeljagd, welches den Aufschwung der Kokosplantagen dadurch vernichtet, daß dem mittellosen Pflanzer die Möglichkeit genommen wird, bis zur Ertragsreife der von ihm gesetzten Palmen einen Unterhalt zu finden. Infolge des keineswegs durch gewichtige Gründe verursachten Jagdverbots eines in Millionen von Exemplaren existierenden Vogels, das nur einer Volkssentimentalität entgegenkam, wurde die unsägliche Kulturarbeit zahlreicher Pflanzer dem Großkapital in die Arme geworfen.

Auf Samoa bildet der seit einiger Zeit eingeschleppte Nashornkäfer, der die Palmen vernichtet und zu dessen wirksamer Bekämpfung kein Geld vorhanden ist, die Sorge der dortigen Verwaltung, und andererseits hat die komplizierte Frage, ob die Erhaltung des Kommunismus unter den Eingeborenen wünschenswert ist, einen Streitpunkt zwischen Regierung und Kolonisten entfacht. Es ist für die erstere natürlich wünschenswert, wenn sie nur mit den Häuptlingen zu verhandeln braucht, hingegen ist es klar, daß ein System, das den Faulen unterstützt und dem Fleißigen den Lohn seiner Arbeit nimmt, nicht zur Anfeuerung der Arbeitslust dient und die Ertragsfähigkeit des Bodens nicht zur Ausnutzung gelangen läßt. Die Regierung scheut von dem „Faa Samoa“, d. h. „so ist es hier Sitte“, zurück, welches Wort jedoch von den Pflanzern vielfach als Spott für manche Rückständigkeit benutzt wird. Zweifellos bringt Deutschland all diesen Fragen noch zu wenig Interesse entgegen, es hat für seine Kolonien zu wenig Geld und zu wenig Verständnis.

3. Sitzung am 28. November 1914.
Dr. R. Sternfeld:
„Deutsche Vollblutzucht“.

Durch eine jahrhundertelange Zucht nach Rennleistung, eine Art Nachahmung des Daseinkampfes durch den menschlichen Züchter, ist das heutige Vollblutpferd entstanden, ein Pferd, das an Leistungsfähigkeit wie an Schönheit alle seine Verwandten übertrifft. Seine Bedeutung beruht auf der Notwendigkeit einer leistungsfähigen Landespferdezucht, die nur durch ständige Veredelung mit Hilfe des Vollbluts auf der Höhe gehalten werden kann.

Eine wirklich deutsche Vollblutzucht besteht bisher nicht. Das deutsche Vollblut ist als Rennpferd dem englischen und französischen nicht gewachsen, und die deutschen Züchter sahen sich daher gezwungen, immer wieder auf ausländisches Zuchtmaterial zurückzugreifen. Dieser Zustand ist aber auf die Dauer unhaltbar, da die Preise für gutes ausländisches Zuchtmaterial enorm hoch sind und die deutsche Zucht somit niemals auf eine gesunde wirtschaftliche Grundlage kommen kann, solange sie nicht vom Auslande unabhängig ist.

Die deutsche Vollblutzucht ist zudem durch zweifelhafte Theorien, die den Züchter von der Richtschnur der reinen Leistungsprüfung abzulenken suchten, keineswegs gefördert worden. Dazu gehört in erster Linie das vollkommen verfehlte „Zahlensystem" des Australiers Bruce Lowe, ferner irrige Ansichten über den Wert und Unwert der Inzucht, sowie schließlich Übertreibungen in der Zucht nach „Exterieur".

Gleichwohl kann der deutschen Zucht geholfen werden. Die Vorzüge des englischen Rennpferdes gegenüber dem deutschen beruhen lediglich auf den günstigeren Aufzuchtbedingungen, die das mildere Klima Großbritanniens gewährt. Der verhältnismäßig lange und strenge deutsche Winter raubt den jungen Vollblütern monatelang den fördernden Weidegang und selbst die notwendige Bewegung im Freien. Die Vorzüge des englischen Vollbluts beruhen demnach lediglich auf im Leben erworbenen Eigenschaften, deren Erblichkeit höchst zweifelhaft ist. Die Statistik über die Leistungen der deutschen Vaterpferde zeigt denn auch, daß die besten Inländer in der Zucht den besten importierten ausländischen Hengsten, trotz deren höherer Rennklasse, zum mindestens ebenbürtig, zweitklassigen Ausländern sogar weit überlegen sind. Diese Tatsache hebt den Unterschied zwischen inländischem und ausländischem Zuchtmaterial auf. Sie befreit den Züchter von der Notwendigkeit, stets wieder Riesenpreise für ausländische Zuchttiere zu zahlen und macht somit die deutsche Vollblutzucht endlich selbständig, ja sie ermöglicht überhaupt erst die Schaffung einer wirklich deutschen Zucht.

4. Sitzung am 12. Dezember 1914.

Dr. R. Gonder:

„Über Vererbung bei Protozoen".

In der modernen Vererbungslehre haben bisher experimentelle Untersuchungen über Veränderungen bei Protozoen einerlei, welcher Art sie waren, leider noch nicht die richtige Beachtung gefunden. Gerade in letzter Zeit hat die experimentelle Chemotherapie durch Ehrlich und seine Schule interessante Eigenschaften pathogener Protozoen berührt, die für vererbungstheoretische Fragen von großer Bedeutung sind.

Auch an freilebenden Protozoen, an Infusorien vor allem, hatten verschiedene Forscher eine starke Variabilität festgestellt. Die Infusorien veränderten Gestalt und Größe und auch ihre physiologischen Eigenschaften, wenn sie ungewohnten Lebensverhältnissen ausgesetzt wurden; jedoch zurückversetzt in die gewohnten Lebensbedingungen, kehrten sie zur ursprünglichen Form zurück; es waren also nur Modifikationen (Dauer-Modifikation), die für bestimmte Zeit sich konstant hielten und vererbt wurden.

Die Befruchtung, die bei Protozoen, nicht in einem engen Zusammenhang mit der Fortpflanzung zu stehen braucht, ändert an diesen Tatsachen auch nichts, ja unter verschiedenen Rassen und in reinen Linien (Kulturen aus einem einzigen Individuum herausgezüchtet), bringt die Befruchtung keine Änderung, da selbst in gemischten Kulturen nur Individuen von gleichen Rassen eine Befruchtung eingehen. Die Rassen bleiben eben konstant.

Die pathogenen Protozoen zeigen häufig in ihren immunisatorischen Eigenschaften eine sehr große Variabilität, so ganz besonders die Trypanosomen und Spironemen. Alle die bekannten Rezidivstämme sind biologisch meist von dem Ausgangsstamm verschieden, was sich auf Grund des immunisatorischen Verhaltens leicht experimentell nachweisen läßt. Die Veränderung muß eine im Plasma zu suchende Umregelung sein. Von ganz besonderem Interesse sind aber die auf chemischem Wege künstlich und bewußt veränderten pathogenen Protozoen. Hier vermag man die Veränderung auch direkt dem Auge sichtbar zu machen im Reagenzglasversuch. Normale Trypanosomen z. B. werden durch verschiedene chemische Mittel schnell abgetötet und durch Farbstoffe noch während des Lebens gefärbt: gegen diese chemischen Mittel gefestigte Trypanosomen, d. h. durch die Mittel nicht mehr zu beeinflussende, werden dagegen nicht abgetötet und färben sich auch nicht vital. Besondere orthochinoide Farbstoffe lassen sogar ganz bestimmte Angriffstellen in der Protozoenzelle erkennen. Bei Trypanosomen kommt es unter Einwirkung derartiger Farbstoffe zum Verschwinden des kleinen zweiten Kerns. Diese chemisch, künstlich veränderten pathogenen Protozoen sind durchaus nicht pathologisch veränderte Formen, denn weder in der Virulenz, noch in der Lebensfähigkeit, Fortpflanzung und dergleichen büßen sie etwas ein. Die veränderten Eigenschaften werden vererbt, durch Hunderte von Tierpassagen und durch Millionen von Generationen.

Wichtig ist, daß eine Befruchtung bei veränderten Protozoen wieder den Normalzustand herstellen kann, also der Jungbrunn ist, der der Erhaltung der Art oder Rasse dient. Ob diese Tatsache für alle Protozoen zutrifft, ist nicht erwiesen, bei Spironemen, recht primitiven Mikroorganismen protozoischer Natur, kommt wohl keine Befruchtung vor, und chemisch gefestigte Formen vererben daher auch ihre Festigkeit sogar durch die Überträger. Wesentlich und wichtig ist vor allem, daß bei allen diesen Experimenten an Protozoen bewußt künstlich die Veränderungen, die wohl alle eine chemisch-physikalische Umbildung bedeuten, hervorgerufen werden, und daß wir, wie Ehrlich und seine Schule zeigten, Anhaltspunkte erhalten über Zusammenhang von Konstitution der angewandten Mittel, über die Art der Verteilung in der Zelle und die Gesamtwirkung auf Zelle und Organismus. Die moderne Vererbungslehre wird mit diesen Tatsachen in Zukunft mehr als bisher rechnen müssen.

5. Sitzung am 16. Januar 1915.

Prof. Dr. H. Driesch-Heidelberg:

„Über Seele und Leib".

Der Vortragende geht aus von der Lehre des sogenannten „psychophysischen Parallelismus", wie sie sich vor allem an die Namen Spinoza und Fechner knüpft: Jedem einzelnen „seelischen" Sein und Werden soll ein einzelnes naturhaftes und zwar „mechanisches" Sein und Werden als seine

„andere Seite" entsprechen. Ein allgemeiner Grund für diese Lehre ist der Umstand, daß „Natur" alsdann besonders einfach zu erfassen wäre; aber wäre nicht, auf der anderen Seite, die Geschichte jedes Sinnes entkleidet, käme man nicht in die Absurditäten eines „Panpsychismus", einer Allbeseelungslehre? Doch genug der Allgemeinerwägungen. Der Vortragende untersucht nun zunächst gewisse Tatsachen aus der Lehre vom psycho-physischen Geschehen: Wahrnehmungsbilder wurden mit Erinnerungsbildern verglichen, das „Wiedererkennen" wird analysiert. Das ergibt Schwierigkeiten für die Lehre vom Parallelismus, welche sich geradezu zu Gegengründen steigern, wenn der Vorgang des „logischen Nachdenkens" einerseits, wenn die „Handlung" andererseits analysiert wird. Aber noch bedeutsamer für die Entscheidung als die Lehre vom psycho-physischen Geschehen ist die Lehre vom psychischen Sein, von den psychischen „Dingen" und der Vergleich der psychischen Dinge mit den physischen. Die Struktur der „Dinge" ist auf beiden, angeblich einander „entsprechenden" Seiten durchaus anders: Hier der Bezug auf das „Ich", dort das „neben"einander im Raum. Der Begriff der „Resultante" hat auf beiden Seiten durchaus verschiedene Bedeutung. Das wesentlichste Ergebnis aber wird durch eine Untersuchung über die „Mannigfaltigkeit" der psychischen und der physischen Dinge und durch einen Vergleich der „Mannigfaltigkeiten" beider erzielt. Es ergibt sich, daß die Mannigfaltigkeit, d. h. der Reichtum an letzten, unzerlegbaren Verschiedenheiten, im Psychischen größer ist als im Physischen, und daß daher das eine durchaus nicht die „andere Seite" des anderen sein kann. Die Lehre vom Parallelismus ist durch die Lehre von dem psycho-physischen Wirken zu ersetzen. Der Begriff „Seele" gewinnt seine Bedeutung wieder. Der Vortragende schließt mit einigen Bemerkungen über die Bedeutung des Begriffs der „Mannigfaltigkeit" für andere philosophische Probleme, z. B. für die Frage nach dem Verhältnis von „Mechanismus" zu „Zweckhaftigkeit", von „Kausalität" zu „Freiheit".

6. Sitzung am 30. Januar 1915.

Dr. K. von Frisch, München:

„Die biologische Bedeutung von Blumenfarben und Blumenduft, nach Untersuchungen über die Sinnesempfindungen der Biene."

Man kann die Blütenpflanzen in biologischer Hinsicht in zwei große Gruppen einteilen: bei der einen Gruppe erfolgt die Übertragung des Blütenstaubes durch Wind oder Wasser; solche Pflanzen haben unscheinbare, duftlose Blüten. Bei der anderen Gruppe erfolgt die Bestäubung durch die Vermittlung von Insekten, die, während sie in den Blüten Nektar sammeln, den Blütenstaub von Blume zu Blume übertragen und so Kreuzbefruchtung herbeiführen. Diese an Insektenbesuch angepaßten Blüten pflegen durch auffallende Färbung oder Duft ausgezeichnet zu sein. Farbe und Duft — so nimmt man an — macht diese Blumen für die Insekten weithin kenntlich und sichert so den für die Pflanze so wichtigen Insektenbesuch. Unsere Anschauungen über die Bedeutung der Blütenfrage wurden in jüngster Zeit durch Untersuchungen erschüttert, deren Ergebnis zu sein schien, daß die Bienen und alle Insekten total farbenblind seien. Diese Lehre hat sich aber als irrtümlich erwiesen. Die Bienen besitzen Farbensinn. Doch unterscheiden sie die Farben nicht so vollkommen wie der normale Mensch, sondern ihr Farbensinn stimmt mit dem Farbensinn der sogen. rotgrünblinden Menschen überein, die ein reines Rot wie Schwarz, ein gewisses Blaugrün wie grau sehen und nur zwei Farbentöne unterscheiden: Orangerot, gelb und grün erscheint ihnen „gelb", blau, violett und purpurrot nennen sie „blau". Die Färbung der Blumen läßt eine deutliche Beziehung zu der Rotgrünblindheit der Insekten erkennen.

Von der größten Bedeutng für die Pflanzen ist die „Blumenstetigkeit" der Bienen: die Biene besucht bei ihrem Fluge stets nur Blumen einer bestimmten Pflanzenart. Würde sie wahllos von Blüte zu Blüte fliegen, so wäre dies sowohl für die Biene, die überall einen anderen Blütenmechanismus vorfände, als für die Pflanze, die nicht wirksam bestäubt würde, von Nachteil. Aber wie erkennt die Biene die zusammengehörigen Blumen, trotz ihres beschränkten Farbensinnes? Es läßt sich zeigen, daß sowohl die verschiedene Form der Blüten als vor allem der verschiedene Blütenduft für die Bienen zur Unterscheidung der Blumen von großer Bedeutung ist.

7. Sitzung am 13. Februar 1915.

Prof. Dr. L. S. Schultze-Jena, Marburg:

„Natürliche Schutzwehren Deutsch-Südwest-Afrikas".

Der Vortragende ging von der Sonderstellung aus, die Deutsch-Südwest-Afrika als die einzige Siedelungskolonie in unserem überseeischen Besitz einnimmt: das Schicksal von rund 12500 deutschen Männern, Frauen und Kindern steht auf dem frevlen Spiel, das England im Lande der Diamanten und des Goldes wie einst mit den Buren, so jetzt mit uns zu treiben unternimmt. Als Glied Südafrikas hat unser Schutzgebiet zunächst nur in flüchtiger Berührung Portugiesen, dann farmend ins Land tiefer eindringende Holländer, endlich um die Mitte des vorigen Jahrhunderts Engländer als Guanosammler und Robbenschläger auf den Küsteninseln Fuß fassen sehen. Die Küste des kalten Nebelmeeres, die Jahrhunderte lang mit ihrer schweren Brandung und mit der Wüstenei, die sich hinter ihr dehnt, Landungen am Festland sich entgegenstellte, ist heute dadurch wieder zu einer natürlichen Schutzwehr gegen einen feindlichen Einfall geworden, daß mit der Zerstörung der Landungsbrücke zu Swakopmund, der Trinkwasserdestillation in Lüderitzbucht und der west-östlichen Eisenbahnen im Norden und Süden des Landes alle die Schwierigkeiten eines Eindringens großer Menschenmassen, die wir in 30jähriger Kulturarbeit überwunden hatten, jetzt wieder in Wirkung treten. Am Beispiel des letzten Hottentotten- und Herero-Feldzuges zeigte der Vortragende, welchen Aufwand an Geld und Organisation es bedurfte, den Vorstoß der Truppen von der Küste ins Binnenland und den geordneten Nachschub des Proviantes zu erzwingen. Die Durststrecken der Namib-Dünen und Felseinöden verschanzen uns also im Westen. Der Süden dagegen, so sehr die hier extreme Trockenheit des Landes auch das Vordringen des Feindes erschweren würde, wird als unmittelbares Nachbargebiet der Kapkolonie und ihrer Port Nolloth-Bahn das nächst gebotene Einfallstor in unser Schutzgebiet sein. Daß wir auf frühe Angriffe aus dieser Richtung gerüstet waren, haben die ersten Nachrichten über Kämpfe um die dortigen Wasserstellen bewiesen. Der Norden des Schutzgebiets, der an sich offen und eben in regenreicheres Hackbauland zur portugiesischen Grenze führt, wird wohl von den kriegerischen Stämmen der Ovambo blockiert. Wir haben die Ovambo im Interesse unserer Arbeiteranwerbungen von Anfang an als Freie behandelt, es ist deshalb nicht unwahrscheinlich, daß sie einem feindlichen Vorstoß von portugiesischer Seite her, der ihnen selbst die Freiheit gefährdet, Schwierigkeiten in den Weg legen. Wenn nicht, würde der Gegner in Windhuk den Widerstand eines starken Bollwerkes fühlen. Die Hoffnung ist aber nicht ausgeschlossen, daß unser Nordnachbar, mit dem wir in Frieden zu leben wünschen, aus gleichem Wunsch sich nicht zum Werkzeug englischer Habgier machen läßt. Im Osten schiebt sich die Kalahari als endloses Durstfeld zwischen uns und das englische Betschuanenland. Mag an dessen nördlichen Wasserstellen auch noch ein versprengter Rest unserer alten Herero- und Nama-Feinde sitzen, es ist doch nicht anzunehmen, daß ihre englischen Schutzherren die friedlichen Betschuanen auch nur zu einem Kleinbanden-Krieg gegen uns in Bewegung setzen werden. Der Vortragende begründete die Schwierigkeiten, die einem feindlichen Einfall in Südwest-Afrika sich entgegenstellen, im einzelnen ausführlich aus der Naturgeschichte des Landes und streifte mehrfach auch die Frage unserer Stellung zu den Herero und Hottentotten, deren Hilfe als Kundschafter und Führer nicht gering einzuschätzen sei. Mit Recht wurde auf das Verbrechen an der Zivilisation hingewiesen, dessen unsere Feinde mit der Entfesselung des Krieges zwischen Weißen im Lande des Negers sich schuldig gemacht haben. Die Abrechnung darüber werden unsere Südwestafrikaner nicht allein, sondern im Fernbund mit den Kämpfern an den Grenzen und auf den Meeren des Mutterlandes durchführen.

8. Sitzung, am 20. Februar 1915.

Prof. Dr. H. E. Boeke:

„Die optischen Eigenschaften der Kristalle“.

Der Vortragende verfolgt das Ziel, durch projektive Vorführungen ohne breitere theoretische Auseinandersetzungen die einfachsten optischen Eigenschaften, die zur Erkennung der Minerale benutzt werden, zu erläutern. Nachdem ein Beispiel für die spontane Kristallisation einer Schmelze gezeigt worden war, wurden einige Merkmale der Minerale, die auch von Laien sofort richtig gedeutet werden können, wie besonders die Farbe und die Durchsichtigkeit, demonstriert. Ein tieferes Eindringen erfordert schon die diagnostische Verwendung der relativen Größe der Lichtbrechung des Minerals im Vergleich zum Einbettungsmedium (meist Canadabalsam). Das hierdurch bedingte scheinbare „Relief“ der Minerale im Dünnschliff wurde an verschiedenen Beispielen gezeigt. Weit ausgiebiger zur Diagnose sind die Erscheinungen der Doppelbrechung (Demonstration des klassischen Versuches von Huygens mit Kalkspat). Zum Studium der Doppelbrechung bei Kristallpräparaten dient eine sehr einfache Lichtart, das sog. linear-polarisierte Licht, das nur in einer Richtung senkrecht zur Fortpflanzung des Strahles schwingt. Solches Licht wird durch ein Nicolsches Prisma geliefert. Zwei derartige Prismen in gekreuzter Stellung absorbieren die gesamte einfallende Lichtmenge (Demonstration). Eine doppelbrechende Kristallplatte zwischen gekreuzten Nicols verursacht im allgemeinen eine farbige Aufhellung des Gesichtsfeldes („Interferenzfarbe"), was bei einigen Präparaten und bei verschiedenen Modifikationen eines sich umwandelnden Stoffes vorgeführt wurde. Auch die Spannungen in gepreßtem Glase verraten sich durch ähnliche Farbenerscheinungen (Demonstration). Nur in zwei besonderen Lagen der Kristallplatte zwischen gekreuzten Nicols erscheint das Gesichtsfeld dunkel („Auslöschungslagen"). Die Interferenzfarben in ihrer Abhängigkeit der Dicke des Präparates lassen sich am besten in einer keilförmig geschliffenen Platte, etwa von Quarz, übersehen (Demonstration, auch in einfarbigem Lichte). Durch spektrale Zerlegung (Demonstration) zeigt sich die zusammengesetzte Natur der Interferenzfarben. Läßt man an Stelle eines parallelen Strahlenbündels ein konisches Bündel polarisierten Lichtes durch einen doppelbrechenden Kristall fallen, so entstehen durch die Interferenz symmetrische Lichtfiguren, die zur Diagnose von Mineralen wichtig sind. Solche Interferenzfiguren bei Kristallplatten aus verschiedenen Kristallsystemen wurden vorgeführt, auch der allmähliche Übergang des optisch zweiachsigen zum einachsigen Bild durch Überlagerung von Lamellen (Reußsche Glimmerkombination). Schließlich diente ein erhitztes Gipspräparat zur Demonstration der starken Abhängigkeit der optischen Eigenschaften gewisser Kristalle von der Temperatur.

Zur Erinnerung an Gustav Lucae

gelegentlich seines 100. Geburtstages.

(Festsitzung am 14. März 1914.)

Mit 2 Abbildungen

von

Ernst Roediger.

Meine Damen und Herren!

Bei unserer Gesellschaft ist es ein von Alters her überlieferter und wohl gepflegter Brauch, mitten in unserer vorwärtsstrebenden Tätigkeit auch in die Vergangenheit die Blicke zu richten, die alten Traditionen zu wahren und der Persönlichkeiten in dankbarer Erinnerung zu gedenken, die unsere Gesellschaft groß zu machen geholfen haben. Der heutige Tag gibt Anlaß, uns eines Mannes zu erinnern, dem unsere Gesellschaft ein besonders warmes Andenken bewahrt, des Professor Dr. Gustav Lucae, der heute vor 100 Jahren in unserer Stadt das Licht der Welt erblickt hat.

Der Aufforderung der Direktion der Senckenbergischen Naturforschenden Gesellschaft, einige Worte der Erinnerung an Lucae an dieser Stelle zu sprechen, bin ich um deswillen gerne gefolgt, weil einmal hierdurch der Dr. Senckenbergischen Stiftungsadministration, die ich die Ehre habe zu vertreten, Gelegenheit gegeben ist, das Andenken des verdienten Direktors unserer Anatomie mit zu feiern, und weil ich persönlich als ein früherer Schüler Lucaes Gelegenheit finde, meiner eignen dankbaren Erinnerung Ausdruck zu verleihen.

Gustav Lucae war ein echtes Frankfurter Kind. Sein Großvater war Apotheker und besaß die drittälteste Frankfurter Apotheke, die Kopfapotheke, später die Brückenapotheke in der Fahrgasse. Sein Vater Samuel Christian widmete sich dem ärztlichen Beruf und ließ sich nach absolviertem Studium in Heidelberg als Privatdozent für Medizin nieder. Im Jahre 1812 wurde er als Professor für Pathologie und Therapie an die vom Großherzog von Frankfurt, dem Fürsten Dalberg, auf dem Boden des Dr. Senckenbergischen medizinischen Institutes gegründete „Medizinisch-chirurgische Spezialschule" berufen, der jedoch nur eine kurze Existenz beschieden war. Lucae blieb nach deren Auflösung im Jahre 1813 noch zwei Jahre in Frankfurt und folgte dann einem Ruf an die Universität Marburg als Professor der Pathologie und Therapie und Direktor der inneren Klinik.

Unser Gustav Lucae wurde in Frankfurt am 14. März 1814 geboren. Nach dem frühen Tode seines Vaters kam er als siebenjähriger Junge in seine Vaterstadt zurück, besuchte hier das Gymnasium, das er 1833 mit dem Zeugnis der Reife verließ. Er studierte dann in Marburg und Würzburg Medizin und promovierte am 10. September 1839 in Marburg mit einer Dissertation, welche bereits ein Thema behandelte, das er später mit Vorliebe pflegte, „Über die Symmetrie und Asymmetrie der tierischen Organe, besonders des Schädels". Im folgenden Jahre wurde er unter die Zahl der hiesigen Ärzte aufgenommen und begann seine Praxis in Bornheim, woselbst sein Andenken noch heute durch die von ihm 1842 gegründete Kleinkinderbewahranstalt erhalten ist. Nach einigen Jahren siedelte er nach Frankfurt über und setzte hier seine ärztliche Tätigkeit fort.

Im Jahre 1841 war er arbeitendes Mitglied unserer Naturforschenden Gesellschaft geworden, 1844 wurde er zum Vorsteher der Sektion für vergleichende Anatomie ernannt. Als im Mai 1845 der Mitgründer unserer Gesellschaft Dr. Cretzschmar starb, wurde Lucae an seiner Stelle mit der Abhaltung der zoologischen Vorlesungen beauftragt. Nachdem im Jahre 1851 Dr. Heinrich Hoffman zum Leiter der neuerbauten Anstalt für Irre und Epileptische ernannt worden war, und somit sein Amt als Lehrer der Anatomie, das er 10 Jahre geführt hatte, niederlegen mußte, konnte die Administration der Dr. Senckenbergischen Stiftung keinen geeigneteren Nachfolger für die Leitung der Anatomie wählen, als Gustav Lucae. So kam er an die Stelle, deren Lehrstuhl an einer früheren Hochschule sein Vater vor 39 Jahren für kurze Zeit inne gehabt hatte, und bis zu seinem Lebensende versah er dieses Amt in Gewissenhaftigkeit, Treue und

8

mit großem Erfolg. 1869 starb Eduard von der Launitz, der Schöpfer unseres Guttenberg-, Guiollett- und Bethmanndenkmals, der als Lehrer der Bildhauerkunst an dem hiesigen Städelschen Kunstinstitute tätig gewesen war und mit Sachkenntnis und Eifer seit 1831 auch die Vorlesungen über Anatomie für Künstler dort abhielt. Diese Vorlesungen übertrug nun die Administration des Städelschen Institutes Gustav Lucae, der, wie wir später sehen werden, durch seine Studien schon frühe in enge Beziehungen zur Kunst, persönlich zu den Künstlern und speziell zu Eduard von der Launitz getreten war.

1863 gelegentlich des hundertjährigen Jubiläums der Dr. Senckenbergischen Stiftung erhielt Lucae von dem Senat der Freien Stadt Frankfurt den Professortitel. 1876 konnte er unter allgemeiner Teilnahme von Nah und Fern sein 25jähriges Jubiläum als Dozent feiern. Am 3. Februar 1883 entriß ihn eine Lungen- und Rippenfellentzündung nach kurzer Krankheit seinem arbeitsreichen Leben.

Dies ist der einfache Gang seines äußeren Lebens, und diesen kurzen Daten hätte ich noch einige weitere über sein äußerliches Verhältnis zur Senckenbergischen Naturforschenden Gesellschaft hinzuzufügen. Wie schon bemerkt, trat Lucae am 4. September 1841 als arbeitendes Mitglied bei uns ein, 1844 wurde er zum Sektionär für vergleichende Anatomie und Skelette ernannt, ein Amt, das er bis zu seinem Tode mit großem Eifer neben der später geschaffenen anthropologischen und ethnographischen Sektion verwaltete. 1845 übernahm er die zoologischen Vorlesungen. In den Jahren 1850—51, 1856—57, 1860—61 und 1864—65 bekleidete er das Amt eines zweiten Direktors. Als 1847 die ständige Bücherkommission für die Redaktion der Abhandlungen und später der Berichte sowie für die Anschaffung von Büchern und Zeitschriften errichtet wurde, war Lucae deren ständiges Mitglied, später deren Vorsitzender. Er war ferner regelmäßiges Mitglied unserer verschiedenen Preiskommissionen.

Soweit mit trockenen Daten. Um die Bedeutung Lucaes für das wissenschaftliche Leben in Frankfurt und für unsere Gesellschaft gebührend zu würdigen und zu verstehen, müssen wir seine Arbeiten etwas näher betrachten. Bereits in seiner Doktordissertation sehen wir, daß Lucae den damals noch herrschenden naturphilosophischen Betrachtungen den Rücken gekehrt und sich auf den Boden exakter wissenschaftlicher Forschung gestellt hat, einer Methode, der er in allen seinen Arbeiten treu geblieben ist. Bereits bei den Arbeiten für seine Dissertation hatte er mit Schwierigkeiten technischer Natur zu kämpfen, nämlich die ganz unzureichende Möglichkeit, durch Messungen an Objekten gefundene Daten in Abbildungen genau wiedergeben zu können. Die bisherigen anatomischen Abbildungen waren zum Teil wohl künstlerisch hervorragend ausgeführt, aber sie entbehrten der mathematischen Genauigkeit, die Lucae für die Wiedergabe seiner Untersuchungen verlangte. Die ältesten anatomischen Abbildungen von Leonardo da Vinci und de la Torre, ferner das 1543 erschienene Werk Vesals, dessen Zeichnungen von einem Schüler Titians, dem Johann van Calcar angefertigt waren, stammten aus der Hand von Künstlern, die für genaue Messungen weniger Interesse hatten. Erst der Leidener Anatom Siegfried Albinus versuchte für sein großes anatomisches Prachtwerk geometrische Zeichnungen herzustellen. Auf den Rat des Professors der Physik s'Gravesande fertigte sich Albin zwei ähnliche Rahmen mit derselben Anzahl eingezogener Fadenquadrate an, deren einer, welcher direkt vor einem Skelett aufgestellt war und die Größe desselben hatte, 10mal so groß war wie der andere, welcher etwa 4 Fuß vor jenem stand. Die mit zwei hintereinander gelegenen entsprechenden Fadenkreuzen coincidierenden Punkte des abzubildenden Gegenstandes wurden nun auf einem ähnlichen Liniennetze notiert. Für die Auffassung nahm der Künstler eine Entfernung von 40 Fuß vom Objekt an. Aber auch diese so gewonnenen Abbildungen waren, wie es aus der Beschreibung ersichtlich ist, und wie es schon der Zeitgenosse Albins, der Professor der Anatomie und Chirurgie in Amsterdam, Camper, der selbst Vorlesungen über bildende Kunst überhaupt und über Anatomie für Künstler insbesondere hielt, nachwies, nicht geometrisch, sondern vorherrschend perspektivisch, sie konnten daher auch zu genauen Messungen nicht verwendet werden. Camper verlangt, daß anatomische Gegenstände nicht aus einem Augenpunkt gesehen abgebildet werden, sondern so, daß jeder einzelne Teil des Objektes von der rechtwinkelig auffallenden Gesichtsachse getroffen werde. Er benutzte ein ähnliches Verfahren wie Albin, bestehend aus mehreren hintereinander liegenden Fäden und erhielt mittelst dieser Vorrichtung geometrische Zeichnungen von Objekten, die er mit anderen nach perspektivischen Grundsätzen

8*

angefertigten verglich, und die sehr drastisch den großen Unterschied der aus beiden Methoden erwachsenen Bilder demonstrierten. Nach Camper war man aber zu einer noch besseren und einfacheren Methode, exakt geometrische Zeichnungen herzustellen, in der Folge nicht gekommen.

Lucae benutzte nun bei seinen Untersuchungen zunächst das Verfahren von Albin, das er aber dadurch modifizierte und prinzipiell wesentlich verbesserte, daß er statt der zwei ungleich großen Fadennetze zwei gleich große nahm. Die Fäden in den beiden Rahmen waren in einem Abstand von je einem Zoll ($2\frac{1}{2}$ cm) gezogen. Die beiden Rahmen wurden parallel zu einander vor einen Gegenstand gestellt und die markanten Punkte des Objektes auf das vordere Netz, später auf eine auf dieses gelegte Glastafel eingezeichnet. Durch Messungen wurde dann eventuell von der Originalzeichnung ein verkleinertes Bild angefertigt. Das Verfahren war zwar umständlich und mühsam, aber die erhaltenen Bilder waren völlig geometrisch. In weiteren Verbesserungen konstruierte Lucae einen Apparat, der einfach war und mit dem auch im Zeichnen wenig Geübte präzise Aufnahmen machen konnten. Er ersetzte die beiden Fadenkreuze durch einen Diopter, unter dessen oberem kleinen Loch ein einziges dünnes Fadenkreuz senkrecht in einiger Entfernung angebracht war. Diopter und Fadenkreuz waren an einem Stativ befestigt, dessen schwerer nur nach einer Seite gerichteter Fuß auf einer Glastafel hin und her gerückt wurde, um das Auge senkrecht über die einzelnen Punkte eines unter der Glastafel befindlichen Objektes einzustellen. Die gefundenen hervorstechenden Punkte des Objektes wurden mit einer Feder und Tusche auf die Glastafel selbst eingezeichnet, dann abgepaust und in der Pause mit Linien zum Bilde verbunden.

Nach diesen Methoden nun stellte Lucae seine Forschungen beginnend mit denen über Symmetrie und Asymmetrie an. Ich muß mir leider hier versagen, auf die weiteren Arbeiten Lucaes des Genaueren einzugehen, da ich mich auf ein zu spezielles wissenschaftliches Gebiet zu begeben hätte. Im Wesentlichen umfassen seine Forschungen das Skelett und die Muskeln und die Beeinflussung der Bildung der knöchernen Teile des Körpers durch letztere. Von seiner Studienzeit her interessierte sich Lucae hauptsächlich für die feinere Struktur und Gestaltung des Schädels und dessen Entwicklung, für deren Messung und genaue bildliche Darstellung er eine geometrische Zeichenmethode ausarbeitete.

Es war nun ganz natürlich, daß er bei diesen Untersuchungen auch in das Gebiet der Anthropologie und Ethnographie seine Forschungen ausdehnte und im Gegensatz zu der damals herrschenden nur linguistischen Unterscheidung verschiedener Rassen, die Rassenunterschiede und Merkmale durch exakte anatomische Untersuchungen aufzuklären suchte. Seine diesbezüglichen Forschungen brachten ihn bald in Kontakt mit anderen hervorragenden Spezialforschern auf diesen Gebieten, und auf eine Anregung Lucaes an Carl Ernst von Baer kam 1861 die bekannte Göttinger Anthropologen-Versammlung zustande, die später zur Gründung der Deutschen Anthropologischen Gesellschaft führte. Auf eine weitere Anregung Lucaes trafen im Juni 1865 in unserer alten Anatomie am Eschenheimer Tor Desor aus Neuenburg, Ecker aus Freiburg, His aus Basel, Lindenschmidt aus Mainz, Schaafhausen aus Bonn und Carl Vogt aus Genf, die führenden deutschen Anthropologen, mit Lucae zusammen, um das Archiv für Anthropologie zu gründen. Mit diesem Zweige der wissenschaftlichen Forschung blieb Lucae bis an sein Lebensende in lebhaften Beziehungen, und seinem persönlichen Interesse ist es zu danken, daß unsere Gesellschaft eine sehr beachtenswerte Sammlung von Schädeln der verschiedensten Rassen besitzt.

Lucae war eine ausgesprochen künstlerische Natur, die ihn schon frühe in Beziehungen zu dem damaligen Kunstleben in unserer Stadt führte. Gemeinsame Interessen, die Technik des Zeichnens und die Nachbildung von Gegenständen durch die Plastik und die Malerei, vorzugsweise von Menschen und Tieren, brachten ihn in nähere Beziehungen zu dem Lehrer am Städelschen Kunstinstitut Eduard von der Launitz, der an diesem auch als Lehrer der Anatomie wirkte, eines Wissenszweigs, der für die Kunst von jeher von höchster Bedeutung war, der in unseren Tagen aber von gewissen sogenannten „Kunstrichtungen" als veraltet und überlebt über Bord geworfen ist. Von der Launitz und Lucae standen Jahre lang in angeregtem und fruchtbarem persönlichem Verkehr und Ideenaustausch, und es war ganz natürlich, daß Lucae nach dem Ableben jenes klassischen Künstlers 1869 von der Administration des Städelschen Kunstinstitutes zu seinem Nachfolger für den anatomischen Unterricht an der Kunstschule ernannt wurde. Zu statten kam ihm für diese Lehraufgabe sein künstlerisch hochentwickeltes Zeichentalent, das er bei allen seinen Schülern zu wecken und zu fördern suchte. Gar manchen dieser, mochten es Ärzte oder Naturforscher gewesen sein, hatte er in den Stand gesetzt, mit selbst angefertigten Lithographien seine wissenschaftlichen Arbeiten zu illustrieren. Die Vorlesungen über Anatomie hielt Lucae in seinem Institut am Eschenheimer Tor ab. Aus jenen Zeiten sind uns von der Hand ihm befreundeter Künstler einige Bilder erhalten, die seine Tätigkeit der Nachwelt überliefern.

Von dem abgebildeten Ölgemälde (S. Tafel 1) existieren zwei Originale, die beide nach einer im Jahre 1864 von Lucaes Freund, dem verstorbenen Professor Heinrich Hasselhorst, angefertigten Skizze, später von diesem gemalt worden sind. Das eine der Originale befindet sich mit anderen Bildern von Lucae im Besitz eines außerhalb Deutschlands lebenden Verwandten Lucaes, das andere ist im Besitz des Städelschen Kunstinstitutes, und von diesem besitzt eine 1907 von I. G. Mohr angefertigte Kopie die Dr. Senckenbergische Stiftung. Das Bild stellt eine Demonstration an der Leiche dar. An dem Kopfende steht Lucae, im Hintergrund im Schatten die Professoren Jakob Becker und Hasselhorst. An der Leiche arbeitet der damalige Prosektor der Anatomie, der Assistenz-Chirurg J. P. Sälzer († 1867). Das andere Bild, (Taf. 2) eine Bleistiftzeichnung Hermann Junkers, ist wohl etwas später entstanden. Das Bestreben Lucaes, für wissenschaftliche Arbeiten nicht nur mathematisch genaue, sondern auch künstlerisch vollendete Abbildungen zu erhalten, veranlaßten ihn, einen Verwandten bei der Gründung einer Kunstdruckerei mit Rat und Tat zu unterstützen und weiterhin zu fördern, und diese unsere Anstalt von Werner u. Winter, deren mustergültige Reproduktionen naturwissenschaftliche Werke des In- und Auslandes schmücken, die sich zu einer Anstalt von Weltruf emporgearbeitet hat, wird sich gewiß stets in Dankbarkeit der Anregungen und Ratschläge erinnern, mit denen sie der alte Lucae in ihrem Entwicklungsgang gefördert hat.

Am hervorragendsten aber war die Tätigkeit Lucaes als Lehrer in seinen Spezialgebieten, der Anatomie, der vergleichenden Anatomie und der Zoologie. Um diese in ihrem ganzen Um-

fang und in ihrem Werte richtig würdigen zu können, müssen wir zunächst einmal das höhere Unterrichtswesen in Frankfurt in den damaligen Zeiten einer näheren Betrachtung unterziehen. Als höchste geistige Bildungsstätte hatten wir das Gymnasium, das 1520 gegründet, vom Jahre 1529 ab, wo es in das aufgehobene Barfüßerkloster verlegt worden war, seinen eigentlichen Beginn rechnet. Zu dieser, lange Zeit alleinigen, höheren Unterrichtsanstalt trat als zweite 1803 die Musterschule, deren Absolvierung aber erst in neuester Zeit zu dem Universitätsstudium Berechtigung gibt. Ein fachmännisches Urteil über das geistige Streben der Frankfurter Jugend zu Beginn des vorigen Jahrhunderts gibt uns der damalige Rektor des Gymnasiums Matthiae in der Einleitungsschrift zu den Progressions-Feierlichkeiten Ostern 1811, in der er unter den Nachrichten von dem Gymnasium folgendes schreibt: „Zwar ist übertriebene Studiersucht in unserer Handelsstadt nicht eigentlich das Übel, woran unsere Jugend zu kranken pflegt, indessen haben wir (weniger um den guten Namen des Gymnasiums zu sichern, welches freilich immer nur wohl vorbereitete, mit den Musen nicht unbefreundete, dem Staate dereinst ersprießliche Dienste versprechende Zöglinge den Universitäten zusenden möchte, als um einem oder dem anderen meist zu späte Reue zu ersparen) auch hierauf vorgekommener Fälle wegen Bedacht nehmen zu müssen geglaubt, und auf unsere Anfrage unter dem 28. August 1810 von Seiten der vorgesetzten Behörde die Weisung erhalten: „diejenigen Schüler, welche offenbar keine Anlagen zum Studieren haben, und sich doch nicht abhalten lassen wollen, sich den Wissenschaften zu widmen, um damit ihr Fortkommen zu suchen, zu weiterer Verfügung anzuzeigen."

Für die Strebsamkeit der Schüler war diese Maßregel ohne jeden Wert, weil die Schule selbst es nicht verstand, den Schülern höhere geistige Anregung zu geben. Zwar wirkten an ihr einzelne vortreffliche Gelehrte, allerdings nur in nebensächlichen Fächern, die später entweder zu den Gründern unserer Gesellschaft gehörten, wie der Lehrer der Naturkunde, Professor Miltenberg, oder der spätere Gründer und proponierende Sekretär der Polytechnischen Gesellschaft, der Physiker Poppe und andere. Sie hatten jedoch auf den pädagogischen Geist der Schule keinen Einfluß. Allmählich sanken die erzieherischen Leistungen des Gymnasiums und der Einfluß auf eine geistige Hebung der

Schüler immer mehr herab. Nach der Versicherung des späteren Direktors des Gymnasiums, Mommsen, bei Gelegenheit der 350jährigen Feier seines Bestehens hatte diese Schule um die Mitte des vorigen Jahrhunderts den „traurigsten Tiefstand" erreicht. Für Schülerbegriffe war dies freilich eine herrliche Zeit: es gab kein Abiturientenexamen! Nach Absolvierung der Schule

Fig. 2. Gustav Lucae. Bleistiftzeichnung von Hermann Junker.

wurden diejenigen, welche sowohl wissenschaftlich als auch ihrer gesamten Entwicklung nach für reif befunden waren, zur Hochschule entlassen. Mitte der fünfziger Jahre trat langsam die Reformation des Gymnasiums ein, die im Jahre 1855 den Schülern eine lateinische schriftliche Arbeit, eine Abgangsarbeit, bescherte, und Ostern 1873 wurde die preußische Abiturientenprüfung, wie sie heute noch besteht, eingeführt. Von 1855 ab wurde auch der Lehrstoff vermehrt, in der Neuzeit fast bis zur Überbürdung. Es wäre aber weit gefehlt, wenn man das Urteil Mommsens über den beklagenswerten Zustand des Gymnasiums auch auf dessen abgehende Schüler beziehen wollte, denn diese erwiesen, wie wir bald sehen, gerade das Gegenteil.

Für die höhere geistige Anregung und Erziehung unserer Frankfurter Jugend war nämlich ein mächtiger Konkurrent entstanden, dessen Einfluß in einer stetig aufsteigenden Linie im Gegensatz zu der divergent absteigenden des Gymnasiums lief; das Senckenbergianum, das heißt nach dem guten alten Sprachgebrauch: die Vereinigung der Dr. Senckenbergischen Stiftung mit ihrem Medizinischen Institut, unsere 1817 gegründete Naturforschende Gesellschaft und der 1824 gegründete Physikalische Verein. Über diese Konkurrenz äußert sich der eben erwähnte Rektor Matthiae in dem Schulprogramm von 1811 folgendermaßen: „Überhaupt kann es uns keineswegs gleichgültig sein, ob in Hinsicht der Art, wie unsere Schüler außer den Lehrstunden ihre Zeit verwenden, auf die Zwecke, welche das Gymnasium erreichen soll und kann, gehörige Rücksicht genommen wird oder nicht. So läßt es sich z. B. nicht billigen, wenn solche, die sich dereinst der Arzneykunde oder Chirurgie zu widmen gedenken, nicht etwa offenbar zu früh, sondern auch zum Nachteil des Schulbesuchs, den anatomischen Vorlesungen im Senckenbergischen Stifte beywohnen wollen. Solche Gesuche sind wir in der Regel zurückzuweisen genötigt: ihnen kann nur in ganz besonderen Fällen, und nicht ohne Genehmigung des hochwürdigen Consistoriums, gewillfahrt werden."

In dem kurze Zeit nach dem Tode Senckenbergs am 15. November 1772 eröffneten und in Betrieb genommenen medizinischen Institut war, hauptsächlich durch die Anregungen Goethes, im Jahre 1817 unsere Senckenbergische Naturforschende Gesellschaft ins Leben getreten, die der finanziell bedrängten Stiftung die Sorge für die Pflege der Naturwissenschaften, mit Ausnahme der Botanik, abnahm. Unsere Gesellschaft erlebte alsbald einen ungewöhnlichen Aufschwung. Als im Jahre 1825 die vierte Versammlung Deutscher Naturforscher und Ärzte hier tagte, berichtet der berühmte Lorenz Oken über den Gesamteindruck, den er von dem Senckenbergianum erhalten hatte, und schließt seinen Bericht mit folgenden Worten: „Noch fehlt zwar der Sammlung (nämlich unserer Gesellschaft) das, was man das Ganze oder Vollständige nennen kann, wodurch erst das Studium der Natur eigentlich wissenschaftlich und systematisch erreicht wird, allein wenn der Eifer so fortdauert, so wird die Sammlung in wenigen Jahren in die Reihe der vollständigen und eigentlich lehrreichen treten, worin der Anfänger seine Ausbildung erhalten und der Naturforscher vollständige Werke ausarbeiten kann. — Auch wird bereits Unterricht in verschiedenen naturwissenschaftlichen Zweigen an dieser Anstalt erteilt und bildet mit den Vorträgen im Senckenbergischen Institut einen Cyklus, der beinahe einer Fakultät gleich zu achten ist."

Dies war im Jahre 1825, acht Jahre nach Gründung unserer Gesellschaft! —

Bereits im Jahre 1824 war der Physikalische Verein gegründet worden, der in gleicher Weise wie unsere Gesellschaft vorwärts strebte und die Pflege der Physik und Chemie übernahm.

Diese drei Anstalten übten, Dank der Tätigkeit wissenschaftlich bedeutender und für ihre Arbeit begeisterter Männer eine immer größere Anziehungskraft auf ihre Mitbürger aus und nicht zum Wenigsten auf die Jugend, der die Schule höheres Interesse nicht einflößen konnte, und so kam es nach und nach dahin, daß jene strengen Maßregeln Matthiaes weniger straff gehandhabt wurden, daß Dispense häufiger erteilt wurden, ja daß in der Folge manche Schüler sogar den Nachmittagsunterricht schwänzten und die Schule ein Auge dabei zudrückte.

Unter solchen Verhältnissen trat Lucae sein Amt als Lehrer, zunächst für Zoologie, im Jahre 1844 und dann 1851 für Anatomie an. Volle 40 Jahre hat er Sommer und Winter in regelmäßigen Lehr- und Demonstrationskursen neben den Erwachsenen, die seine Vorlesungen besuchten, die lernbegierige Jugend Frankfurts in die weiten Gebiete der Medizin und der Naturwissenschaften eingeführt. Er stand gewissermaßen an den Eingangspforten für beide Disziplinen. Lucae war ein geborener Lehrer. Er hatte vor allem die große Begeisterung für seine Aufgabe und seine Wissenschaft, durch die er seine Zuhörer fesselte und mit fortriß, und ein lebhaftes persönliches Interesse an jedem einzelnen seiner Schüler. So kam es, daß der Kreis seiner Zuhörer sich stetig mehrte. Es kamen zu seinen Vorlesungen nicht nur die angehenden Mediziner und Naturwissenschaftler, sondern auch solche, die sich späterhin anderen Wissenszweigen widmeten. Wie mir von drei lebenden alten

Frankfurtern, Juristen, erzählt wurde, die ebenfalls bei Lucae die Vorlesungen gehört hatten, gehörte es damals „zum guten Ton“, während der Gymnasialzeit die Vorträge im Senckenbergianum zu besuchen. Der Besuch der Vorlesungen Lucaes stieg mehr und mehr, er hatte oft bis zu 80 Zuhörer. Das erscheint nach heutigen Begriffen wenig. Für die damaligen Zeiten aber war dies eine hohe Ziffer. Das Hauptkontingent für die anatomischen Vorlesungen stellten die Bader oder die Wundärzte zweiter Klasse, welche hier ihre Ausbildung erhielten und nach Absolvierung derselben vor den Physicis ein Examen abzulegen hatten. Mit den heutigen Heilgehülfen können sie nicht verglichen werden, ihre wissenschaftliche Ausbildung war eine höhere. Weiterhin beteiligten sich an den Vorlesungen hiesige Ärzte und einzelne Privatpersonen. Lucaes Lieblingsschüler aber waren die Gymnasiasten. Ihnen widmete er vorzugsweise sein Interesse, das er auch seinen Schülern zeitlebens bewahrte. Eine richtige, sachgemäße, wissenschaftliche Erziehung der Jugend lag ihm vor allem am Herzen. Als sich die Teilnahme an seinen Vorlesungen ins Ungemessene steigerte, erbat er sich von der Verwaltung unserer Gesellschaft die Erlaubnis, für den Besuch jener selbst Karten ausgeben zu dürfen, um so die Anwesenheit von Ungeeigneten und noch unreifen jungen Leuten zu verhindern. — Die Reformen am städtischen Gymnasium verfolgte er mit lebhaftem Interesse. Als im Jahre 1856 der Aufenthalt der Schüler in Prima auf zwei Jahre ausgedehnt wurde, berichtet er an die Administration der Stiftung:

„Die Einführung des zweijährigen Lehrkursus für Prima im hiesigen Gymnasium und die mir zugekommene Ermächtigung, nur Schüler der Prima zu meinem anatomischen Unterricht zuzulassen, bringt unserer Lehranstalt manche Vorteile. Es ist hiermit für unsere Schüler aus dem Gymnasium ein bestimmt begrenzter Raum, ein bestimmt zu erstrebendes und leicht zu erreichendes Ziel festgesetzt. Während des zweijährigen Aufenthaltes in Prima haben die jungen Leute Gelegenheit, beide Teile unserer Vorlesungen über die Anatomie des Menschen zu hören und in dem letzten Winter Muskeln und Bänder zu präparieren. Sie sind bei ihrem Abgange auf Universität gewöhnlich in der Knochen-, Muskel- und Bänderlehre, in den Lagerungsverhältnissen der Fascien, sowie in der Lagerung der Organe in der Brusthöhle, dem Bauch und Becken vollkommen zu Hause, und somit in Stand gesetzt, sofort auf der Universität Arterien, Nerven und Sinnesorgane zu präparieren und bei einem zweiten Besuch der anatomischen Vorlesungen, die subtilsten Verhältnisse des menschlichen Körpers zu erfassen. Mit leichter Mühe führen wir diese noch im Bereich der Schule sich befindlichen jungen Leute durch die Misere der Anfangsgründe der Anatomie und haben die Freude, durch strenge, schulmäßige Behandlung nicht nur eine solide Grundlage, sondern auch ein erhöhtes Interesse für die Wissenschaft erzielt zu haben. Trotzdem ist die in der von Herrn Gymnasialdirektor Classen gedruckter Progressionsrede ausgesprochene Befürchtung, „daß unsere Anatomie den Schülern der höheren Klasse des Gymnasiums bei ihren philologischen Studien nachteilig wäre", unrichtig. Sie wurde faktisch widerlegt, indem unsere tüchtigsten jungen Leute, z. B. Steffan, Deichler, Neumüller, Schmidt, Hirsch, Fabricius, Bockenheimer, Bardorff, welche in den letzten Jahren unsere Anstalt besuchten und noch teilweise besuchen, nach Classens eigenem Geständnis sehr gute, zum Teil die ausgezeichnetsten Schüler der Prima in den letzten Jahren waren."

Nun, alle Genannten sind uns noch in guter Erinnerung, sie haben auch in ihrem späteren Leben ihre Tüchtigkeit bewiesen und die Meisten waren später tätige Mitglieder unserer Gesellschaft. — Lucae fährt fort:

„Faule und nachlässige Schüler des Gymnasiums, die aber auch bei uns die gleichen Eigenschaften beibehielten, wurden bei uns bald zur Seite geschafft. Mit besonderer Freude kann ich noch berichten, daß die in die Ferien heimkehrenden Studenten sich meistens auf der Anatomie wieder um uns versammelten, hier teilweise repetierten, Versäumtes sich erklären lassen, präparieren, oder sich in dem von mir genossenen Unterricht im geometrischen Zeichnen oder Lithographieren vervollkommnen."

Ein praktisches Ergebnis dieser propädeutischen Tätigkeit Lucaes darf ich jetzt schon vorweg nehmen, das einigen seiner Schüler zu gut kam. In freistädtischer Zeit brachte eine benachbarte Universität einigen Schülern Lucaes die bei ihm mit Erfolg absolvierten beiden Studiensemester zur vollen Anrechnung auf die vorgeschriebene akademische Ausbildungszeit, ein Ereignis, über das sich der Lehrer, der Schüler und dessen Eltern wohl gleich gefreut haben!

Am Gymnasium gingen die Bestrebungen für eine Verbesserung des Unterrichts allmählich weiter. Vielleicht von einem oder dem anderen Gelehrten mit moderneren Anschauungen, vielleicht auch aus dem Grund, der unangenehmen Konkurrenz des Senckenbergianums etwas das Wasser abzugraben, war angeregt worden, den Unterricht in Naturkunde, der bisher nur in Sexta und Quinta gehalten wurde, auch in den Lehrplan höherer Klassen aufzunehmen. Diese Anregung wurde zunächst verworfen. Es wird erzählt, es habe bei dieser Gelegenheit eine maßgebende Persönlichkeit gesagt: „Ich kann nicht begreifen, wen es interessieren kann zu wissen, wie der Affe von hinten aussieht." Ostern 1873 wurde sehr gegen die Ansicht des Direktors unseres Gymnasiums, Mommsen, der den alten Modus beizubehalten für richtiger hielt, nach dem das Lehrerkollegium auf Grund eigener Erfahrung und Überzeugung einen Schüler nach erfolgreichem Schulbesuch zur Hochschule entließ, auf Anordnung des Unterrichtsministeriums das Abiturientenexamen nach dem bestehenden preußischen Muster eingeführt. Lucae äußerte sich über diese Maßregel in einem Bericht an die Stiftungsadministration folgendermaßen:

„Mein ganzes Augenmerk ist auf die Gymnasiasten gerichtet. Gerade diesen Schülern unserer Anstalt ein warmes, lebendiges Interesse für unsere Wissenschaft und eine feste, sichere Grundlage für ihr weiteres Studium zu gewähren, liegt mir besonders am Herzen. Leider aber hat sich seit Einführung des Maturitätsexamens am hiesigen Gymnasium die Zahl dieser Schüler gemindert. Hoffentlich wird der Schrecken vor dem Examen bald vorüber sein und wieder die alten Verhältnisse eintreten." —

Leider traten sie für Lucae nicht ein. Die Ansprüche, welche in wachsendem Maße die Schule an die Arbeitskraft der Schüler stellte, erschwerten den Besuch der Vorlesungen immer mehr, und als sich gar die Schule veranlaßt sah, den Besuch derselben ganz zu verbieten, beziehungsweise später nur durch die Vermittelung des Direktors des Gymnasiums zu erlauben, opferte Lucae eine ganze Stunde seiner Vorlesungen, um gegen diese, ihm ganz unverständliche Maßregel mit flammenden Worten Protest zu erheben, leider ohne Erfolg! Nur Wenige kamen noch. Um so größere Freude hatte er in den Universitätsferien, wieder, wie früher, zahlreiche Schüler um sich versammeln zu können, die er in alter Liebe und mit jugendfrischer Kraft zu fördern verstand.

Wie Lucae über seinen Beruf als Lehrer dachte, zeigt uns ein Bericht an die Administration aus dem Jahre 1858. Er schreibt von sich:

„Wenn es ihm gelungen ist die wissenschaftliche Stellung der Anatomie auch in diesem abgelaufenen Jahre zu verbessern, so geschah dieses doch nur dadurch, daß er selbst der eifrigste Schüler seines Institutes war. Nur auf diesem Wege hofft er ein tüchtiger Vertreter seines die gesammte Anatomie des Menschen umfassenden Faches den Kollegen gegenüber zu werden, und nur dadurch, daß er selbst in begeistertem Streben als erster Lernender seinen Schülern vorangeht und offen und ehrlich als ihr Mitschüler sich bekennt, muß es ihm gelingen die Jugend für die Wissenschaft zu begeistern und durch Vertrauen und Dankbarkeit an sich und das Institut zu fesseln. Auf diese Weise wurde es ihm auch in dem abgelaufenen Jahre möglich, nicht bloß den Wissenskreis und die Tüchtigkeit seiner Schüler zu fördern, sondern auch den Sammlungen einen schätzenswerten Zuwachs zu schaffen. Es ist den jungen Leuten ein Gegenstand des Ehrgeizes, ihre Präparate in der Sammlung aufgestellt zu sehen, und die Senckenbergische Sammlung nennen sie „unsere Sammlung". Gehen wir auf dem betretenen Wege weiter und unsere Schüler werden einen großen Vorsprung vor denen aller anderen Anstalten haben."

Das war Lucaes Geist und derselbe Geist war auch bei seiner Tätigkeit als Lehrer in der vergleichenden Anatomie und Zoologie, und die Resultate seiner Arbeit hier wie dort die gleichen. Es mehrten sich die Sammlungen der einschlägigen Fächer bei der Anatomie und der Naturforschenden Gesellschaft. Das bezeugt auch das Urteil eines hervorragenden Fachmannes, des Naturforschers Freiherrn von Kittlitz, eines unserer Ehrenmitglieder, der sagte: „Hier auf Senckenbergs Boden ist eine Weihe, ein Segen ausgegossen, welche mich immer mit großer Dankbarkeit und Ehrfurcht erfüllt."

Meine Damen und Herren! Ich habe Sie einen Weg geführt, der viel von den Verhältnissen unseres Gymnasiums und eigentlich wenig Ausführliches von der Tätigkeit Lucaes als Lehrer berührte. Es ist mir auch im Hinblick auf die mir zugemessene Zeit nicht möglich, Ihnen eingehender über die Fülle von Arbeit zu berichten, der die Anatomie und unsere Gesellschaft die Vermehrung ihrer Sammlungen aus der persönlichen Tätigkeit

Lucaes und der seiner Schüler verdankt. Glauben Sie auch nicht, daß die größere Bedeutung Lucaes nur darin liegt, daß er während seiner über 40jährigen Tätigkeit als Lehrer einer großen Anzahl von Männern, fast allen Ärzten, den meisten Naturforschern und vielen Künstlern unserer Stadt zu ihrem späteren Lebensberuf Anregung und Förderung gegeben hat. Diese Tatsachen allein wären für Lucaes Bedeutung und Wirken noch nicht erschöpfend. Ihm zum größten Teil haben wir eine für Frankfurt in wissenschaftlicher und kulturhistorischer Beziehung sehr bedeutsame Erscheinung zu verdanken, nämlich die Tatsache, daß unsere Stadt im vergangenen Jahrhundert an der Spitze aller deutschen Städte stand, die Mitglieder an die höchsten Bildungsstätten, die Universitäten, Akademien der Wissenschaften und ähnliche Anstalten als Lehrer geliefert haben, eine Erscheinung, die verdient noch genauer durchforscht zu werden. Bis zum Beginn des 18. Jahrhunderts hat unsere, vorwiegend den Handelsinteressen gewidmete Stadt nur wenige Hochschullehrer hervorgebracht. Im 18. Jahrhundert waren es 9, unter ihnen der bekannte Lorenz Heister, Chirurg und Botaniker in Helmstädt, und weiter der Bruder unseres Stifters, der Reichshofrat Freiherr von Senckenberg, vorher Professor der Jurisprudenz in Gießen. Im 19. Jahrhundert aber haben wir 105 zu verzeichnen. Wessen Verdienst war diese Tatsache? Zweiffellos nur zu einem sehr geringen Teil das unseres Gymnasiums, über dessen Tätigkeit Mommsen uns ein so ungünstiges Urteil gibt. Sie war das Verdienst unseres Senckenbergianums! — Schon einen der zeitlich ersten am Anfang des vorigen Jahrhunderts, Friedrich Wöhler, sehen wir in lebhaftem Verkehr als Student mit unserer Gesellschaft, deren korrespondierendes Mitglied er geworden war. Die erste Anregung für seinen Werdegang hatte er den Männern zu verdanken, die später die Gesellschaft gegründet hatten. Es folgen nach und nach andere. Der größte Prozentsatz aber entfällt in die Zeit der Tätigkeit Lucaes. Der bekannte Chirurg Billroth sagt, als er die Heimat der 1876 an den Universitäten deutscher Nation dozierenden ordentlichen Professoren der Medizin und der Naturwissenschaften untersucht: „Am glänzendsten steht die Stadt Frankfurt da, mit 9 Professoren (Hamburg nur 2, Lübeck, Bremen 0); von diesen Männern gehören 8 den Naturwissenschaften, 1 der Anatomie an. In Frankfurt hat immer ein hoher Sinn für Kunst und Wissenschaft bestanden; das Senckenbergische Institut hat wohl wesentlich Anteil daran, daß so viele Frankfurter gerade zum Studium der Naturwissenschaften angeregt sind." — Stricker, unser medizinischer Historiker und Zeitgenosse Lucaes, schreibt jenen Ruhm mit Recht nicht zum geringsten Teil Lucae zu, dessen Lebensaufgabe darin bestand, bei der nach höherer geistiger Bildung dürstenden Jugend Sinn und Verständnis für wissenschaftliche Tätigkeit zu wecken. Wie schon erwähnt, wurden die Vorlesungen Lucaes nicht nur von angehenden Medizinern und Naturforschern besucht, sondern von allen strebsamen Schülern, die geistige Anregung suchten. So finden wir unter den 105 Hochschullehrern des vergangenen Jahrhunderts aus Frankfurt Professoren der verschiedensten Disziplinen: 19 Mediziner, unter ihnen den Züricher Anatomen Hermann von Meyer, den Physiologen Moritz Schiff in Genf, den Augenarzt Ludwig von Wecker in Paris, den Anatomen Ponfick in Breslau, den noch lebenden Anatomen Emil Gasser in Marburg, einen Lieblingsschüler Lucaes, den Otologen Otto Körner in Rostock u. a.; 7 Zoologen, unter ihnen Heinrich Frey in Zürich, Carl Chun in Leipzig, Exzellenz Weismann in Freiburg, Otto Bütschly in Heidelberg, Robert Scharff in Dublin u. a. 10 Chemiker, 8 Botaniker, 5 Physiker, ferner 10 Philologen, 16 Juristen, 5 Philosophen, 4 Mathematiker, und Astronomen, 3 Theologen, 8 Historiker, 2 Nationalökonomen und 2 Geologen. Von vielen steht es geschichtlich fest, daß sie die Anregung zu der höchsten wissenschaftlichen Laufbahn in dem Senckenbergianum erhalten hatten und zwar sehr häufig durch den persönlichen Einfluß Lucaes. So tritt seine Bedeutung für unsere Stadt in ein noch helleres Licht. Seinem Einfluß haben wir es zu verdanken, daß er nicht nur tüchtige Männer für unser städtisches Leben in der vordersten Reihe heranbilden half, sondern auch bei der Jugend einer vorzugsweise Handelsstadt das Interesse und die Begeisterung für hochstrebendes wissenschaftliches Forschen und Lehren erweckte. Und er tat dies durch die zu seiner Zeit zum Teil noch nicht verstandene, zum Teil noch mißachtete Macht des erzieherischen Einflusses streng methodischer naturwissenschaftlicher Denkweise und Forschung, durch das Vorbild seiner persönlichen Selbstzucht und Begeisterung für seine Wissenschaft, die er unwiderstehlich auf seine Schüler übertrug.

Und wenn im Herbst dieses Jahres die Universität Frankfurt eröffnet wird und bei dieser Gelegenheit ein Überblick gegeben wird über das seit und durch Senckenbergs Stiftung erblühte und wachsende geistige und wissenschaftliche Leben in unserer Stadt, so wird man mit an erster Stelle des Mannes gedenken müssen, der als Forscher und Lehrer einer unserer Besten gewesen ist, des überzeugten und erfolgreichen Vorkämpfers für die Idee, an der er bis zu seinem Lebensende festhielt, trotz einer Enttäuschung im Jahre 1867, daß Frankfurt einmal doch eine Universität bekommen müsse:

Johann Christian Gustav Lucae.

Anhang.

Zusammenstellung der Frankfurter, welche vom 15. bis 19. Jahrhundert Hochschullehrer oder Mitglieder von Akademien der Wissenschaften geworden sind.

Aufgenommen sind solche, welche 1) entweder in Frankfurt geboren sind, oder 2) außerhalb Frankfurts geboren, in jungen Jahren nach Frankfurt kamen, hier ihre Schulbildung genossen und die Anregung zu ihrem späteren Lebensberuf erhalten haben.

15. Jahrhundert.

1) Johannes de Franckfordia alias Lagenator de Dieburg, magister artium, sacrae theologiae Professor, Rector der Universität Heidelberg 1406, 1416, 1428. † 1440.
2) Conradus Welgelyn, Dekan der Artistenfacultät in Heidelberg 1430.
3) Johannes Schwertmann magister artium. 1456 Rektor der Universität Leipzig.
4) Conrad Odernheim, 5mal Rector der Universität Freiburg † 1485.
5) Melchior Schwarz, Magister artium, Pedellus universitatis in Freiburg 1481. † August 1481.

16. Jahrhundert.

1) Ludwig Graff, magister artium, Arzt. Prof. med. 1576, 1581, 1604, 1612, Rektor der Universität Heidelberg, 1547-1615.
2) Johannes Rudel, 1532, Lehrer der Institutionen an der Universität Marburg, † 1563 in Lübeck.

17. Jahrhundert.

1) Helwig (Helvicus) Christoph, 1581-1617, Prof. der hebräischen Sprache und Theologie in Gießen.

9*

2) Rötel, Hieronymus, 1636-1676, Prof. der Medizin in Gießen.
3) Thilenius, Nicolaus, 1648-1690, Prof. der Jurisprudenz in Gießen.

18. Jahrhundert.

1) Behrends, Johann Bernhard Jacob, 1769-1823, Professor der Anatomie und Chirurgie in Altdorf und Jena, später Lehrer der Anatomie an der medicinischen Spezialschule in Frankfurt am Main.
2) Büchner, Johann Gottfried Siegmund Albrecht, 1754- † Professor der Rechte in Gießen.
3) Gabler, Johann Philipp, 1753-1826, Prof. der Theologie in Altdorf und Jena.
4) Griesbach, Johann Jacob, 1745-1812, Prof. der Theologie in Halle und Jena.
5) Heister, Lorenz, 1683-1758, Prof. der Anatomie, Chirurgie und Botanik in Amsterdam, Altdorf und Helmstedt.
6) Hensing, Johann Thomas, 1683-1726, Prof. der Medizin und „philosophiae naturalis chymicae" in Gießen.
7) Huth, Caspar Jacob, 1711-1760, Prof. der Theologie in Jena und Erlangen.
8) Senckenberg, Heinrich Christian, 1701-1768, Prof. der Rechte in Göttingen und Gießen.
9) Tabor, Gerhard, 1694-1742, Prof. der Medizin in Gießen.

19. Jahrhundert.

1) Andreae, Achill, 1859-1905, a. o. Professor der Paläontologie und Geologie in Heidelberg.
2) de Bary, Heinrich Anton, 1831-1888, Prof. der Botanik in Freiburg, Halle und Straßburg.
3) Baumann, Johann Julius, 1837- (lebt noch) Professor der Philosophie in Göttingen.
4) Bayrhoffer, Christian Friedrich, 1783-1813, Privatdozent der Medizin an der Spezialschule in Frankfurt a. Main.
5) Bender, Johann Heinrich, 1796-1859, Privatdozent der Staats- und Rechtsgeschichte in Gießen.
6) von Bethmann-Hollweg, Moritz August, 1795-1877, Prof. der Rechte in Berlin (später Staatsminister).

7) Beyschlag, Heinrich Christoph Willibald, 1823-1900, Prof. der Theologie in Halle.
8) Binding, Lorenz Ludwig Carl, geb. 1841 (lebt in Freiburg i. B.), Prof. der Rechte in Basel, Straßburg und Leipzig.
9) Blum, Ludwig Friedrich, 1804-†, Prof. der Pädagogik und Staatsrat in St. Petersburg.
10) Bonnet, Alfred Max, 1841- (lebt noch in Montpellier), Prof. der Literaturgeschichte in Lausanne und Montpellier.
11) Büchner, Friedrich Gerhard, 1797-1825, Privatdozent der Rechte in Gießen.
12) Bütschly, Adam Otto, geb. 1848, lebt in Heidelberg, Prof. der Zoologie in Heidelberg.
13) Buttmann, Philipp Carl, 1764-1829, Philologe, Mitglied der Akademie der Wissenschaften in Berlin.
14) Chun, Carl Friedrich Gustav, 1852-1914, Prof. der Zoologie in Königsberg, Breslau und Leipzig.
15) Claus, Bruno, 1813-1899, Privatdozent für Chirurgie in Bonn.
16) Cornill, Carl Heinrich, 1854 geb., lebt noch. Prof. der Theologie in Marburg, Königsberg, Breslau und Halle.
17) Cornill, Johann Adolph, 1822-1902, Privatdozent d. Philosophie in Wien und Heidelberg.
18) Creizenach, Wilhelm Michael Anton, 1851 geb., lebt noch, Privatdozent für Literatur in Leipzig, Univ.-Prof. in Krakau.
19) Diehl, Karl, 1864 geb., lebt noch, Prof. der Staatswissenschaften in Halle, Rostock, Königsberg und Freiburg i. B.
20) Drescher, Carl, 1864 geb., lebt noch, Literarhistoriker, Privatdozent in Münster, Prof. in Bonn und Breslau.
21) Elster, Ernst, geb. 1860, lebt noch, Prof. f. neuere deutsche Sprache und Literatur in Glasgow, Leipzig und Marburg.
22) Elster, Ludwig, geb. 1856, lebt noch, Nationalökonom, Prof. der Staatswissenschaften in Aachen, Königsberg und Breslau, Vortragender Rat im Königl. Preuß. Kultusministerium.
23) Engelmann, Georg, 1809-1884, Dr. med., Botaniker, Präsident der Akademie der Wissenschaften in St. Louis.
24) Fester, Richard, geb. 1860, lebt noch, Prof. der Geschichte in München, Erlangen, Kiel und Halle.

25) von Feuerbach, Anselm, 1775-1833, Prof. der Rechte in Jena, Kiel, Landshut und München.

26) Flesch, Maximilian Heinrich Johannes, geb. 1852, lebt noch, Prof. der Anatomie in Würzburg und Bern.

27) Fresenius, Carl Remigius, 1818-1897, Chemiker in Gießen, Prof. der Chemie an der landwirtschaftlichen Lehranstalt in Wiesbaden.

28) Freund, Ernst, geb. 1864, lebt noch, Prof. der Jurisprudenz und für römisches Recht in Chicago.

29) Frey, Friedrich Heinrich Conrad, 1822-1890, Professor der Zoologie in Zürich.

30) Freyreiß, Georg Wilhelm, 1789-1825, Prof. der Botanik in Rio de Janeiro.

31) Freyreiß, Johann Balthasar, 1790-186.. Professor der Forstwissenschaft in St. Petersburg.

32) Gasser, Emil Johann Jacob, geb. 1847, lebt noch, Prof. der Anatomie in Bern und Marburg.

33) Goebel, Julius, geb. 1857, Prof. für deutsche Philologie und Literatur an der Stanford Universität in Californien, an der John Hopkins Universität in Baltimore, an der Havard Universität in Cambridge und an der Staatsuniversität in Chigago.

34) Gräbe, Charles, geb. 1841, lebt noch, Prof. der Chemie in Leipzig, Königsberg und Genf.

35) Gravelius, Harry, geb. 1864, lebt noch, Prof. der Geographie an der Technischen Hochschule in Dresden.

36) Hanau, Arthur, 1858-1900, Privatdozent für pathologische Anatomie in Zürich.

37) Hartwig, K. Ernst A., geb. 1851, lebt noch, Dozent für Astronomie in Dorpat, Direktor der Sternwarte in Bamberg.

38) Hermann, Carl Friedrich, 1804-1855, Professor der Philosophie in Göttingen.

39) Hiller, Eduard Max, 1844-1891, Prof. der Philologie in Greifswald und Halle.

40) Kleinschmidt, Arthur, geb. 1848, lebt noch, Prof. der Geschichte in Heidelberg.

41) Klinger, Friedrich Maximilian von, 1752-1831, Jurist, Kurator der Universität Dorpat.

42) Körner, Otto, geb. 1858, lebt noch, Prof. der Ohrenheilkunde in Rostock.

43) von Leonhardi, Peter Carl. Pius Gustav Hermann, 1809-1875, Prof. der Philosophie in Prag.

44) Linnemann, Eduard, 1841-1886, Prof. der Chemie in Lemberg und Prag, Mitglied der K. K. Akademie der Wissenschaften in Wien.

45) Listing, Johann Benedikt, 1808-1882, Prof. der Physik in Göttingen.

46) Löning, Edgar Friedrich, geb. 1843, lebt noch, Prof. der Jurisprudenz in Straßburg, Dorpat und Halle.

47) Löning, Bernhard Jacob Richard, 1848-1913, Professor der Jurisprudenz in Heidelberg und Jena.

48) Lotmar, Benedikt Philipp, geb. 1850, lebt noch, Prof. der Jurisprudenz in München und Bern.

49) Lucae, Samuel Christian, 1787-1821, Prof. der Anatomie in Heidelberg, Frankfurt am Main und Marburg.

50) Mayer, Salomon, 1834- †, Prof. der Jurisprudenz in Wien.

51) Meidinger, Johann Heinrich, 1831-1905, Professor der technischen Physik in Karlsruhe.

52) Meisenheimer, Johannes, geb. 1873, lebt noch, Prof. der Zoologie in Marburg, Jena und Leipzig.

53) Meister, Aloys, geb. 1866, lebt noch, Prof. der Geschichte in Bonn und Münster.

54) Mettenheimer, Johann Friedrich Wilhelm, 1802-1864, Prof. der Pharmakognosie in Gießen.

55) Mettenius, Georg Heinrich, 1823-1866, Prof. der Botanik in Heidelberg, Freiburg i. B. und Leipzig.

56) von Meyer, Georg Hermann, 1815-1892, Professor der Anatomie in Zürich.

57) Mitscherlich, Eilhard, 1794-1863, Prof. der Chemie in Berlin.

58) Neef, Christian Ernst, 1782-1849, Prof. der Pathologie in Frankfurt am Main.

59) Noll, Fritz, 1858-1907, Prof. der Botanik in Würzburg, Bonn und Halle.

60) Oppenheimer, Lassa, geb. 1857, lebt noch, Professor der Rechte in Freiburg i. B., Basel, London und Cambridge (England).

61) Pastor, Ludwig, geb. 1854, lebt noch, Prof. der Geschichte in Innsbruck, jetzt in Rom.

62) Peipers, Philipp David, 1838-1912, Prof. der Philologie in Göttingen.

63) von der Pforten, Otto, Freiherr, geb. 1861, Dozent für Chemie in München.

64) Ponfick, Clemens Emil, 1844-1913, Prof. der patholog. Anatomie in Rostock, Göttingen und Breslau.

65) Rhumbler, Ludwig, geb. 1864, lebt noch, Prof. der Zoologie in Göttingen, jetzt an der Forstakademie in Hann. Münden.

66) Riese, Alexander, geb. 1840, lebt noch, Prof. der Philologie in Heidelberg.

67) Rubens, Heinrich, geb. 1865, lebt noch, Prof. der Physik in Charlottenburg und Berlin.

68) Rumpf, Friedrich Karl, 1772-1824, Prof. der Theologie in Gießen.

69) von Savigny, Friedrich Karl, 1779-1861, Professor der Rechte in Landshut und Berlin.

70) Scharff, Franz Robert, geb. 1858, lebt noch, Zoologe, Vize-Präsident der Royal Irish Academy in Dublin.

71) Schaum, Ferdinand Karl Franz, geb. 1870, lebt noch, Prof. der Physik in Marburg und Leipzig.

72) Scherbius, Johannes, 1769-1813, Prof. der Botanik in Frankfurt am Main.

73) Schiff, Hugo Joseph, 1834-1915, Professor der Chemie in Turin und Florenz.

74) Schiff, Moritz, 1823-1896, Professor der Physiologie in Florenz und Genf.

75) Schmöle, Josef, geb. 1865, lebt noch, Prof. der Nationalökonomie und Staatswissenschaften in Greifswald, Marburg und Münster.

76) Schulin, Carl Friedrich Ludwig, geb. 1850, nach 1881 in Amerika verschollen, Prof. der Anatomie in Basel.

77) Schulin, Johann Friedrich Paul, 1843-1898, Professor der Rechte in Marburg und Basel.

78) Schuster, Arthur, geb. 1851, lebt noch, Professor of physics in Manchester, Mitglied der Royal Society.

79) Schwarzschild, Karl, geb. 1873, lebt noch, Prof. der Astronomie in München, Göttingen und Berlin.

80) Seipp, Heinrich F. D., geb. 1854, lebt noch, Dozent für Baugewerbe in Marburg und Kattowitz.

81) Sengler, Jacob, 1799-1878, Prof. der Philosophie in Marburg und Freiburg i. B.

82) Sichel, Friedrich Julius, 1802-1868, Prof. der Augenheilkunde in Paris.

83) Sommerlat, Theodor, geb. 1869, lebt noch, Prof. der Geschichte in Halle.

84) Stegmann, Friedrich Ludwig, 1813-1891, Prof. der Mathematik in Marburg.

85) Stern, Moritz Abraham, 1807-1894, Prof. der Mathematik, Astronomie und Physik in Göttingen.

86) Strauch, Hermann, 1838-1904, Prof. der Rechte in Heidelberg.

87) Streng, Johann August, 1830-1897, Prof. der Chemie und Mineralogie in Gießen.

88) Textor, Friedrich Carl Ludwig, 1775-1851, Prof. der Rechte in Tübingen.

89) Unzer, Gottfried Adolf, geb. 1863, lebt noch, Dozent für neuere Geschichte in Kiel.

90) Valentin, Jean, 1867-1898, Dozent für Geologie in Buenos-Ayres.

91) Varrentrapp, Franz, 1815-1877, Prof. der Chemie an der Medizinalschule in Braunschweig.

92) Varrentrapp, Johann Konrad, 1779-1860, Prof. der gerichtlichen Heilkunde und medizinischen Polizei in Frankfurt am Main.

93) von den Velden, Reinhard, 1851-1903, Privatdozent für innere Medizin in Straßburg.

94) Völcker, Johann Christoph August, 1822-?, Professor der Chemie an der Royal Agricultural Society in London.

95) Wagner, Johann Ulrich Friedrich Karl, 1753-1814, Prof. der Heilkunde in Frankfurt am Main.

96) Weber, Karl Heinrich, geb. 1868, lebt noch, Professor der Forstwissenschaft in Gießen.

97) von Wecker, Ludwig, 1832-1906, Prof. der Augenheilkunde in Paris.

98) Weil, Heinrich, 1818-†, Prof. der Philologie in Besançon.

99) Weiland, Ludwig, 1841-1895, Professor der Geschichte in Gießen und Göttingen.

100) Weismann, Leopold Friedrich August, 1834-1915, Prof. der Zoologie in Freiburg i. B.

101) v. Weyrauch, Jacob Johann, geb. 1845, lebt noch, Prof. der Ingenieurwissenschaften in Stuttgart.

102) Wöhler, Friedrich, 1800-1882, Professor der Chemie in Göttingen.

103) Wülcker, Richard Paul, geb. 1843, lebt noch, Prof. der Philologie in Leipzig.

104) Ziehen, Georg Theodor, geb. 1862, Prof. der Psychiatrie in Jena, Utrecht, Halle und Berlin.

105) Zwiedineck, Edler von Südenhorst, Hans, 1845-1906, Prof. der Geschichte in Graz.

Paul Ehrlich

geb. 14. III. 1854, † 20. VIII. 1915.

Den Zeilen festlichen Gedenkens, die im vorjährigen Bericht der Senckenbergischen Naturforschenden Gesellschaft Paul Ehrlich zum 60. Geburtstage von A. von Weinberg gewidmet wurden, müssen so rasch Worte der Trauer folgen! Der große Forscher, dessen Wirken in Frankfurt einen ruhmvollen Mittelpunkt biologisch-medizinischer Wissenschaft erstehen ließ, ist heute nicht mehr unter den Lebenden; am 20. August 1915 ist mit ihm der wissenschaftlichen Welt der Meister der Forschung, der Stadt Frankfurt einer ihrer größten Bürger, der jungen Frankfurter Universität ihr berühmtes Mitglied entrissen worden. Und auch die Senckenbergische Gesellschaft stand in tiefer Trauer an seiner Bahre. Schon im vorigen Jahre war an dieser Stelle daran erinnert worden, wie lange ihre Beziehungen zu Paul Ehrlich zurückreichen. Im Jahre 1887 hatte sie dem jungen Gelehrten für die Monographie „Das Sauerstoffbedürfnis des Organismus" den Tiedemann-Preis verliehen, eine von weitausschauendem Blick getragene Ehrung. Denn das kleine Werk, das so die ersten Bande zwischen Paul Ehrlich und der Senckenbergischen Gesellschaft knüpfte, kann man bereits als das Glaubensbekenntnis des jungen Naturforschers betrachten, in dem er die Ergebnisse bisheriger wissenschaftlicher Forschung zusammenfaßte und zugleich für sein weiteres Wirken die Richtlinien schuf. Damals wurde Ehrlich gleichzeitig zum korrespondierenden Mitgliede der Gesellschaft ernannt; seit seiner Übersiedelung nach Frankfurt im Jahre 1899 gehörte er ihr als arbeitendes Mitglied an.

Am 14. März 1854 in Strehlen in Schlesien geboren, war Paul Ehrlich äußerlich den üblichen Weg des Mediziners gegangen. Nach Vollendung seiner Studien an den Universitäten Breslau, Straßburg, Freiburg und Leipzig wurde er im Jahre 1878 Assistent und Oberarzt an der v. Frerichs'schen Klinik des Berliner Charité-Krankenhauses und verblieb bis zum Jahre 1887 auch unter v. Frerichs' Nachfolger Karl Gerhardt in dieser Stellung. Aber von der Studentenzeit an trug seine Arbeit den Stempel seines Geistes. Von Jugend auf war er der große Naturforscher, der sich die Lösung der schwierigsten Probleme biologischen Geschehens zum Ziele gesetzt hatte. In die feinsten Vorgänge des Zellbaues und Zellebens einzudringen, war das Ideal, das ihm vorschwebte, auf welchen Gebieten biologischer Naturwissenschaft er auch immer das Feld seiner Tätigkeit fand. Die Überzeugung, daß eine Wirkung in der belebten Natur nur dort stattfinden kann, wo eine Reaktion, eine Bindung, vorliegt, für die das Vorhandensein passender chemischer Affinitäten die Voraussetzung ist, war das Leitmotiv, das Paul Ehrlich so erfolgreich auf dem vielgestaltigen Wege seines Forscherlebens begleitete. Unmittelbar ergab sich daraus die Möglichkeit, aus der Wirkung auf Besonderheiten des Aufbaues, der Konstitution, der belebten Natur zu schließen.

Von diesem Gesichtspunkte aus dienten Ehrlich in der ersten Periode seines Schaffens die Produkte der jungen Anilinfarbenindustrie, die Farbstoffe, als Reagenzien, um der Natur ihre sie differenzierenden Merkmale abzulauschen. So entstand, von der Auffindung einer besonderen, durch Körnchen (Granula) im Protoplasma ausgezeichneten Zellart, der „Mastzellen", ausgehend, die Lehre von der Histologie des Blutes, deren Kenntnis die Wissenschaft im wesentlichen der Forschung Ehrlichs und der von ihm verliehenen Methodik verdankt. Durch die verschiedene Färbbarkeit der Zellen und ihrer Bestandteile mit chemisch definierten Farbstoffen ergaben sich Unterschiede der Zellstruktur von grundlegender Bedeutung, die zugleich für die Lehre von den Blutkrankheiten den noch heute zu Recht bestehenden Bau errichteten.

Handelte es sich bei den farbenanalytischen Blutstudien meist um die färberische Darstellung abgetöteter Zellen, so suchte Ehrlich durch die Einführung der vitalen Färbungsmethoden einen erheblichen Schritt weiterzugehen und die Zellen auf der Höhe ihrer Funktion im lebenden Zustande färberisch zu treffen. Als bedeutsamste Frucht ergab sich die Entdeckung der

„Methylenblaureaktion der lebenden Nervensubstanz", einer für die Erforschung des Nervensystems von größtem Wert gewordener Methode. Die Benutzung vitaler Farbzufuhr ist auch die Grundlage der im „Sauerstoffbedürfnis" mitgeteilten Forschungen, die die Analyse feinster Lebensvorgänge zum Gegenstand hatten und zur plastischen Formulierung der eigenartigen biologischen Betrachtungsweise Ehrlichs führten. Aber bis zur zusammenfassenden Konzeption in diesem Werke hatte das Ehrlich leitende Prinzip, die Überzeugung von dem engen Zusammenhange zwischen chemischer Konstitution, Verteilung und Wirkung, bereits eine Fülle von großartigen Forschungsergebnissen gezeitigt. Neben der Ergründung der Histologie und Klinik des Blutes waren es zahlreiche Arbeiten auf den verschiedenartigsten Gebieten, die aus der Zeit der klinischen Tätigkeit Ehrlichs stammen und den Namen des jungen Forschers bekannt machten. Als besonders bedeutungsvoll seien hier nur hervorgehoben die Entdeckung der berühmt gewordenen Methode der Tuberkelbazillenfärbung, die Entdeckung der Säurefestigkeit der Tuberkelbazillen, sowie die Farbreaktionen zur Untersuchung des Harns (Diazoreaktion, Dimethylamidobenzaldehydreaktion).

Schon in dieser Frühperiode von Ehrlichs wissenschaftlichem Wirken sehen wir den Forscher mit zahlreichen Problemen beschäftigt, welche mittelbar und unmittelbar die Heilung der Krankheiten, jenes höchste Ziel medizinischer Wissenschaft, erstrebten. Die von dem sein Lebenswerk beherrschenden Prinzip der engen Beziehungen zwischen chemischer Konstitution, Verteilung und Wirkung gelenkten Farbstoffstudien führten im natürlichen Zusammenhang zur Analyse der Verteilung und Wirkung toxikologisch und pharmakologisch wirkender Stoffe. So bildeten diese Arbeiten, welche Veränderungen bestimmter Organe nach der Einführung gewisser Substanzen kennen lehrten, und die gleichzeitig die Beeinflussung von Verteilung und Wirkung durch Einführung chemischer Gruppen in die benutzten Stoffe zeigten, bereits das Vorstadium der systematischen chemotherapeutischen Forschung, die Ehrlich den Entdecker des Salvarsans werden ließ. Nur waren es damals noch im wesentlichen die Beziehungen chemischer Stoffe zu den Geweben und Organen, die im Mittelpunkt der Arbeit standen.

Als aber die Lehre von den Infektionskrankheiten, vor allem

durch das Wirken Robert Kochs, eine aetiologische Grundlage erhielt, als man hier die spezifischen Krankheitsursachen, die Kleinlebewesen, kennen lernte, konnte gerade dieses Gebiet seinen Reiz auf den Geist Paul Ehrlichs nicht verfehlen. Denn hier war das Heilprinzip klar vorgezeichnet. Gelingt es, die im Zellstaat des Organismus vegetierenden und ihn krank machenden Mikroorganismen abzutöten, ohne die Zellen des Wirtes zu schädigen, so ist das Heilproblem gelöst. Und die Natur hat die Möglichkeit eines derartigen Vorgangs gezeigt. Man hatte festgestellt, daß ebenso wie nach dem Bestehen von Infektionskrankheiten ein Schutz, eine Immunität, gegenüber der gleichartigen Erkrankung zurück bleibt, es auch willkürlich gelingt, durch die Einverleibung abgeschwächter und abgetöteter Krankheitserreger eine solche Immunität künstlich zu erzeugen. So finden wir zu der Zeit, als die bakteriologische Wissenschaft sich mit dem Studium der Immunitätserscheinungen intensiver zu beschäftigen begann, Ehrlich, der seit 1884 Titularprofessor, seit 1887 Privatdozent und seit 1890 a. o. Professor an der Universität Berlin war, im Institute Robert Kochs in der ihm eigenen Art den Immunitätsproblemen nachgehen. Es beginnt die zweite Periode seines wissenschaftlichen Wirkens, die Beschäftigung mit der Immunitätswissenschaft, die ihn auch späterhin bis an sein Lebensende fesselte. Er entdeckt zunächst, daß es nicht nur mit Bakterien und ihren Giften, sondern auch mit den Giften höherer Pflanzen (Ricin, Abrin) gelingt, den Organismus zu festigen. Er gelangt dabei zugleich zu einer quantitativen Messung der Erscheinungen, er bestimmt die Gesetze der Immunitätsvererbung, er erkennt die Möglichkeit einer systematischen Steigerung des Immunitätsgrades und schafft damit wichtige Grundlagen für die Immunitätsforschung und die Serumtherapie. Nachdem das der letzteren zu Grunde liegende Prinzip, die Entstehung von Antitoxinen bei der Immunisierung mit Diphtherie- und Tetanustoxin durch Emil von Behring erkannt worden war, zeigte Ehrlich, daß auch seine gegen Pflanzengifte gefestigten Tiere als Ursache dieser Immunität Antitoxine in ihrem Blut beherbergten.

Und nun stehen für Ehrlich die Rätsel des Naturgeschehens im Vordergrund des Interesses, welche die Probleme der spezifischen Antitoxin-Entstehung und -Wirkung stellen. Er erblickt die Lösung vom Standpunkt seiner Betrachtungsweise, daß die Verteilung der Stoffe maßgebend ist für ihre Wirkung. Wenn der Organismus durch die Vorbehandlung mit Bakterien oder Toxinen immun wird, so liegt das daran, daß durch den Immunisierungsprozeß die Bedingungen der Verteilung im Organismus verändert werden. Und wenn die Übertragung des Blutes oder der Blutflüssigkeit, des Blutserums, bereits genügt, um diese Veränderung der Verteilung zu bewirken, so müssen im Blutserum des immunisierten Organismus Stoffe vorhanden sein, welche die Bakterien oder ihre Gifte zu binden, sie abzutöten bezw. zu entgiften vermögen. Die Verankerung der krankmachenden Agentien durch diese „Antikörper" des Blutes genügt bereits, um ihnen den Zugang zu den giftgefährdeten Zellen zu versperren. Die Antikörperwirkung beruht also darauf, daß die sie bedingenden Schutzstoffe des Blutes eine ganz einseitige spezifisch-chemische Verwandtschaft zu den die Krankheit erzeugenden Stoffen besitzen. Das ist kurz der Inhalt von Ehrlichs berühmt gewordener „Seitenkettentheorie".

In ihrer vollen Bedeutung sucht sie zugleich den kausalen Zusammenhang zu ergründen, welcher die erste Phase des Immunisierungsprozesses, das Eindringen der Parasiten oder deren Gifte, mit dem letzten Stadium, dem Vorhandensein der Antikörper im Blute, verbindet. Und auch hier ergibt sich auf Grund des Verteilungsprinzips die folgerichtige Kette. Die zur Immunisierung führenden Stoffe wirken dadurch schädigend, daß sie in spezifischer Weise von Organen des Zellprotoplasmas, die Ehrlich mit den Seitenketten des Benzolkerns verglich — daher die Bezeichnung „Seitenketten-Theorie" — chemisch verankert werden. Diese bindenden Atomgruppierungen des Protoplasmas, die „Rezeptoren", dienen aber im normalen Leben physiologischen Funktionen, insbesondere der Ernährung und der Assimilation. Da sie durch die Besetzung mit Schädlingen diesen wichtigen Lebensfunktionen entzogen werden, entsteht für das Zelleben ein Defekt, den das vitale Zentrum des Protoplasmas, „der Leistungskern", zu ersetzen sucht. Die das Gift bindenden Rezeptoren werden auf diese Weise als Reaktion auf die Giftverankerung neugebildet, und dieser Neubildungsvorgang nimmt schließlich einen derartigen Grad an, daß er, wenn man so sagen will, in eine Sekretion ausartet. Nun gelangen derart die giftbindenden Rezeptoren in das Blut, und der Typus der Verteilung der zur Immunisierung benutzten Giftsubstanz im Or-

10

ganismus ist mit einem Schlage verändert. Im Blute fungieren die für das Zelleben so gefährlichen, giftbindenden Seitenketten naturgemäß als Schutzstoffe. Sie verankern das Gift bereits in der Blutflüssigkeit und verhindern auf diese Weise dessen Zutritt zu den giftgefährdeten Zellen.

Diese von Ehrlich erdachte geniale Konzeption bildete seither den Mittelpunkt von Ehrlichs Forschung. Sie traf mit ihren überaus fruchtbaren Strahlen das Gesamtgebiet der biologischen Naturwissenschaften. Die Fülle von Gedanken, die in der Seitenkettentheorie enthalten sind, wurden zu einem großen Teil von Ehrlich selbst der experimentellen Analyse unterzogen. So entstand die Einführung des Reagenzglasversuchs in die Immunitätsforschung, welcher die Antikörperwirkungen gleichsam wie chemische Reaktionen in der Retorte nachzuweisen und zu untersuchen erlaubte, so entstand die exakte Klärung des Wirkungsmechanismus der verschiedenartigen Antikörpertypen, mit denen die Natur in so wundervoller Art dem Eindringen lebloser Gifte, wie auch belebter Krankheitserreger begegnet. In engem Zusammenhang mit der Begründung der Seitenkettentheorie stand die gleichfalls Ehrlich zu dankende Gewinnung von Methoden für die Wertbemessung der Heilsera, die seither in fast allen Ländern für die praktisch überaus wichtige Kontrolle der in den Handel gelangenden Serumpräparate maßgebend sind.

Für Ehrlichs weitere Laufbahn war gerade dieses Ergebnis von besonderer Bedeutung. Denn für die Zwecke der Serumprüfung wurde Ehrlich im Jahre 1896 auf die Initiative von Friedrich Althoff ein eigenes Institut, das Königliche Institut für Serumforschung und Serumprüfung in Steglitz, errichtet, das durch das Zusammenwirken der Preußischen Staatsregierung mit der Frankfurter Stadtverwaltung unter Führung von Franz Adickes im Jahre 1899 als „Königliches Institut für experimentelle Therapie" nach Frankfurt verlegt wurde. Auch in Frankfurt galten die ersten Jahre von Ehrlichs Arbeit noch allein der Erforschung der sich aus der Seitenkettentheorie ergebenden Prinzipien. Sie führte zu einer umfassenden Erkenntnis der wissenschaftlichen Grundlagen für die Serumtherapie und Serumdiagnostik und wurden für die Verwertung dieser praktisch so ungemein wichtigen Gebiete von größter Bedeutung.

Was aber hierbei die Forschungsrichtung und die Gedankenarbeit Ehrlichs, wie überall, ganz besonders hervorhob, das ist die Erfassung der Probleme auf allgemein-biologischer Grundlage. So naheliegend es auch erscheinen mochte, die Entstehung der Antikörper und ihre Wirkung, den ganzen Vorgang der Immunisierung, als eine Reaktion der Abwehr gegenüber Krankheitserregern aufzufassen, so zeigte doch Ehrlich — und schon in der Seitenkettentheorie ist diese Schlußfolgerung klar enthalten —, daß dem Immunisierungsprozeß ein weitaus umfassenderes Naturgesetz zu Grunde liegt, als man vorher ahnen und glauben mochte.

So ist die heute allgemein geltende Auffassung, daß zur Erzeugung von Antikörpern im Blute keineswegs das Einverleiben von Giften (Toxinen) erforderlich ist, sondern daß es sich ganz allgemein um eine Reaktion gegenüber der Einführung artfremder Stoffe handelt, wesentlich durch Ehrlich scharf formuliert und begründet worden. Er betrachtete als notwendige Vorbedingung der Antikörperentstehung die Besetzung von bestimmten Atomgruppierungen des Protoplasmas und brachte dadurch, daß er diese von ihm als „Nutrizeptoren" zusammengefaßten Seitenketten als den Vorgängen der Ernährung dienende Organe auffaßte, das Immunitätsproblem mit der Ernährungsphysiologie in engen Zusammenhang. Durch die systematische Entwicklung der in der Seitenkettentheorie enthaltenen Konzeption des Rezeptors, der dem Zellprotoplasma einen differenzierenden Charakter verleiht, schuf Ehrlich zugleich die Grundlage zu neuartigen Betrachtungen auf den Gebieten der biologischen Naturwissenschaften. Er lehrte die Kenntnis biochemischer Strukturen, die in wissenschaftlicher wie auch in praktischer Hinsicht von größter Bedeutung wurde und die sich gegenüber allen früher geübten Methoden in ein geheimnisvolles Dunkel verschloß. Heute wissen wir durch Paul Ehrlichs Forschung und durch das erfolgreiche Beschreiten der von ihm gewiesenen Bahnen, daß nicht nur gleichsinnige Zellen verschiedener Arten sich in ihrem biochemischen Aufbau sehr deutlich unterscheiden, sondern daß sich sogar auch zwischen gleichartigen Zellen, z. B. den roten Blutkörperchen verschiedener Individuen untrügliche Unterschiede nachweisen lassen. Der anatomischen, wie auch der rein chemischen Analyse blieben diese Erscheinungen verborgen, und erst die neuartige biochemische Betrachtungsweise Paul Ehrlichs lehrte diese von ihm so benannten „Partialfunktionen" der Zelle kennen.

Der rastlose Geist des Forschers suchte aber immer mehr nach vielseitiger Ausdehnung seiner Betätigung. So sehen wir Ehrlich in Frankfurt a. M., als ihm opferwillige Spender die

materiellen Mittel boten, mit den spröden Problemen der Erforschung der bösartigen Geschwülste beschäftigt, und wenn auch die Natur gerade hier der Menschheit die Lösung des praktisch wichtigsten Problems, der Heilung der Krebskrankheit, noch vorenthält, so bedeuten die Arbeiten Paul Ehrlichs doch einen gewaltigen Fortschritt, so weit er überhaupt bisher zu erzielen war. Für das Studium des Mäusekrebses schuf Ehrlich die Methodik als Basis eines erfolgverheißenden Studiums. Er lehrte eine Fülle von Erscheinungen der Immunität gegenüber den Krebsgeschwülsten kennen und verstand es auch hier, auf allgemein-naturwissenschaftlicher Grundlage die Erscheinungen im Zusammenhang mit der Ernährungsfrage zu betrachten. So entstand die Lehre von der „Athrepsie", der Immunität durch Nährstoffmangel, die die Lebensmöglichkeit der Zelle und insbesondere der Geschwulstzelle in relativer Abhängigkeit betrachtet von der durch chemische Avidität bestimmten Gier der einzelnen Zellen im Makroorganismus zu den Nährstoffen.

Und diese relative Kraft, mit der die einzelnen Zellen Stoffe der verschiedensten Art an sich reißen, die das Lebenswerk Ehrlichs unausgesetzt durchziehende Überzeugung von der Bedeutung des distributiven Momentes für die Vorgänge im Zellstaat, sie bildet auch die Grundlage und das leitende Motiv von Ehrlichs letzter Schaffensperiode, der Zeit der chemotherapeutischen Studien. Eine Infektionskrankheit zu heilen, gelingt nur mit Mitteln, welche die Krankheitserreger, die Mikroorganismen, abtöten, ohne den Wirtsorganismus zu schädigen. Die Serumtherapie arbeitet mit solchen idealen Stoffen, den Antikörpern, welche sich in ganz spezifischer Weise derart verteilen, daß nur die Krankheitsursache, die Bakterien oder ihre Gifte, getroffen werden, die Zellen der erkrankten Individuen aber durch die Heilstoffe des Serums keine Schädigung erfahren. Die Grenzen nun, welche der Anwendung des serumtherapeutischen Prinzips in der praktischen Medizin gesetzt sind, waren für Ehrlich der Anreiz, nach Chemikalien zu suchen, welche den Produkten des Naturgeschehens, wenn auch nicht gleich-, so doch wenigstens nahekommen. So wurde Paul Ehrlich der Begründer der experimentellen Chemotherapie. Wenn er auch auf diesen Gebieten zu so hervorragenden Erfolgen gelangte — gekrönt ward dieses Werk durch die Auffindung des Salvarsans —, so zeigte sich der Meister dabei gleich groß als Chemiker wie als Biologe.

In vorbildlicher Weise hat es Ehrlich, insbesondere in dem im Jahre 1906 ihm übergebenen Georg Speyerhaus, dem von Frau Franziska Speyer auf Anregung von Professor Ludwig Darmstädter zum Andenken an ihren verstorbenen Gatten errichteten chemotherapeutischen Institut, verstanden, die Arbeit des chemischen Laboratoriums zusammen mit dem biologischen Experiment erfolgreich zu führen, dem großen Ziel entgegen, das zu verwirklichen ihm vergönnt war. Neben der großen Zahl von Farbstoffen, die er zu seinen Studien heranzog, — ein Farbstoff, das Trypanrot, war es auch, mit dem ihm zum erstenmal die Heilung der Trypanosomeninfektion mit einer einzigen Injektion gelang — war es besonders die Chemotherapie der Arsenverbindungen, die, von der grundlegenden Entdeckung der Konstitution des Atoxyls ausgehend, zu der großen Zahl zu prüfender aromatischer Arsenverbindungen führte, als deren 606tes dann das Dioxydiamidoarsenobenzol, das Salvarsan, als Heilmittel, besonders gegen Syphilis, Framboesie, Rückfallfieber, die Brustseuche der Pferde, seinen Siegeszug durch die Welt nahm.

Der große praktische Erfolg ist hier Paul Ehrlich keineswegs in den Schoß gefallen. Er war die reife Frucht langjähriger rationeller Überlegungen und mühseliger Laboratoriumsarbeit, und so liegt die Bedeutung der chemotherapeutischen Arbeiten Ehrlichs nicht nur in der Auffindung des wunderbaren Heilmittels, sondern wiederum gleichzeitig auf allgemein-biologischem Gebiete. Denn auch die Chemotherapie, deren vielfältige Probleme Ehrlich noch bis kurz vor seinem Tode beschäftigten, führte zu einer Fülle neuartiger Naturerkenntnis, sie erschloß neue Wege und neue Gebiete, die er selbst als „Therapeutische Biologie" der Parasiten zu bezeichnen pflegte. Ungemein fruchtbar war auch hier seine zusammenfassende Betrachtung, in der er die Grundlage der Arzneiwirkung in der Arzneiverankerung an die Parasitenzelle erblickte und auch für die Bindung wirksamer Chemikalien bestimmte Atomgruppierungen des Protoplasmas, die „Chemozeptoren", verantwortlich machte. Diese Auffassung war das ordnende Prinzip für die von Ehrlich entdeckten, überaus interessanten Erscheinungen der Arzneifestigkeit. Nicht nur war hierdurch die außerordentliche Anpassungsfähigkeit der Trypanosomen an die sie abtötenden Stoffe und die Vererbbarkeit dieser erworbenen Eigenschaften gezeigt, es ergab sich auch gleichzeitig die überraschende Spezifität des Vorganges. Diese elektive Festigkeit, welche das Protoplasma der Mikroorganismen gegenüber bestimmten Chemikalien oder chemischen Gruppen erwirbt, ist so ausgesprochen, daß man arzneifeste Stämme als „therapeutisches

Sieb", als ein „cribrum therapeuticum", wie Ehrlich es nannte, verwenden kann, um festzustellen, zu welchen Gruppen von Chemikalien ein neu zu erprobendes Medikament gehört. Und welche Fülle von Tatsachen und praktisch bedeutsamen Konsequenzen schuf die von Ehrlich inaugurierte ingeniöse Analyse der Rückfälle bei den experimentellen Infektionen! Hier erwies sich die Immunisierung der einzelligen krankheitserregenden Lebewesen gegen die für den Heilvorgang so wichtigen Schutzstoffe des Blutes, die Antikörper, welche auch bei der chemotherapeutischen Behandlung als Folge der Abtötung entstehen, von ausschlaggebender Bedeutung. Es zeigte sich, daß die Parasiten nicht nur arzneifest, sondern auch serumfest werden können, und das systematische Studium der „Rezidivstämme" ergab den wunderbarsten Einblick in die Variabilität des Spiels der Natur. Hier den geheimnisvollen Schleier gelüftet und damit den Weg zum Überwinden der dem Heilungsvorgang entgegenstehenden Widerstände gewiesen zu haben, ist wiederum Ehrlichs großes Verdienst. So bedeutet Ehrlichs Werk, das für eine rationelle Behandlung der Infektionskrankheiten die Grundlagen schuf, zugleich die Erschließung der verschlungenen Pfade auf dem Gesamtgebiete der biologischen Naturwissenschaften.

Der Größe des Werkes entsprach die Stellung, die Ehrlich in der Wissenschaft und in der Mitwelt einnahm. Als Wirklicher Geheimer Rat mit dem Prädikat Exzellenz, als Inhaber der großen goldenen Medaille für Wissenschaft, als Träger des Nobelpreises mit zahlreichen äußeren Ehren reich bedacht, ist er durch die Auffindung des Salvarsans der gefeierte Wohltäter der Menschheit geworden. Aber die Wissenschaft bewundert noch mehr als den praktischen Erfolg, den auch die Laune des Glücks einmal schenken kann, in Paul Ehrlich den Meister der biologischen Forschung. Sie bewundert die Größe des Lebenswerkes, sie bewundert die Kraft, mit der das Denken Paul Ehrlichs der Forschung seines Zeitalters neue Bahnen gewiesen hat und mit der es auch in der Nachwelt fruchtbar fortleben wird. Und mit der Wissenschaft trauert die Senckenbergische Naturforschende Gesellschaft um ihr berühmtes Mitglied, schmerzerfüllt, aber zugleich mit stolzer Genugtuung, daß sie diesen Herrscher im Reiche der Naturerforschung frühzeitig gewürdigt hat, daß sie ihn zu den ihrigen zählen konnte, und ihn bei ihren eigenen Veranstaltungen wiederholt, zum letztenmal am 18. Januar 1913 (in dem Vortrage „Moderne Heilprinzipien"), als Vermittler seiner großartigen Forschungsergebnisse begrüßen durfte. So wird die Senckenbergische Naturforschende Gesellschaft das Andenken an Paul Ehrlich unauslöschlich bewahren, in Bewunderung und Dankbarkeit für den Forscher und sein grandioses Werk.

H. Sachs.

Lucas von Heyden.

Von

Dr. W. Kobelt.

Am 13. September d. J. ist im Alter von beinahe 78 Jahren ein Mann von uns gegangen, der zu den Besten unserer Gesellschaft gehörte und ihr fast 55 Jahre uneigennützig und unermüdlich seine ganze Arbeit gewidmet hat, ein Mann, dessen Name nicht nur in Europa allein bei allen Fachgenossen einen vollen guten Klang hatte, eine der ersten Autoritäten in der Systematik der Käfer, die er gewaltig gefördert hat, — ein Mann, der in unserer Gesellschaft sein ganzes langes Leben hindurch nur Freunde, niemals Gegner oder gar Feinde gehabt hat.

Lucas Friedrich Julius Dominicus von Heyden entstammte einem alten Frankfurter Patriziergeschlecht, dessen Vorfahre am zweiten Kreuzzuge 1147 teilnahm und später auf der Kaiserlichen Burg in Gelnhausen im Dienste des Kaisers Friedrich Barbarossa stand. Sein Vater war 1836, 1845, 1848, 1850 und 1853 regierender Bürgermeister der Freien Stadt Frankfurt; ein gütiges Schicksal ersparte es ihm, den Untergang der städtischen Freiheit zu erleben; ein sanfter Tod nahm ihn hinweg, als gerade die ersten Wetterwolken des Sturmes von 1866 aufzogen. Seit 1827 hatte er als Schöffe, Senator oder Bürgermeister der städtischen Verwaltung angehört. Aber nebenbei war er auch einer der eifrigsten sammelnden Naturforscher und speziell Heimatforscher gewesen und hatte an der Gründung unserer Gesellschaft als 24-jähriger Oberleutnant einen sehr erheblichen Anteil gehabt. Er blieb ein eifriger Sammler bis zu seinem Tode, und als 1859 sich der „Verein für Naturwissenschaftliche Unterhaltung" in Frankfurt zusammenschloß, finden wir unter den ältesten Mitgliedern den alten Schöffen neben seinem Sohne, dem jungen Leutnant.

Lucas von Heyden wurde geboren am 22. Mai 1838. Er besuchte das Gymnasium in Frankfurt und trat dann, den Traditionen seiner Familie entsprechend — auch der Vater erscheint bei seinem Eintreten in die Senckenbergische Naturforschende Gesellschaft als Oberleutnant — in das Frankfurter Linien-Infanteriebataillon; 1865 war er Hauptmann und Kompagniechef. Bei der Auflösung des Bataillons 1866 ließ er sich pensionieren. Im Jahre 1870 stellte er sich der Regierung wieder zur Verfügung, machte den Feldzug nach Frankreich mit und erhielt das Eiserne Kreuz. Nach dem Frieden trat er wieder in das Privatleben zurück; 1884 erhielt er den Charakter als preußischer Major.

Im Jahre 1873 verheiratete er sich mit Freifräulein Hermine Riedesel zu Eisenbach aus Lauterbach, aber es war ihm kein langes Glück beschieden. Ein Töchterchen starb bald wieder, und die Mutter folgte ihm 1875 nach. Seitdem lebte er, mit einer unverheirateten Schwester zusammen, in Bockenheim seinen Studien.

Seine Liebhaberei für die Natur und namentlich für die Insekten, trat schon in seiner frühesten Jugend hervor, und der Vater tat alles, sie zu fördern und zu vertiefen. Eine Sammlung hat er gehabt, so lange er zurückdenken konnte, und schon als Knabe hat er die Sammlung seines Vaters — damals eine der bedeutendsten in Deutschland — um manches gute Stück bereichert. Mit wenig über zwanzig Jahren trat er 1860 der Senckenbergischen Gesellschaft bei und wurde schon 1862 Mitvorsteher der entomologischen Sektion; er übernahm zunächst die Hemipteren; 1865 kamen die Orthopteren an die Reihe; 1874 übernahm er die sämtlichen Insekten mit Ausnahme der Käfer, welche S. A. Scheidel schon lange verwaltete, und der Schmetterlinge, welch letztere er aber 1875 interimistisch übernahm, bis er sie 1878 an Oberleutnant Saalmüller abgeben konnte. von Heyden begann schon 1881/82 mit den Vorarbeiten für die Umordnung der Käfersammlung. Er war insofern in einer eigentümlichen Lage, als er schon 1872 sich an der Gründung des „Deutschen Entomologischen Museums“ in Berlin beteiligt und ihm seine Privatsammlung europäischer Käfer testamentarisch vermacht hatte, um sie und ihre sorgsame Pflege für alle Zeiten der Wissenschaft besser zu sichern, als es damals bei den beschränkten Räumen und Mitteln des Sencken-

Prof. Dr. von Heyden.

bergischen Museums möglich schien — und deshalb über sie nicht mehr verfügen konnte. Er tat aber sein Bestes, um neben seiner Europäersammlung auch die Senckenbergische Käfersammlung zu vervollständigen und auf der Höhe zu erhalten. Zunächst übergab er ihr seine sämtlichen exotischen Käfer (1895 und 1896), wodurch unsere Sammlung auch in diesem Zweige eine der wichtigsten und reichhaltigsten wurde. Seit 1894 hatte er mit A. Weis zusammen die Sektion der Koleopteren übernommen und von da ab bis zu seinem Tode wendete er derselben die gleiche Sorgfalt zu, wie seiner eigenen. Alle anderen Insektenklassen wanderten selbstverständlich schon aus Rücksicht auf den Raum in den Senckenberg, auch eine ungewöhnliche reiche Sammlung von Gallen, die seiner Zeit bei einer Ausstellung preisgekrönt worden war.

Als der Kampf gegen die Reblaus begann, wurde er 1880 zum Oberleiter der staatlichen Reblausbekämpfungsarbeiten in der Rheinprovinz ernannt und brachte seitdem die Sommermonate, oft bis in den Winter hinein, am Rhein zu, natürlich auch hier unermüdlich sammelnd; 1890 erhielt er den Roten Adlerorden vierter Klasse, 1902 den Kronenorden dritter Klasse.

Die Zahl der von L. von Heyden veröffentlichten systematischen und tiergeographischen Arbeiten ist eine ungemein große. Nach der Zusammenstellung seines Freundes und Mitarbeiters Edm. Reitter in Paskau beträgt sie nicht weniger als 316, die Zahl der von ihm als neu beschriebenen Käfer beläuft sich auf beinahe 500, zu denen aus anderen Tierklassen noch 2 fossile Polypen und 53 fossile Dipteren kommen. Mit seinem Vater C. von Heyden beschrieb er außerdem noch 156 fossile Käferarten.

Unter seinen Arbeiten sind allerdings meines Wissens keine selbständig in einem buchhändlerischen Verlag erschienenen Werke. Sie waren für die spezialen Fachgenossen bestimmt und erschienen deshalb alle ohne Ausnahme in Fachzeitschriften oder in den Veröffentlichungen der dem Verfasser befreundeten gelehrten Gesellschaften, in unseren Senckenbergischen Abhandlungen und Berichten, den Jahrbüchern des Nassauischen Vereins für Naturkunde und der Deutschen Entomologischen Zeitung. — Seine „Statistischen Notizen über den vermutlichen Ursprung der Reblaus-Infektion 1881—1889 in der Rheinprovinz" wurden von dem Preußischen Landwirtschafts-Ministerium herausgegeben.

Von seinen Arbeiten sind für uns in erster Linie bedeutungsvoll diejenigen, welche sich mit der Lokalfauna unserer Gegend beschäftigen. Hier ist zunächst zu nennen: Die Käfer von Nassau, erschienen 1877 in den Jahrbüchern des Nassauischen Vereins für Naturkunde und ebenda durch sieben Nachträge bis 1896 vervollständigt; eine zweite Auflage gab 1904 die Senckenbergische Naturforschende Gesellschaft heraus. Auch die Hymenopteren arbeitete er von 1889—1906 gründlich durch und veröffentlichte über sie in den Berichten der Gesellschaft vierzehn Arbeiten. Im Bericht von 1896 gab er ein Verzeichnis der Neuropteren Frankfurts.

Von besonderer Wichtigkeit sind auch die zum Teil noch mit seinem Vater zusammen ausgeführten Arbeiten über die fossilen Insekten der Braunkohle sowohl der niederrheinischen, als der wetterauischen, über welche bis dahin nur sehr wenig bekannt war. Sie erschienen in den Palaeontographica; die Originale gelangten in unser Museum.

Von Mai bis Oktober 1868 machte Heyden in Gesellschaft des französischen Sammlers Piochard de la Brulerie eine längere Sammelreise nach Spanien, die ihn in die Sierra Morena, nach Portugal, nach der Sierra Guaderama und in die kantabrischen Gebirge führte und sehr reiche und wichtige Ausbeute brachte. Sein Reisebericht nebst der Beschreibung der neuen Arten wurde von ihm als eigenes Beiheft der Zeitschrift des Berliner Entomologischen Vereins 1871 herausgegeben.

Eine zweite größere Sammelreise machte er mit Reitter und von Hopfgarten zusammen durch Kroatien, Slavonien und die bosnischen Grenzgebiete. Der Reisebericht wurde in den Verhandlungen der Zoologisch-botanischen Gesellschaft in Wien 1879 p. 35—56 veröffentlicht.

Ebenso wichtig für die Entomologie der letzten fünfzig Jahre wie durch seine eigene Forschertätigkeit war aber L. von Heyden durch die Bereitwilligkeit, mit der er seine Unterstützung und namentlich auch seine große Sammlung und seine noch größere Bibliothek zur Verfügung stellte. „Ich stehe — schrieb er einmal an den Rat Edm. Reitter in Paskau[1]) — (und mein verstorbener Vater tat das ebenfalls stets) auf dem Standpunkte, daß es eine moralische Pflicht der Besitzer großer Sammlungen ist, ihr Material an Spezialisten und Monographen mitzu-

[1]) Vergl. Entomologische Monatsschrift IV. 1908 p. 86.

teilen. Der Besitzer hat nebenbei den Vorteil, sein Material nach dem jeweiligen Stand der Wissenschaft richtig bestimmt zu erhalten; in jedem Falle muß er aber dazu beitragen, unsere Wissenschaft zu fördern. Allein dazu legen wir Sammlungen an, nicht aber wie der Geizhals, der nur anhäuft — nutzlos, nicht einmal vorteilhaft für sich selbst — und nichts mitteilt; noch viel mehr ist es aber zu rügen, wenn der betreffende Besitzer nie etwas selbst veröffentlicht."

So kam es natürlich aber auch, daß die Heydensche Sammlung, besonders an Originalexemplaren, immer reicher wurde und daß in den letzten Jahren kaum mehr eine Käfergruppe bearbeitet werden konnte, ohne sie zu Rate zu ziehen. So kam es auch, daß die wissenschaftlichen Verbindungen des Besitzers im In- und Auslande immer zahlreicher und wichtiger wurden und er schließlich ordentliches oder korrespondierendes Mitglied von 52 wissenschaftlichen Gesellschaften, von 9 Ehrenmitglied war.

An wissenschaftlichen Ehrungen hat es ihm nicht gefehlt. Am 30. Januar 1875 wurde er von der philosophischen Fakultät der Universität Bonn zum Ehrendoktor der Philosophie ernannt und das Diplom im Jahre 1900 erneuert. — Am 5. Dezember 1901 erhielt er in Rücksicht auf seine anerkennenswerten wissenschaftlichen Leistungen das Prädikat Professor h. c. — Für seine Arbeiten über die zentralasiatische Käferfauna wurde er 1890 von der Kaiserlich Russischen Geographischen Gesellschaft in St. Petersburg zum arbeitenden Mitglied ernannt und erhielt, als der dritte Deutsche, deren Silberne Medaille.

Ein besonderes Verdienst um unser Museum erwarb sich von Heyden dadurch, daß er die reichen entomologischen Ausbeuten der von dem Rüppellfond ausgesandten Reisenden bearbeitete. So die von Grenacher und Noll von den Kanaren und Marokko, meine aus Südspanien und Marokko und später aus Algerien und Tunis, dann die tropischen Sammlungen von Kükenthal, Voeltzkow, Wolf, Merton, Elbert, welche die Senckenbergische Käfersammlung auch für die Exoten zu einer der wichtigsten machten.

Als unser Sektionär für Schmetterlinge, Oberstleutnant Saalmüller 1890 starb, ehe er sein wichtiges Prachtwerk über die Schmetterlinge von Madagascar zu Ende führen konnte, war es selbstverständlich, daß L. von Heyden für ihn eintrat und das Werk in tadelloser Weise zu Ende führte.

Im Jahre 1905 machte er seine an Reichhaltigkeit unübertroffene Fachbibliothek unserer Gesellschaft zum Geschenk unter der Bedingung, daß er sie bis an sein Lebensende behalten und vervollständigen dürfe.

Eine besondere Ehrung wurde dem Verstorbenen bei der fünfzigsten Wiederkehr des Tages, an welchem er der Gesellschaft als arbeitendes Mitglied beigetreten, am 16. Juni 1910, erwiesen. Die Gesellschaft ernannte ihn nicht nur zum außerordentlichen Ehrenmitgliede — der höchsten Ehre, über welche sie verfügen kann —, sondern sie stellte ihm auch aus dem disponiblen Vermögen der Gesellschaft ein Kapital zur Verfügung und überließ ihm die Bestimmung über die Verwendung der Zinsen. Nach dem Wunsch des Jubilars sollen die Erträgnisse zur Drucklegung von wissenschaftlichen Veröffentlichungen der Senckenbergischen Naturforschenden Gesellschaft verwendet werden. Die jeweilig aus den Zinsen der Stiftung hergestellten Hefte der Abhandlungen der Gesellschaft sollen den Aufdruck erhalten: „Gedruckt aus den Erträgnissen der Karl und Lucas von Heyden-Stiftung der Senckenbergischen Naturforschenden Gesellschaft". Zugleich wurde ihm der Rote Adlerorden dritter Klasse mit der Schleife verliehen.

von Heyden hatte das seltene Glück, bis in seine letzte Lebenszeit, allerdings mit Aufbietung seiner ganzen Willenskraft, arbeitsfähig zu bleiben; zwei Schlaganfälle, 1900 und 1902, hatten aber doch, besonders in den letzten Jahren, zunehmende Lähmungserscheinungen hinterlassen, die ihn sowohl im Gehen, als auch, durch die Schwäche und Gefühllosigkeit der linken Hand, bei den feineren Untersuchungen mit der Lupe sehr behinderten. Aber mit großer Energie überwand er immer wieder diese Hindernisse bei der ihm so lieben Arbeit.

Aber nicht nur als Gelehrter und Naturforscher wirkte von Heyden in unserer Gesellschaft; er wirkte auch tätig in der Administration mit und war einer der fleißigsten Besucher der Verwaltungssitzungen. In den Jahren 1864/65 war er zweiter Sekretär, 1868/69 und 1882/83 zweiter Direktor, 1871 und 1895/96 erster Direktor.

In den Kommissionen war er vielfach tätig, namentlich der Bücherkommission und der Kommission für die Redaktion der Abhandlungen gehörte er längere Jahre hindurch an, und als die Baufrage an uns herantrat, wurde er auch in die Baukommission gewählt.

Ein ganz besonderes Verdienst erwarb er sich aber dadurch, daß er unser in einem ziemlich verwahrlosten Zustand befindliches Archiv in tadelloser Weise ordnete und katalogisierte.[1]) Er hatte die Arbeit schon 1870 begonnen, als er durch den Krieg abgerufen wurde; später nahm er sie wieder auf und schloß sie 1885 in einer Weise ab, welche die Fortführung für die Zukunft erleichterte und sicherte.

Heyden gehörte dem Verein für Naturwissenschaftliche Unterhaltung seit seiner Gründung an und fehlte, wenn er in Frankfurt war, selten bei einer Sitzung. Im Jahre 1908 konnte er sein fünfzigjähriges Mitgliedsjubiläum feiern und wurde zum ständigen Ehrenpräsidenten ernannt.

Die Bestattung unseres Freundes fand am 16. September unter großer und allgemeiner Beteiligung statt. Die Trauerrede hob hervor, daß nach der festen Überzeugung des Heimgegangenen Wissenschaft und christlicher Glaube nicht in Widerspruch zu einander stehen. Was den Menschen Lucas von Heyden charakterisiert, ist, daß er noch in seiner letzten Lebenszeit, trotz zunehmender Beschwerden, es niemals unterließ, aus seinem Falkensteiner Erholungsheim zur Stadt zu kommen, um persönlich die Unterstützungen der von ihm verwalteten Stiftung des Hauses Frauenstein an 3—400 Arme zu verteilen.

Sein Andenken wird in Ehren bleiben![2])

---

[1]) Dieses Verdienst kann niemand richtiger und höher einschätzen, als der Schreiber dieses bei der ihm eben obliegenden Abfassung einer Geschichte der Senckenbergischen Gesellschaft.

[2]) Einen eingehenden Nachruf mit Porträt veröffentlichte der Entomolog Ed. Reitter-Paskau in Bd. IV Nr. 10-12 der Entomologischen Mitteilungen.

11

David Julius Wetterhan

† 13. September 1914.

David Julius Wetterhan, gestorben am 13. September 1914, wurde am 20. Oktober 1836 in Frankfurt a. M. geboren. Er wurde dann einer der besten Schüler der „Musterschule“ und von seinen vortrefflichen Lehrern zum Naturstudium angeregt. In den Jahren 1850 und 1851 nahm er an den wöchentlichen botanischen Ausflügen teil und schrieb später darüber folgendes: „Die warme Freude an der Betrachtung und dem Studium unserer einheimischen Flora, welche ich auf jenen Gängen empfand, ist mir stets treu geblieben. Manche der damals gesammelten Pflanzen besitze ich noch, und ich betrachte sie bei Durchsicht des Herbars stets mit Rührung, — sowie mir die Pfade der meisten jener Exkursionen noch wohl erinnerlich sind. Verschiedene Partien des Frankfurter Waldes, zumal die Gegend des „Schwengelbrunnen“ mit ihren Pflanzenschätzen *(Dictamus, Arnica* u. a. m.), der Vilbeler Wald, die Wiesen bei Rödelheim, die Kalkhügel bei Seckbach und Bergen, in den Juli-Ferien der Taunus, und zuletzt im September die Gegend von Zwingenberg und Auerbach, waren unsere Ziele. Für die Schönheiten der Landschaft, von weiten Fernsichten bis zu engumgrenzten Wald- und Wiesenpartien, hatte ich schon damals ein inniges Gefühl, und auch dieses ist mir geblieben.“

Er hatte dringend gewünscht, an der Hochschule zu studieren, aber sein Vater, der Tuchhändler war, gestattete dies nicht. Er mußte als Lehrling und später als Kassierer in die Darmstädter Bank für Handel und Industrie eintreten. Trotzdem verließ er die Naturwissenschaften nicht. Er stand früh um 5 Uhr auf, setzte sich sofort zur Arbeit und gewöhnte sich daran, kritische Auszüge aus den gelesenen Büchern zu verfertigen. Sein erstaunliches Gedächtnisvermögen kam ihm hierbei zu Hilfe. Bereits im Jahre 1854 las er Lamarks Entwicklungslehre mit Begeisterung. So kam es, daß, als 1859 die „Entstehung der Arten" von Darwin erschien, er bereits mit seinen Grundgedanken vertraut war und die Bedeutung und Tragweite der neuen Lehre als einer der ersten in Deutschland

klar erkannte. Er trat mit warmer Begeisterung für die Evolutionslehre ein und ist zweifellos einer der besten Kenner des Darwinismus gewesen, den er stets in scharfer Kritik beleuchtete.

Zu jener Zeit wurde seine Schwester geisteskrank, und er mußte sie nach der Irrenanstalt Werneck überführen, wo er

Gudden kennen lernte und mit ihm und seiner Familie innige Freundschaft schloß.

Wetterhan litt keineswegs an der üblichen Einseitigkeit so vieler Fachgelehrten. Er trieb philosophische und geschichtliche Studien, studierte Schopenhauer und besonders die Schriften Macauleys, den er tief verehrte. Bei dessen Tod, im Jahre 1859, widmete er ihm einen Nachruf in dem Beiblatt „Didaskalia" des Frankfurter Journals.

1861 wurde auch sein Vater geisteskrank und er mußte sein Geschäft übernehmen, um Unglück zu vermeiden. Im gleichen Jahre wurde er Mitglied des Vereins für Naturwissenschaftliche Unterhaltung in Frankfurt a. M. So wurde er mit verschiedenen Gelehrten bekannt: dem Paläontologen Hermann v. Meyer, Noll, Rein, Karl Koch, dem Geologen von Fritsch u. a. m. Er wurde später (1863) Sekretär des Vereins und hielt nun wissenschaftliche Vorträge, so über „Neuere Forschungen über die Erscheinung der Gärung und über die angebliche *generatio aequivoca*", worin er die noch verkannten Verdienste Pasteurs in ihrer Bedeutung hervorhob; ferner über „Darwins Entstehung der Arten". Letzterer Vortrag wurde 1866 in der Zeitschrift „Der Zoologische Garten" gedruckt.

Als Wetterhan auf einer Erholungsreise den Botaniker de Bary besuchte, gefiel ihm die Stadt Freiburg derart, daß er daran dachte, sich später dorthin zurückzuziehen. Er wurde dann arbeitendes Mitglied der Senckenbergischen Naturforschenden Gesellschaft in Frankfurt a. M., wo er 1876 an einem Zyklus von Vorträgen für das Publikum teilnahm und über „Blicke in die Naturgeschichte des Pflanzenreiches" sprach (im „Ausland" erschienen). Zu jener Zeit kam er zum erstenmal in die Schweiz, die sein Herz ganz und gar gewann. Im Jahre 1867 wurde er zum Einführenden der botanischen Sektion der Deutschen Naturforscher-Versammlung in Frankfurt a. M. ernannt. Er wurde ferner Vorsitzender des Vereins für Naturwissenschaftliche Unterhaltung und bald darauf zweiter Sekretär der Senckenbergischen Gesellschaft. Ein Vortrag, den er über „Die Beziehungen der Blüten zu den Insekten" hielt, erschien nicht im Druck.

Nun kam das Kriegsjahr 1870, in dem er in das freiwillige Sanitätskorps eintrat. Im folgenden Jahre trug er für den deutsch-österreichischen Alpenverein „Zur Einführung in die Alpenpflanzen-Geographie" (siehe Mitteilungen dieses Vereins) und über „Die allgemeinen Gesichtspunkte der Pflanzen-Geographie" am Jahresfest der Senckenbergischen Gesellschaft (siehe Jahresbericht derselben) vor. Dort war er bereits erster Sekretär geworden. Sein Wirken fand auch im Ausland vielfach Zustimmung. Eigenhändige Briefe von Alphonse de Candolle und Engler liefern hierüber Zeugnis.

Im Jahre 1876 verlegte er seinen Wohnsitz nach Freiburg i. Br. Sein Vater war unterdessen gestorben und Wetterhan hatte das Geschäft aufgelöst, um endlich frei zu werden und sich seinen Lieblingsstudien widmen zu können. Zu jener Zeit machte ich bei Gudden in München, dessen Assistenzarzt ich damals war, seine persönliche Bekanntschaft. Seine kranke Schwester war mit Gudden nach München übergesiedelt. In voller Erkenntnis der schweren erblichen Belastung seiner Familie war Wetterhan bisher Junggeselle geblieben und blieb es auch fernerhin. Er wollte nicht die Leiden der Seinigen auf Kinder übertragen helfen. Hieraus, wie überhaupt, kann man sein hohes ethisches Pflichtgefühl, verbunden mit ebenso großer Bescheidenheit als geistiger Schärfe erkennen. Da ich selbst unterdessen ein ebenso eifriger Anhänger der Evolutionslehre geworden war wie er, entstand bald zwischen uns eine Freundschaft, die seither angedauert hat, eine jener Freundschaften, die sich auf die Lauterkeit der Naturforschung gründen. Er war Botaniker, ich Ameisenforscher, aber die höheren Gesichtspunkte der Evolution bildeten das Band zwischen uns. Wir waren beide keine Mathematiker; Physik und Chemie lagen uns ferner und waren uns nur für den gemeinsamen erkenntnistheoretischen Standpunkt wichtig. Es war uns beiden klar, daß die Evolutionslehre das ganze menschliche Sozialleben in hohem Grade beeinflussen sollte und daß man aus der Facheinseitigkeit herauszutreten hat, um konsequent das Leben der Menschen nach den neu erkannten Wahrheiten des Lebens einrichten zu helfen. Wetterhans Lieblingsfach war die Botanik, doch hatte er sich auch in die Zoologie, Paläontologie und Geologie hineingearbeitet. Er machte viele Reisen in Europa, die stets bei seiner Natur sehr fruchtbringend waren. Das bedeutendste Werk Wetterhans war, dem oben Gesagten entsprechend: „Das Verhältnis der Philosophie zu der empirischen Wissenschaft von der Natur". Dieses vorzügliche Werk erschien 1894 im Verlag von Wilhelm Engelmann in Leipzig und ist über 100 Seiten stark. Es wurde von der

Philosophischen Gesellschaft in Berlin mit einem Preis und ehren der Anerkennung ausgezeichnet. Wetterhan hatte noch die Absicht, die Geschichte der Entwicklungslehre zusammenfassend darzustellen, und niemand hätte dies besser tun können, als er. Aber er wurde daran 1899 durch eine schwere Infektion der rechten Hand gehindert, die die Hand lähmte und ihn längere Zeit arbeitsunfähig machte. Seine Kraft blieb seither gebrochen. Er hatte 1885 im Kosmos: „Beiträge zur Geschichte der Entwicklungslehre" veröffentlicht und dabei war es geblieben.

Doch lernte Wetterhan mit der linken Hand schreiben und verließ seine Studien und seine kritische Verfolgung der wissenschaftlichen Literatur nicht. Ich hatte Gelegenheit, bis kurz vor seinem Tode mit ihm in schriftlicher Verbindung zu bleiben und ihn noch in Freiburg zu besuchen, sowie er mich wiederum in Yvorne aufsuchte. Jede Arbeit, die ich ihm schickte, wurde von ihm mit peinlich genauen Annotationen versehen. Ich mußte stets über die Schärfe und Richtigkeit seiner Kritiken staunen und hatte noch in den letzten Jahren die Freude, ihn mit Richard Semon, dem Verfasser der Mneme, in Verbindung zu setzen. Beide gehörten, resp. gehören zu den seltenen Menschen, die nicht an der Oberfläche der Probleme hängen bleiben, sondern in deren Tiefe dringen.

Zu den Arbeiten Wetterhans gehören noch (1881) die Mitgründung des Badischen Botanischen Vereins, dessen Zusammenkünften er eifrig beiwohnte. Kleine Aufsätze von ihm erschienen in den Vereinsmitteilungen: „Unsere Flora in der rauhern Jahreshälfte" Bd. 1, Seite 156; „Konservierung der Herbarien" Bd. 3, Seite 376; „Zum Botanisieren im Alpenlande" Bd. 4, Seite 53. Auch für die Kunst, besonders für Malerei und Dichtung, hatte Wetterhan ein feinfühlendes Verständnis: er besuchte auf seinen Reisen selbst die kleinsten Gemäldegalerien.

Ich möchte zum Schlusse noch die hohen Charaktereigenschaften meines lieben verstorbenen Freundes betonen, die sich mir bei unsern letzten gegenseitigen Besuchen wiederum überaus scharf zeigten: Geradheit und Charakterfestigkeit verbunden mit leutseliger Güte und größter Bescheidenheit. Sein ungemein scharfer kritischer Geist und seine großartigen Kenntnisse ließen nichts von dem so häufigen Eigendünkel so vieler Gelehrten bemerken. Das tat jedem wohl, der ihm näher kam. Wetterhan gehörte einer streng jüdischen Familie an. Er hatte sich aber bald zu einer ganz freien und abgeklärten Weltanschauung durchgerungen und war ein Mensch im besten und höchsten Sinn geworden. Deshalb erlaubte ihm seine Aufrichtigkeit nicht länger, gläubiger Jude zu bleiben und er trat aus der jüdischen Gemeinschaft aus. Aber er wollte kein Dogma mit einem andern tauschen und trat deshalb auch nicht zum Christentum über, obwohl er die Nächstenliebe im höchsten Grade pflegte. Er blieb somit konfessionslos, war aber duldsam gegen die Anschauungen anderer, sofern dieselben aufrichtig waren. So konnte er mit strenggläubigen Katholiken, Protestanten und Juden befreundet bleiben. Sein hoch begeisterungsfähiges Herz blieb stets für das Gute offen, wie auch seine Hand. Er starb am 13. September 1914 nach kurzem Leiden. Einige Wochen vorher hatte er mich in Yvorne besucht und uns allen dadurch viel Freude bereitet.

Ich verdanke ihm viele Belehrungen, wie er überhaupt zur scharfen Fassung und Klärung vieler Fragen im biologischen Gebiet überall beitrug. In diesem Sinne hat er an der Universität Freiburg als letzter Wille eine Stiftung errichtet, die zur Unterstützung und Förderung naturwissenschaftlicher und medizinischer Studien dienen soll. Damit wird sein Wirken sich noch nach seinem Tode fortsetzen, und sein Andenken nicht nur bei seinen intimen Freunden, sondern auch in seiner geliebten Wissenschaft fortleben.

Zum Schlusse möchte ich erwähnen, daß ich die meisten Daten des vorstehenden Nachrufs dem Freunde des Verstorbenen, Herrn Prof. Dr. Meigen in Freiburg i. Br. verdanke.

Dr. A. Forel.

Ferdinand Richters

† 3. Juli 1914.

Kurze Zeit vor Ausbruch des blutigen Krieges, bei dem der Schnitter Tod seine noch immer nicht abgeschlossene Riesenernte auf zahlreichen Schlachtfeldern im Westen und Osten unseres Vaterlandes zu halten begann, starb hier in Frankfurt, seiner zweiten Heimat, unser Sektionär Richters. Mit ihm ist einer der letzten derer geschieden, die dem Senckenbergischen Museum bereits im alten Bau am Eschenheimer Turm in langjähriger Arbeit ihre Kraft gewidmet und diese Liebe auf das neue Museum übertragen hatten, obgleich die Verhältnisse inzwischen ganz andere geworden waren.

Ferdinand Richters stammte aus Niederdeutschland. In Hamburg, der stolzen Hansastadt, wurde er am 1. Mai 1849 geboren; hier verlebte er in einfachsten Verhältnissen, der Vater hatte ein kleines Fuhrgeschäft, seine Kinder- und Schulzeit, und nach der heißgeliebten „Waterkant" zog es ihn noch bis ins Alter fast alljährlich in den Sommerferien. Er kannte in dem Hamburg seiner Jugend nicht nur jeden einigermaßen bekannten Winkel sondern auch alle die Straßentypen, die damals lebten. Wurde ihm die Erinnerung an seine Jugend wachgerufen, so konnte er stundenlang erzählen und zur Erklärung seiner Erzählungen brachte er die erforderlichen Illustrationen aus seinen umfangreichen Hamburgensien-Sammlungen herbei. Waren niederdeutsche Freunde die Zuhörer, so sprach er bei solcher Gelegenheit echtestes Hamburger Platt.

Durch Erbschaft besaß er eine kleine Münzsammlung, die er zu einer beachtenswerten Summe von ausschließlich Hamburger Münzen erweiterte und mit deren Ordnung und Bestimmung er sich auch im Alter viele Stunden vergnügte. Doch zurück zu Richters Jugend. Zunächst besuchte er eine Volks-

Prof. Dr. F. Richters.

und private Bürgerschule. Früh gab er den Beweis für seine große Lehrbefähigung, denn bereits in dem märchenhaften Alter von 14 Jahren nahm er eine Stelle als Elementarlehrer an einer höheren Bürgerschule an. Während dieser Lehrtätigkeit besuchte er aber zur eigenen weiteren Fortbildung die Lehrerbildungsanstalt für Hamburger Schul- und Erziehungswesen und die Zeichenstunden an der Gewerbeschule. Ostern 1870 bestand er sodann das Aufnahme-Examen für das Akademische- und Realgymnasium seiner Vaterstadt, auf das er sich im wesentlichen selbst vorbereitet hatte, und kurz darauf das Abitur am sog. Johanneum. Als Student — das Studieren hatte die Fürsorge eines Onkels ermöglicht — bezog er zu ausgesprochen naturwissenschaftlichen Studien die Universitäten Göttingen und Heidelberg, wo er Schüler von Claus, Wöhler, von Seebach, Weber, Hofmeister, Kirchhoff, Bunsen und Kopp war. Im Juni 1873 wurde Richters zu Göttingen auf Grund seiner Dissertation über „Die Phyllosomen" — das Material entstammte dem Privatmuseum des Weltreisenden Godefroy in Hamburg — zum Dr. phil. promoviert, worauf er noch ein Semester als Assistent am Zoologischen Institut zu Göttingen arbeitete. Ostern 1874 übernahm er dann eine Stelle als wissenschaftlicher Hilfslehrer an der Realschule zu Altona, bestand im Dezember 1874 das Oberlehrer-Examen und kam Ostern 1877, fast 23jährig, an die Wöhlerschule zu Frankfurt a. M. Ein halbes Jahr vorher hatte er sich mit der Tochter eines Zeichenlehrers, gleichfalls einer geborenen Hamburgerin, verheiratet. Zwei Kinder aus dieser Ehe haben den Vater überlebt.

Sofort nach seiner Ansiedlung in Frankfurt trat Richters der Senckenbergischen Gesellschaft als Mitglied bei, und noch im gleichen Jahre wurde er einstimmig zum arbeitenden Mitgliede der Gesellschaft und zum Sektionär für Krebstiere gewählt. Seitdem war Richters in der Verwaltung der Gesellschaft tätig, die ihn 1886 zum zweiten, 1889 zu ihrem ersten Direktor ernannte. Der Redaktion für wissenschaftliche Arbeiten der Gesellschaft gehörte er von 1893 bis 1898 an. 1894 wurde er in die Kommission der Rüppellstiftung gewählt. Seit 1903 führte er den Vorsitz in der Bücherkommission. Während seiner Amtszeit als zweiter Direktor kamen die Verhandlungen mit dem Physikalischen Verein zum Abschluß, dessen feuergefährliche Tätigkeit im Erdgeschoß des alten Museums endlich zum Segen für beide Teile in einen zweckentsprechenderen, helleren und geräumigeren Neubau verlegt wurde, und Richters beteiligte sich als Direktor und Sektionär lebhaft an den Plänen der Umgestaltung und Neueinrichtung der durch diesen Auszug frei gewordenen Räume im Museum. Neben der Verwaltungstätigkeit im Museum und neben der Berufsarbeit, die ihn bald zu einem der beliebtesten Lehrer des Wöhler-Realgymnasiums machte, gingen strengwissenschaftliche Bemühungen. Zunächst nahm er sich als Sektionär der jahrzehntelang verwaisten Krebssammlung an, ordnete und bestimmte sie systematisch, soweit dies unter den damaligen Verhältnissen bei dem Mangel an der nötigsten Fachliteratur und dem unentbehrlichsten Arbeitsraum überhaupt möglich war. In dieser Zeit erschienen in den Berichten und Abhandlungen der Senckenbergischen Naturforschenden Gesellschaft, wie in anderen Fachschriften, eine große Anzahl von Arbeiten unseres Richters; Arbeiten, die sich zumeist mit der Krustazeenfauna befaßten. Noch angelegener ließ er sich bei dem ihm angeborenen Sammeleifer die Vermehrung und Ergänzung der damals noch äußerst lückenhaften Bestände des Museums sein. Und was hat Richters nicht alles in seinem langen Leben gesammelt, und welche Freude bereitete es ihm, seine Schätze im Bekanntenkreise auszubreiten und zu erklären! Diese rege und anregende Lehr- und Sammeltätigkeit wurde leider plötzlich jäh unterbrochen. Richters erkrankte 1897 nach der Frankfurter Naturforscher- und Ärzte-Versammlung, für die er gleichzeitig in mehreren Ausschüssen tätig war, äußerst schwer, ja er war gezwungen, seine Schullaufbahn für lange Jahre völlig aufzugeben, und sich auch sonst von jeder Vereins- und wissenschaftlichen Tätigkeit zurückzuziehen. Erst um 1900 war er einigermaßen wieder hergestellt, und sogleich begab er sich aufs neue an die geliebten naturwissenschaftlichen Studien. Bei Erholungsspaziergängen und bei Ausflügen in den nahen Taunus nahm er Moosstücke mit nach Hause und durchsuchte diese Rasen auf die darin enthaltene eigenartige Tierwelt. Besonders die sogenannten Bärtierchen zogen seine Aufmerksamkeit an, und bald mußten wir ihm von überall her Moospolster zusenden, die er in mühsamer Arbeit auf deren Tardigraden-Fauna untersuchte. Nach einem Vortrag über „Die Tierwelt der Moosrasen" folgten eine ganze Reihe größerer systematischer Arbeiten über die Tardigraden. Besonders umfangreich sind diejenigen über „Die arktischen Tardigraden" im Band III der Fauna arctica sowie die Untersuchungen der mikroskopischen Moosfauna der Antarktis auf Grundlage des Materials der Deutschen Süd-Polar-Expedition Drygalskys zu Beginn dieses Jahrhunderts. Was die Richtersschen Arbeiten der damaligen Zeit besonders auszeichnet, sind die ganz trefflichen Abbildungen, die er nach selbstverfertigten prächtigen Mikrophotographien in der bewährten Anstalt von Werner u. Winter herstellen ließ. Obgleich Richters ein ganz hervorragender Zeichner war, zog er die photographischen Erzeugnisse wegen ihrer unbedingten Naturwahrheit Zeichnungen vor, und wer seine vorzüglich gelungenen, feinen Lichtbilder gesehen hat, mußte ihm darin recht geben. Eine große Zahl bisher ganz unbekannter Tierarten wurde von ihm aus unscheinbaren Moospolstern herausgeschwemmt, der Entwicklungsgang dieser seltsamen Tiere genau beobachtet und ihre systematische Stellung für die Wissenschaft gesichert. Alle Neufunde brachte er zunächst regelmäßig in den Frankfurter Verein für Naturwissenschaftliche Unterhaltung, der den Zweck hat, durch Vorträge, Demonstrationen und Diskussionen zu naturwissenschaftlichen Forschungen anzuregen und die Forschenden einander persönlich näher zu bringen, ein Verein, dem fast alle naturwissenschaftlich tätigen Personen Frankfurts angehören. Hier in der „Käwernschachtel", wie der Verein scherzweise genannt wird, lernte man Richters erst völlig in seinem ganzen, prächtigen Wesen kennen. Lange Zeit war er dort der, der bei weitem die meisten Vorträge über eigene Beobachtungen und Funde brachte. Hier auch erstrahlte sein liebenswürdiger Humor, der nie verletzte. Ihn wählte man gern zum Vorsitzenden während der ernsten Jahresarbeit und immer wieder zum Leiter des Vergnügungskommitees, das das weit und breit berühmte launige Stiftungsfest im Februar vorzubereiten und zu veranstalten hatte. Nie verübelte er es uns, wenn wir ihn bei dieser Gelegenheit selbst auf die Bühne brachten oder in den Tischliedern lustige Verslein über ihn verbrachen. Im Gegenteil; es wäre ihm nicht recht gewesen, wenn wir ihn nicht fast jährlich zu einem der Hauptziele unserer übermütigen Scherze gewählt hätten. Selbst sehr musikalisch, — er war Vorstandsmitglied des Sängerchors des bekannten Frankfurter Lehrersängervereins — sang er mit wohlklingender Stimme und fröhlichem Schmunzeln den Refrain der Stachelverse auf seine

Bärtierchen, auf seine Sammelleidenschaft in Labö und auf seine Hamburger spitzigen St's und Sp's, mit denen er uns in die Ohren stach; aber er erschien auch selbst auf der Bühne mit von ihm verfaßten zwerchfellerschütternden Couplets und Scherzdarstellungen aus dem Tierleben der Jetzt-, Vor- und Zukunftswelt. In seiner geliebten „Käferschachtel" ereilte ihn schließlich der erste Vorbote des nahenden Todes.

Um 1910 wandte sich Richters, angeregt durch anthropologische Streitfragen*) und eigene Funde, in Labö, einem 24 Jahre lang von ihm bevorzugten Sommeraufenthalt an der flintsteinreichen Kieler Außenförde, dem Studium der neusteinzeitlichen Gräber, Waffen und Werkzeuge sowie der schwierigeren Paläolithen- und Eolithenfrage zu. — Sein letzter Vortrag im Senckenbergischen Museum galt gekritzten, nordischen Ur-Faustkeilen aus Kiesgruben dieses Ortes, und seine letzte druckfertige Arbeit, „Buschmannwerkzeuge und ein Gegenstück aus dem nordischen Gletscherlehm" — die Arbeit ist im Senckenbergischen Bericht zugleich mit diesem Nekrolog abgedruckt —, behandelt das schwierige Problem der primitiven Nordlandsmenschen, deren rohe Werkzeuge skandinavische Eiszeitgletscher nach seiner Ansicht wie mit einem Riesenbesen zu uns nach Deutschland herüber gekehrt haben.

Im Frühling 1914 war er, wie schon oft, zum Forellenfang in den Schwarzwald gereist. War doch der kunstgerechte Fischfang zusammen mit Freund Wendt seine Lieblingserholung nach angestrengter wissenschaftlicher Arbeit, und sah er doch jeden Menschen mitleidsvoll an, der nicht beim Fischen die alleinrichtigen Wasserstiefel von Rentschler in Calmbach trug oder gar am Forellenbach die je nach Tagesstunde allein erfolgreiche März-, Pfau- oder Dungfliege nicht richtig benutzte. Plötzlich kam Kunde zu uns von Richters' erneuter ernster Erkrankung. Noch einmal schien sich der zähe Mann zu erholen, aber es schien nur so; kaum vier Wochen vor dem Kriegsausbruch erlag er seinem standhaft ertragenen Leiden. — Richters verband die zielbewußte Zähigkeit des echten Hamburgers mit dem gutmütigen Humor, wie er uns aus den Schriften des von ihm über alles geliebten plattdeutschen Dichters

*) Er war außer in vielen anderen Frankfurter und auswärtigen Vereinen Vorstandsmitglied des Vereins für Geographie und Statistik und der Anthropologischen Gesellschaft.

Fritz Reuter entgegenweht. Aber er hatte auch in den Werken des berühmtesten Sohnes von Frankfurt nicht vergebens gelesen und sich Goethes Zauberspruch zur Richtschnur genommen:

Tagesarbeit, abends Gäste,
Saure Wochen
Frohe Feste!

Die Senckenbergische Naturforschende Gesellschaft wird das Andenken des tüchtigen, hochgewachsenen Mannes, der das Äußere eines jovialen „Seekapitäns a. D." mit dem umfassenden Wissen eines ernsten Gelehrten und der Treuherzigkeit eines guten Kindes verband, in hohen Ehren halten.

A. Jassoy.

Leopold Laquer

geb. 9. März 1857 zu Namslau i. Schl., gest. 29. Januar 1915 zu Frankfurt a. M.

Nach langem schwerem Siechtum, das er von Anfang an mit vollem Bewußtsein der Tragweite der zuerst nur andeutungsweise auftretenden Krankheitserscheinungen als hoffnungslos erkannte, ist Leopold Laquer am 29. Januar 1915 verschieden.

In Namslau geboren, besuchte er das Gymnasium zu Brieg. Seine Studienzeit verlebte er in Breslau, die dazu nötigen Mittel lieferte ihm zum großen Teil seine eigene Arbeit. Schon seine Dissertation: „Beiträge zur Pathologie der Großhirnrinde" weist auf seine spätere Lebenstätigkeit hin. Nach längerer Assistentenzeit bei Oskar Berger, einem der Pioniere der Nervenklinik, trat er in derselben Stellung bei dem seiner Zeit sehr bekannten Elektrotherapeuten und Nervenarzt W. Müller in Wiesbaden ein. In beiden Stellungen erwarb er sich die große Erfahrung in der Nervenheilkunde, die ihm bald nach seiner Niederlassung in Frankfurt a. M. (1883) einen großen Ruf verschaffte. In Wiesbaden fand er auch seine Lebensgefährtin, die ihm das Leben, das er nicht selten in sehr pessimistischer Weise auffaßte, in hingebendster, verständigster Art zu verschönen und besonders in der langen Zeit der schweren Krankheit, die zum Schluß noch durch den Kriegstod des jüngeren begabten Sohnes schmerzlich getrübt wurde, zu erleichtern nicht müde wurde.

Von regem lebhaftem Geiste, mit guter Beobachtungsgabe ausgestattet, befriedigte ihn aber die ausschließlich praktische Tätigkeit nicht. Neben zahlreichen Veröffentlichungen, die mehr der Klinik der spezielleren Nervenkrankheiten angehören, waren es besonders die Beobachtungen einer großen Zahl von schwachbefähigten Kindern und Jugendlichen und deren Fürsorge, die ihn sehr lebhaft interessierten. Seine sehr wichtigen, inhaltsreichen und sachgemäßen Arbeiten auf diesem, damals noch ziemlich neuen Gebiete werden ihren Wert behalten. — Sein Sinn für allgemeine naturwissenschaftliche Fragen führten ihn 1897 auch unserer Gesellschaft als Mitglied zu. In einer gerade sehr arbeitsreichen Zeit (1906): Umzug, Eröffnung des neuen Museums, wurde er arbeitendes Mitglied. An den Arbeiten hat er

Dr Leop. Laquer

sich in den damaligen vielen und langen Sitzungen der Verwaltung lebhaft betätigt. 1907 in den Festausschuß zur Vorbereitung der Feier zur Eröffnung des neuen Museums gewählt, repräsentierte er die Gesellschaft in der ihm so günstig liegenden Art aufs liebenswürdigste. In seine Arbeitszeit bei der Verwaltung der Senckenbergischen Naturforschenden Gesellschaft fallen auch die verantwortungsreichen schwierigen Beratungen und Vorarbeiten zur Beteiligung der Senckenbergischen Naturforschenden Gesellschaft an der zu errichtenden Universität. 1911 wurde er in die Kommission zur Prüfung der Universitätsfrage gewählt und in den betreffenden Sitzungen hat er den Universitätsgedanken und die Beteiligung der Gesellschaft stets warm vertreten und befürwortet. — Mit zwei interessanten Vorträgen: „Die Grundlagen geistiger Minderwertigkeit 1905" und „Ärztliche Vererbungsprobleme 1909" beteiligte er sich an den wissenschaftlichen Sitzungen. Einen eingehenden Nachruf auf Sanitätsrat Blumenthal von seiner Hand verfaßt, enthält der Jahresbericht 1912.

So hat Laquer, wenn er auch kein Amt in der Senckenbergischen Naturforschenden Gesellschaft bekleidet hat, doch in sehr verdienstvoller Weise für sie gewirkt. Sein in so frühen Lebensjahren aufgetretenes schweres Leiden hat ihn leider verhindert, sich, wie er es so gern gewollt hätte, in den letzten Lebensjahren den Aufgaben der Gesellschaft zu widmen.

Seine eigenartige Persönlichkeit von nicht gewöhnlichem Typus wird von seinen vielen Freunden und unserer Gesellschaft nicht vergessen werden.

B. Lachmann.

Alexander Sendler

† 10. Oktober 1914.

Am 10. Oktober 1914 starb den Heldentod fürs Vaterland unser Sektionär der Krustazeenabteilung Oberlehrer Dr. Alexander Sendler; südwestlich von St. Mihiel traf ihn an der Spitze seines Pionierzuges beim Überklettern eines Drahthindernisses die feindliche Kugel. Noch nicht lange gehörte Sendler unserer Gesellschaft an; 1909 wurde er Mitglied, im Februar 1913 „Arbeitendes Mitglied" und gleichzeitig Sektionär für Krustazeen. Aber in der kurzen Spanne Zeit von 2½ Jahren hat er schon recht Bedeutendes für unsere Sammlung geleistet, so daß sein Tod eine ganz empfindliche Lücke in die Reihe unserer Mitarbeiter gerissen hat. Sendler war eben ein Mann, der was er tat, stets ganz tat, und gern hat er auch seine ganze freie Zeit in den Dienst des Museums gestellt.

Die Vorlesungen von Prof. Reichenbach waren die Veranlassung, daß der Verstorbene, der auf den Universitäten Jena und Göttingen vorwiegend exakte Wissenschaften und Philosophie studierte, sich hier in Frankfurt den Naturwissenschaften zuwandte. In den Praktika und bei den Exkursionen der Gesellschaft eignete er sich gründliche Kenntnisse in Zoologie und Botanik an und ist dann den Naturwissenschaften treu geblieben, nicht bloß aus Liebhaberei, oder weil die Beschäftigung mit ihnen gerade etwas Modesache geworden war — das wäre dem gründlich und exakt arbeitenden Manne unmöglich gewesen — er bedurfte ihrer vielmehr, um seinem starken philosophischen Interesse eine feste Basis zu geben. Um auch bei seinen Schülern die Liebe zu den Naturwissenschaften säen zu können, erwarb er sich im Herbste 1909 die Lehrbefähigung in Zoologie und Botanik für die Oberklassen. Sendler hat nie vergessen, daß er seine ganze naturwissenschaftliche Vorbildung der Lehrtätigkeit der

12*

Senckenbergischen Gesellschaft verdankte, und es entspricht ganz seinem geraden Charakter, daß er dies auch wiederholt offen bekannte. Ein beredtes Zeugnis dieser Dankbarkeit ist ein Brief Sendlers an die Gesellschaft vom November 1909: „Vergangene Woche", schreibt er, „habe ich in Jena in einer Erweiterungsprüfung die Fakultas in Botanik und Zoologie für die erste Stufe (Oberprima) erworben. Da ich mich als Student mit diesen Wissenschaften nicht beschäftigt habe, so habe ich den

Dr. A. Sendler.

Erfolg lediglich der Senckenbergischen Gesellschaft zu verdanken, insbesondere ihren Dozenten, die mir immer anregend und fördernd zur Seite gestanden haben. Es ist mir infolgedessen ein aufrichtiges Bedürfnis, der Senckenbergischen Gesellschaft meinen tiefgefühlten Dank auszusprechen . . . . ." Und ein weiteres Schreiben nach seiner Ernennung zum „Arbeitenden Mitglied" vom Februar 1913 enthält die Stelle: „Euer Hochwohlgeboren danke ich für die mir zuteil gewordene Ehre aufrichtig. Alle mir daraus erwachsenen Pflichten werde ich gern auf mich nehmen. Ich werde sie um so freudiger erfüllen, als ich lediglich den Anregungen der Senckenbergischen Naturforschenden Gesellschaft es verdanke, daß mein Interesse an den biologischen Wissenschaften ein bleibendes geworden ist. Es wird mir eine besondere Freude sein, das in meinen Händen befindliche Material, das mir für meine Arbeiten von auswärts überlassen wurde, dem Museum zur Verfügung zu stellen . . ." Und er hat Wort gehalten. Mit Liebe und Ausdauer hat er an der lange verwaisten Dekapodensammlung unseres Museums gearbeitet, das gewaltige Material der alten Bestände aufgearbeitet und nach dem neuesten Stand der Wissenschaft aufgestellt; alle in der Zwischenzeit erhaltenen reichen Neueingänge von Ausbeuten und Ankäufen hat er bestimmt und eingereiht. Die Sammlung selbst ist fast vollständig neu etikettiert und katalogisiert worden. Manch wertvolles Stück hat Sendler von der Zoologischen Station zu Rovigno, wo er studienhalber zweimal weilte, und von Helgoland mitgebracht, und manche Seltenheiten hat er durch Tausch erworben. Trotz der häufigen Tätigkeit im Museum hat Sendler seine Berufspflichten als Oberlehrer oder seine Privatstudien keineswegs vernachlässigt. Von seinem Direktor an der Liebig-Oberrealschule wird ihm bezeugt, daß er stets rastlos bemüht war, seine Schüler zu fördern und seine Amtsgenossen zu unterstützen.

In der wissenschaftlichen Welt hat er sich durch sein exaktes und gewissenhaftes Arbeiten in kurzer Zeit einen Namen gemacht und häufig bekam er Material aus anderen Museen zur Durcharbeitung und Bestimmung zugesandt. Die letzte Frucht seiner Tätigkeit ist die Bearbeitung des Dekapodenmaterials der Wolfschen Südseeausbeute, die im Manuskript druckfertig vorliegt und in allernächster Zeit in den Abhandlungen der Gesellschaft erscheinen soll. So ist auch die Senckenbergische Gesellschaft ihrerseits Dr. Sendler zu größtem Danke verpflichtet.

Neben seinen wissenschaftlichen Leistungen und seinen gründlichen Kenntnissen war es aber noch etwas anderes, was Sendler allen denen, die näher mit ihm bekannt wurden, so wert und teuer machte: die Lauterkeit und Geradheit seines Charakters. Von allen Seiten, von seinen Studienfreunden in Jena und Göttingen, von seinen Amtsgenossen an den verschiedenen Anstalten, von seinen zahlreichen Freunden und Bekannten hört man dasselbe Urteil: er war ein Mann ohne Falsch, ein gerader, offener Charakter. Nie ließ er sich in seinem Urteil und in seinen Worten durch Rücksicht auf eigenen Nutzen leiten; was er einmal als richtig erkannt hatte, das verfocht er auch ohne Furcht und unbekümmert darum, ob es anderen genehm war. Dabei war er eine durchaus fröhliche Natur, die auf seine Umgebung, auf seine Familie beglückend wirken mußte. Mit großer Zärtlichkeit hing er an Frau und Kind. Glühend liebte er sein Vaterland und voller Begeisterung ist er im August 1914 hinausgezogen, um für sein Vaterland zu kämpfen und zu sterben. Uns aber, die wir ihn in den Sitzungen der Verwaltung, auf Exkursionen oder bei seinen Arbeiten im Museum kennen, schätzen und lieben lernten, bleibt nur die Trauer um den allzufrüh entrissenen, idealgesinnten, trefflichen Mann.

P. Sack.

Eine neue Opilionidenart aus Frankfurts Umgebung

von **Adolf Müller**, Höchst a. M.

Mit 10 Abbildungen.

Die Opilioniden oder W e b e r k n e c h t e sind nahe Verwandte der echten S p i n n e n. Besonders charakterisiert sind sie durch die langen, dünnen Beine, mit deren Hilfe sie sich schnell fortbewegen können. Der Körper ist klein und wird stets schwebend getragen. Kopf und Bruststücke sind zum Cephalothorax ver-

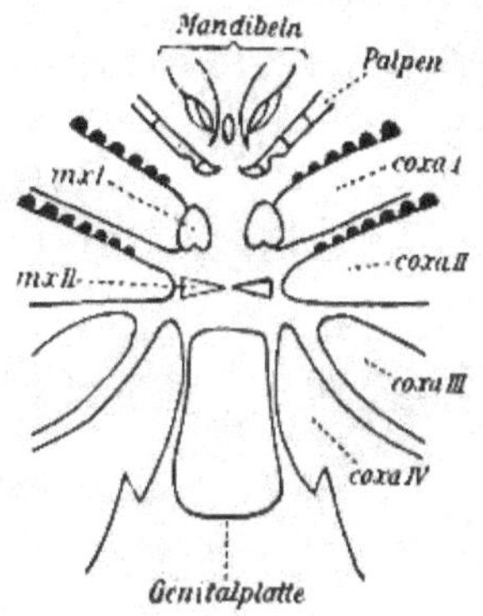

Fig. 1.
Ventralseite von *Liobunum* C. Koch.
mx I = maxillarlobus der I. Coxa
mx II = „ „ II. „

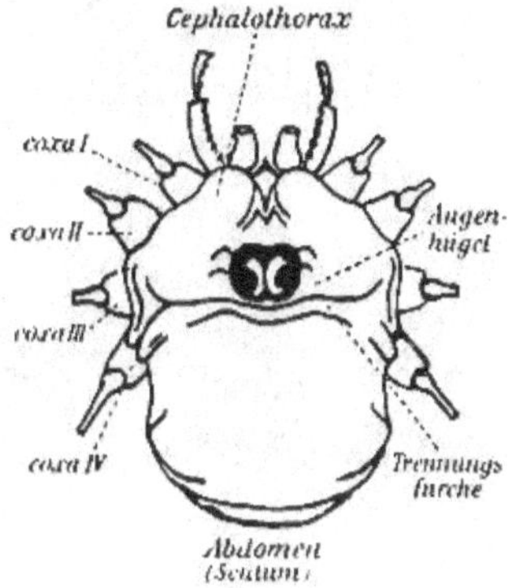

Fig. 2.
Dorsalseite von *Liobunum* C. K o c h.

wachsen, der durch mehrere Querfurchen vom Abdomen getrennt ist. Auf diesem Cephalothorax befinden sich die beiden einzigen Augen, seitlich in einem Augenhügel. Das Abdomen zerfällt in neun Segmente, die auf der Oberseite ganz oder teilweise zu einem Scutum verwachsen können; auf der Ventralseite des Hinterleibs ist die Segmentierung stets deutlich zu erkennen. Das erste Segment trägt unten die Genitalklappe, die nach vorn zwischen die Hüften (Coxen) der Beine vorgeschoben ist. Daran schließen sich die übrigen Abdominalabschnitte an, deren letzter an die Analplatte grenzt. An der Ventralseite des Cephalothorax befinden sich die Coxen der acht Beine. Davor sieht man die Mundöffnung, die Palpen (Kiefertaster) und die Mandibeln (Kieferfühler oder Cheliceren), deren Form und Lage von großer Wichtigkeit für die Systematik resp. das Bestimmen sind (Fig. 1

Fig. 3. Eigelege von *Phalangium cornutum* L. Während des Schlüpfens aufgenommen. Vergr. 2 : 1.

und 2). Die Färbung der Tiere ist unscheinbar und meist ihrem Aufenthaltsort — alten Mauern, Moos usw. — angepaßt. Ihre Nahrung fangen die Opilioniden nicht in kunstvollen Netzen wie die echten Spinnen; sie leben vielmehr nur von toten Insekten, die sie auf ihren nächtlichen Streifzügen finden. Im Herbst legen die Phalangiden ihre Eier ab, denen im Frühjahr die Jungen entschlüpfen (Fig. 3).

Die Weberknechte sind in vielen Arten über die ganze Erde verbreitet; auch von ihnen beherbergen die Tropen die meisten und bizarrsten Formen. Das Studium dieser hochinteressanten Tiere ist trotz neuerer guter Bearbeitung auch heute noch überaus lohnend, wie es die Typen unserer Sammlung, die meist jüngeren Datums sind, beweisen.

Unsere Lokalfauna, die C. Koch[1]) in der Mitte des vorigen Jahrhunderts bearbeitet hat, zählt viele Vertreter (Fig. 4), darunter auch Seltenheiten (*Trogulul, Ischyropsalis* usw.). Heute hat sich die Zahl der von Koch aufgestellten und beschriebenen Arten etwas vermindert, weil manche davon als Jugendformen oder Varietäten eingezogen wurden, so z. B. die Formen *Cerastoma curvicorne, C. lonipes, C. dentatum* und *C. cornutum*, die alle einer Spezies nämlich *Phalangium cornutum* L. angehören. Von diesen Fällen abgesehen ist wohl alles beim alten geblieben; denn nach Koch hat sich niemand mehr ernstlich mit den Phalangiden der Frankfurter Gegend befaßt. Wenn nun neuerdings eine bisher unbekannte Art gefunden wurde, so ist es diesem Umstand in erster Linie zuzuschreiben. Freilich ist es auch möglich, daß das neue *Liobunum hassiae*[2]) in mancher Sammlung als *L. blackwalli* Meade bestimmt ist, da die Unterscheidung dieser beiden Arten sich nicht auf den ersten Blick bewerkstelligen läßt.

Um ein klares Bild der neuen Form zu erlangen, muß man die Gattungsmerkmale des Genus *Liobunum* kennen. Die Diagnose des typischsten Vertreters *L. rotundum* Latr., der den beiden vorgenannten Formen zudem sehr nahe verwandt ist, lautet:

Liobunum rotundum Latr. ♂ (Fig. 5 und 5a). Der Körper ist gedrungen, hinten stumpf abgerundet. Der Cephalothorax deutlich durch Querfurchen vom Abdomen getrennt. Die Segmente bilden ein Dorsalscutum. Der Augenhügel ist glatt und deutlich gefurcht. Die Mandibeln sind nicht bewehrt und unbehaart, nur Glied II vorn über den Klauen mit kleinen Borsten versehen. Die Palpen sind unbewehrt und die Tarsalendklaue kammzähnig. Die Beine sind lang und dünn, das zweite ist das längste. Tibia II stets mit Pseudogelenken. Sämtliche Coxen tragen Reihen kleiner Höcker. Die Färbung ist im allgemeinen orangebraun. Die Stirn-

[1]) C. Koch, „Die Opilioniden des Mittelrheinischen Gebietes“. 12. Ber. des Offenbacher Vereins für Naturkunde. 1871. S. 84.

[2]) A. Müller, „Eine neue Liobunumart“. Zoolog. Anzeiger Bd. XLIII Nr. 10 vom 17. 2. 1914 S. 448.

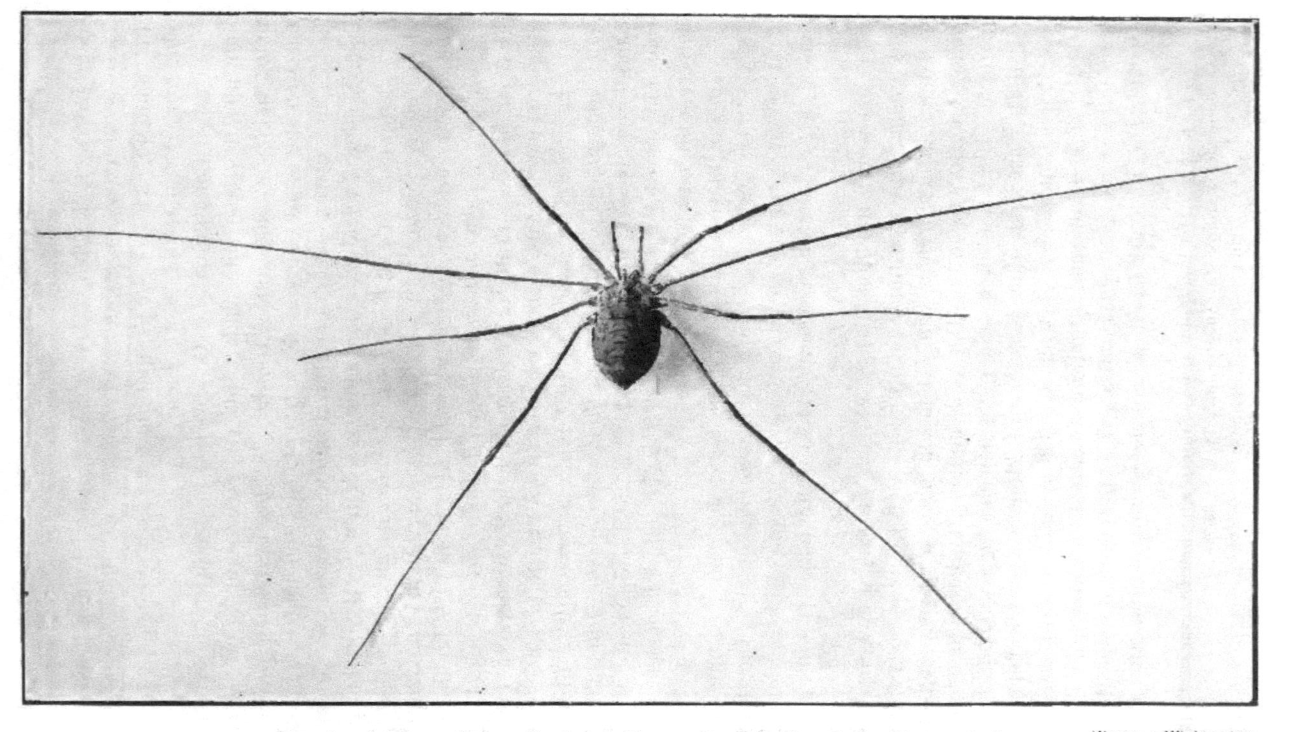

Fig. 4. *Opilio parietinus* Herbst ♀ (besonders häufige Art). Vergr. 4 : 1.

Werner u. Winter phot.

ecken des Cephalothorax sind dunkler, die Sattelzeichnung des Abdomens fehlt. Der Augenhügel ist erdfarben, die Augen und Augenringe schwarz. Letztere begrenzen die braune Augenhügelfurche. Die Palpen sind erdfarben, die Beine schwarz und an den Gelenken mit helleren Ringen versehen. Vorkommen: Mitteleuropa.

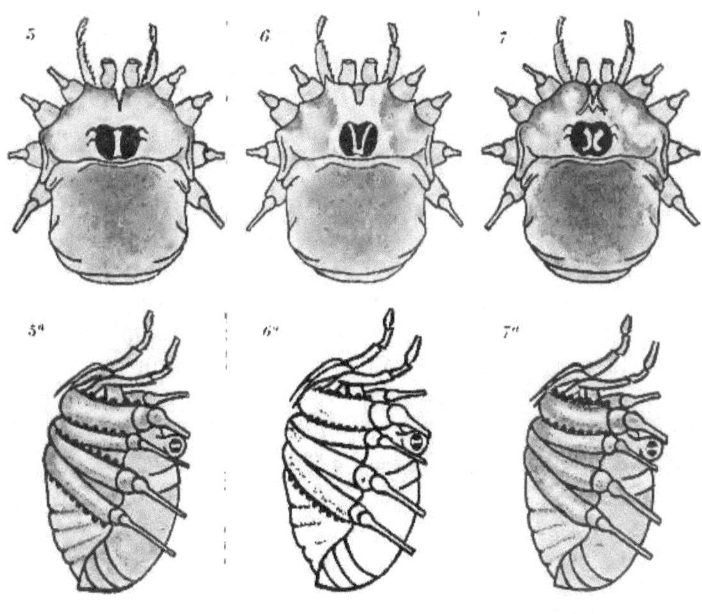

Fig. 5 *Liobunum rotundum* Latr. ♂ Dorsalansicht
Fig. 5a „ „ „ ♂ Seitenansicht
Fig. 6 „ *hassiae* Ad. Müll. ♂ Dorsalansicht
Fig. 6a „ „ „ ♂ Seitenansicht
Fig. 7 „ *blackwallii* Meade ♂ Dorsalansicht
Fig. 7a „ „ „ ♂ Seitenansicht
sämtlich stark vergrößert.

Diese Beschreibung gilt im großen und ganzen auch für unser *L. hassiae* (Fig. 6 u. 6a) und *L. blackwalli* (Fig. 7 u. 7a); durch folgende Merkmale aber werden die beiden Arten von *L. rotundum* und auch unter sich unterschieden: Während *L. rotundum* an allen vier Coxen Randhöcker hat, fehlen diese bei

L. blackwalli an Coxa III und IV, dagegen bei *L. hassiae* nur an Coxa III (Fig. 5a, 6a und 7a). Die Randhöcker der Coxen, die innerhalb der Subfamilie *Liobunini* Banks bei der Trennung der Arten und Genera eine wichtige Rolle spielen, müssen auch in diesem Fall in erster Linie für die Abtrennung der neuen Art maßgebend sein. Ein weiterer Unterschied von *L. rotundum* bildet die schwarze Medianlinie der Augenhügelfurche, die bei *L. hassiae* stärker ausgeprägt ist als bei *L. blackwalli.* Im Farbenton nähert sich *L. hassiae* mehr *L. rotundum,* während die Zeichnung auf die von *L. blackwalli* herauskommt. Alle drei Arten finden sich in der Frankfurter Umgebung. *L. hassiae* wurde mit *L. rotundum* zusammen vom Verfasser in drei Exemplaren (♂) 1910 und 1911 in Isenburg in Hessen gesammelt und dem Senckenbergischen Museum überwiesen.

Ein Buschmann-Steinwerkzeug und ein Gegenstück aus dem nordischen Gletscherlehm.

Mit 4 Abbildungen

von **F. Richters** (†).

Aus Berseba in Deutsch-Südwestafrika erhielt ich eine Kollektion Steinwerkzeuge der Buschmänner. Eins der bemerkenswertesten Stücke derselben ist ein Spalter (Fig. 1a) aus einem dunkelgrauen quarzitischen Gestein, das auf seinen verwitterten Flächen Schichtung zeigt und daher als Kieselschiefer zu benennen ist. In seinem Werke: „Die Eingeborenen Südafrikas" sagt Gustav Fritsch in dem Kapitel über die Buschmänner: „Diese Eingeborenen leben noch halb in der Steinzeit. Sie zerschlagen mit scharfen Steinen Röhrenknochen und schleifen die Splitter auf den Steinen zu Pfeilspitzen." Für einen solchen Zweck eignet sich das vorliegende Werkzeug vortrefflich. Die Grundform derselben ist ein kurzer, breiter Kegel, der aber oben nicht eine Spitze, sondern eine Schneide hat. Die Unterseite (Fig. 2a) wird zur Hauptsache durch eine Fläche gebildet, die an die Schlagfigur des Feuersteins, an den Schlagbulbus, erinnert. Auf dem Kegelmantel sind drei von unten nach oben verlaufende Abschläge erkennbar, die vermutlich als Widerlager für Daumen, Zeige- und Mittelfinger gedacht sind. Legt man die Finger in die entsprechenden Vertiefungen, so steht die Schlagkante quer zum Körper, gerade in der geeigneten Stellung, um einen in der linken Hand gehaltenen Röhrenknochen längs zu spalten. Die Schlagkante zeigt kleine Aussplitterungen, die zweifellos durch den Gebrauch entstanden sind. Der Rand des Kegelmantels läßt viele splittrige Schläge erkennen, durch die der Basis annähernd Kreisgestalt gegeben wurde.

a  b

Werner u. Winter phot.

Fig. 1. Spalter. Seitenansicht, 4/5 nat. Gr.
a von Berseba, Deutsch-Südwestafrika, b von Brodersdorf bei Labö, Holstein.

a  b

Werner u. Winter phot.

Fig. 2. Unterseite derselben Spalter, 4/5 nat. Gr.

Ein Werkzeug von derselben Gestalt fand ich auf einem Acker bei Brodersdorf unweit Labö in Holstein (Fig. 1b). Es ist mit wenigen wuchtigen, wohlgezielten Schlägen aus einer hellgrauen Feuersteinknolle gefertigt. Die Aussplitterungen an der Schlagkante deuten auf fleißigen Gebrauch hin.

Es ist ein uraltes Stück, das noch in die ältesten Perioden der Altsteinzeit, vielleicht ins Chelléen oder Strépyien, zu verweisen ist. Der Stein hat nämlich nicht nur auf dem erhaltenen Stück Kruste zahlreiche Gletscherschrammen[1]), sondern weist auch auf den von Menschen geschlagenen Flächen solche auf. Mithin hat das Stück schon als Werkzeug den Gletschertransport mitgemacht. Nicht ein Ur-Probsteier hat es geschlagen, sondern aus Südskandinavien ist es mit dem anderen Moränenschotter nach Holstein geschoben. Sehr gut sieht man auf seiner Unterseite (Fig. 2b) den Unterschied zwischen einer echten, etwa 4,5 mm langen Gletscherschramme und einer frischen, vermutlich durch ein Wagenrad oder ein Ackergerät erzeugten Druckspur, die sich fast über die ganze Unterseite hinzieht. Die Gletscherschramme ist beim Gletschertransport durch ein Gesteinskorn, das härter als Feuerstein war, als scharfer Kritzer tief in den Feuerstein eingeritzt; dazu gehört ein gewaltiger Druck. Die frische Druckspur, die sich durch einen Rotstrich als von einem eisernen Gerät herrührend kennzeichnet, ist nur flach und durch Abblätterung feiner Teile der Patina entstanden, mit der sich der Feuerstein im Laufe der Zeiten überzieht.

Auffällig ist der Größenunterschied der beiden Werkzeuge. Er entspricht aber durchaus dem Unterschied zwischen der Größe einer Buschmannshand und der Größe, die wir auf Grund mancher anderen wuchtigen Werkzeuge der Urgermanenfaust zuerkennen.

Ich habe in meiner Sammlung noch drei solcher nordischer Schlagsteine von ähnlicher Gestalt, aber ohne Schneide; sie sind etwa wie ein Apfel geformt. Zwei sind von derselben Größe wie der abgebildete, der dritte ist noch etwas größer. Eins dieser Stücke habe ich eigenhändig aus einer Kiesschicht, die in die Riss-Würm-Zwischeneiszeit gehören dürfte, in 10 Meter Tiefe hervorgezogen.

Wie viele Jahrtausende sind seit jener Zeit verflossen! Und

---

[1]) Vergl. „Prometheus" 1913 Nr. 1228, „Umschau" 1913 Nr. 51.

diese Fundstücke sind, wie bereits bemerkt, schon als Werkzeuge per Gletscher zu uns gekommen.

Über das Alter des Buschmann-Steinwerkzeuges ist schwer etwas zu sagen. Die Schlagflächen scheinen auf den ersten Blick noch recht frisch zu sein; sprengt man aber ein Stückchen ab, so zeigt sich doch, daß der Stein an seiner Oberfläche verändert ist; er ist wesentlich dunkler geworden.

Demnach haben in einer nicht weit zurückliegenden Zeit die Buschmänner noch Steinwerkzeuge von einer Form benutzt, auf welche die nordeuropäische Urbevölkerung schon vor Jahrzehntausenden verfallen war.

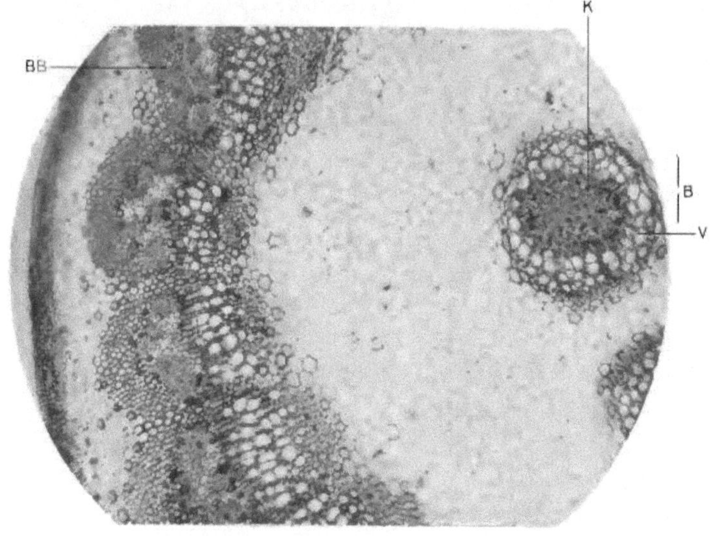

1. Partie aus dem Querschnitt durch einen jungen Blattstiel der Roßkastanie (*Aesculus hippocastanum* L.)

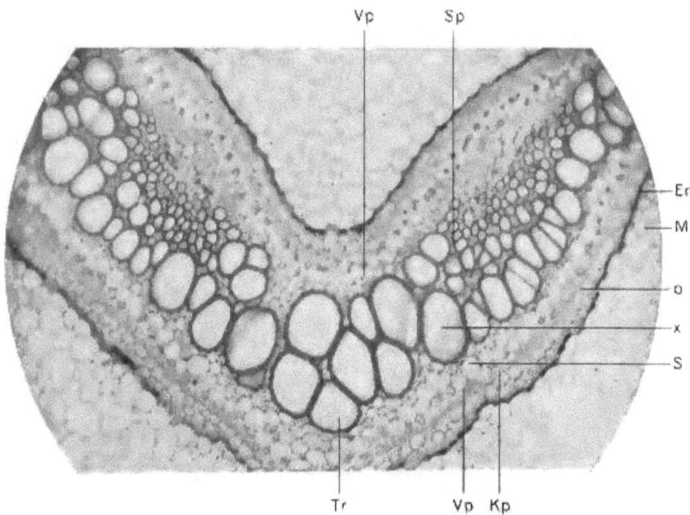

2. Großes Gefäßbündel vom Adlerfarn (*Pteris aquilina* L.) Querschnitt.

Besprechungen.

Neue Veröffentlichungen der Gesellschaft.

Abhandlungen der Senckenbergischen Naturforschenden Gesellschaft in Frankfurt a. M. 4°. Frankfurt a. M. (Selbstverlag der Gesellschaft) 1913.

Band 31, Heft 4, Seite 463-482: „Färberische Studien an Gefäßbündeln. Ein Beitrag zur Chemie der Elektiv-Färbungen" von A. C. Hof. Aus dem Georg Speyer-Haus, Biologische Abteilung. 20 S. mit 3 Tafeln. Preis broschiert M. 8.—.

Schon lange kennt man in der Botanik das Verfahren, Schnitte von Pflanzenteilen in mehreren Farben zu färben, denn je nachdem die Membranen der Zellen mehr oder weniger verholzt sind, nehmen sie verschiedene Farben ungleich an. Verfasser lehrt uns nun eine ganze Reihe neuer Farbstoffe kennen, die auch bei frisch hergestellten Schnitten von vorher nicht fixirtem Material distinkte Färbungen hervorrufen, und lehrt uns die teilweise Entfärbung nicht wie früher durch Lösungsmittel, sondern durch Reduktionsmittel, wie Aderol und Hydrosulfit, vornehmen. Auf die chemische und physikalische Beschaffenheit der Membranen dieser Gewebe, worauf es doch eigentlich für die Histologie bei der Färbung ankommt, wird hier nicht eingegangen, und auch die mit Hilfe des Lumière-Verfahrens mikrophotographisch aufgenommenen Abbildungen (Taf. I) geben, da nur schwächere und mittlere Vergrößerungen in Betracht kommen, meistens nur den allgemeinen Farbenton an, in dem die Gewebe bei den hier benutzten Methoden erscheinen. Das Verdienst der Arbeit liegt also wesentlich darin, daß die Färbetechnik um eine ganze Anzahl neuer Methoden bereichert wird, zum Vorteil nicht nur der Anatomie, sondern auch der Physiologie: in letzterer Hinsicht ist besonders bemerkenswert, daß in dem Bernsteinsäurerhodamin ein geeignetes Mittel gefunden ist, um in lebenden Pflanzenteilen die Bahnen des Wasseraufstieges kennen zu lernen.

M. Möbius.

Band 36, Heft 1, 1914: 107 Seiten mit 12 Tafeln, 1 Karte und 7 Textfiguren. Preis broschiert M. 25.—:

Seite 1-40: „Die Faseranatomie des Mormyridengehirns" von Dr. W. Stendell (†). Aus dem Neurologischen Institut zu Frankfurt a. M. Mit 5 Tafeln und 4 Textfiguren. Preis broschiert M. 12.50.

Im Nil und Kongo leben die Mormyriden, Fische, deren Äußeres sie schon durch einen merkwürdigen Rüssel, der bei einzelnen Arten recht groß werden kann, von den übrigen Knochenfischformen unterscheidet. Besonders merkwürdig ist ihr Gehirn. Der ganze Schädelraum ist von einem Gebilde erfüllt, das sich aus dem Kleinhirn entwickelt hat und dessen relative Größe mächtiger ist als etwa die des Gehirns eines Menschen. Franz ist schon den Ursachen nachgegangen, die zu einer so merkwürdigen Entwicklung eines bestimmten Gehirnteils geführt haben. Er hat uns vor Jahren eine ausgezeichnete Beschreibung des Großhirns gegeben, die sich wesentlich auf Alkoholmaterial stützen mußte: Er meint, der Nervus facialis, der den Kopf versorgt, sei hypertrophiert. Jetzt hat Stendell besser erhaltenes, in Formol etc. konserviertes Material benutzen können und legt nun eine sehr vollständige Monographie des Mormyridengehirns vor: speziell die vielen Faserzüge in demselben sind fast alle verfolgt und in zahlreichen Abbildungen illustriert. Es scheint in der Tat, daß die ganze Kleinhirnumwandlung Folge enormer Vergrößerung eines einzelnen Nerven ist. Als solcher wurde aber jetzt mit aller Sicherheit der Nervus lateralis festgestellt. Dieser Nerv versorgt außer dem Rumpf eigenartige Apparate am Kopf und namentlich am Rüssel. Wo er am Gehirn endet, finden sich überall hypertrophierte Ganglien. Ihre Beziehung zu den übrigen Gehirnteilen konnte zum Teil festgestellt werden. Direkt oder indirekt scheint das Mormyridenkleinhirn mit allen wichtigen Gehirnstationen verbunden zu sein und ihre Entwicklung zu beeinflussen. Die interessante Arbeit über die Mormyridengehirne verspricht auch weiterhin Einsicht in andere Gehirnprobleme und wird fortgesetzt.

Nachschrift. Als einer der ersten ist der Verfasser im Sommer 1914 vor dem Feind gefallen, ein Held, wie seine Begleiter erzählten, aber auch ein Mann der Wissenschaft in vorbildlicher Weise, denn er hat unter den schweren Verhältnissen des ersten Feldzugmonates die Kraft gefunden, was er von den Mormyriden noch erforscht hatte, in Notizen niederzuschreiben. Diese hinterlassenen Noten werden veröffentlicht werden, weil sie Wichtiges über die vom Lateralis innervierten Organe des Kopfes bringen.

L. Edinger.

Seite 41-50: „Biologische Riff-Untersuchungen im Golf von Suez" von Dr. Bannwarth-Kairo. Mit 1 Textfigur. Preis broschiert M. 1.50.

Von jeher hat die eigenartige ringförmige Ausbildung, die Atollform der Koralleninseln der Südsee das Interesse der Geographen, Biologen und Geologen erregt und zu Hypothesen über ihre Entstehung herausgefordert, deren bekannteste die Darwinsche Senkungshypothese ist. Langezeit unbestritten, ist sie dann von verschiedenen Forschern angegriffen worden; und im Anschluß daran tauchten zahlreiche neue Erklärungsversuche auf. Auch heute sind wir noch weit entfernt von einer endgültigen Lösung dieser Frage. Eines aber haben die Untersuchungen auf jeden Fall gezeigt: „Daß jedes Riff mit Rücksicht auf die meteorologischen und biologischen Bedingungen seiner Region für sich untersucht werden muß."

Von diesem Gesichtspunkte aus betrachtet sind die langjährigen Beobachtungen der Riffe im Golf von Suez durch Dr. Bannwarth besonders wertvoll und verdienstlich.

Zwei Dinge sind dem Verfasser hier besonders aufgefallen. Einmal die Tatsache, daß ein solch üppig wuchernder Korallengarten im nächsten Jahre völlig abgestorben war und erst nach längerer Zeit in der Randzone wieder einiges Wachstum zeigte, und dann die ebene Oberfläche der Bänke, die nur am Randsaum, in der Brandungszone, eine Erhöhung zeigen, was sich leicht daraus erklärt, daß hier die Ernährungsbedingungen für die Korallen günstigere sind.

Eine Erklärung beider Erscheinungen fand der Verfasser in den langperiodischen Schwankungen des Wasserspiegels, die sich im Laufe eines Jahres vollziehen. Der Wasserstand (größte Ebbetiefe) ist im Winter bis zu 2 engl. Fuß höher als im Sommer. Auch in den einzelnen Jahren sind die Schwankungen verschieden groß. Bis zu 2 Fuß werden also zeitweilig die Korallenstöcke zur Ebbezeit im Sommer aus dem Wasser ragen, die im Winter vollkommen bedeckt waren. Die Folge davon ist ein Absterben der Korallen im Innern, während die in der Randzone, die durch Brandung und Wellenschlag vor dem völligen Vertrocknen geschützt sind, erhalten bleiben. Dazu kommt dann noch die Vernichtungsarbeit an den abgestorbenen Teilen im Innern, die teils durch die mechanische und chemische Tätigkeit des Seewassers, teils durch die der Lebewesen bedingt ist.

So kommt die ringförmige Gestalt des Atolls mit der Lagune im Innern zustande. Während das Riff im Innern nach und nach abstirbt, erweitert es sich nach außen durch Zuwachs fortgesetzt.

W. Wenz.

Seite 51-60: „Neue oder wenig bekannte neotropische Hemiptera" von G. Breddin (†). Preis broschiert M. 1.—.

Es war sehr verdienstvoll von E. Bergroth, aus den hinterlassenen Manuskripten von G. Breddin die kleine, aber sehr wertvolle Arbeit herauszugeben und dadurch vor der Vernichtung zu bewahren. Sie bringt die Beschreibung von 10 neuen Hemipteren-Arten aus dem an unbekannten Formen so reichen südamerikanischen Faunengebiete, deren Typen sich zum größten Teile im Senckenbergischen Museum befinden. Diese neuen Spezies gehören zu den Familien der Scutelleriden, Tyreocoriden, Pentatomiden und Reduviiden. Außerdem wurden noch einige ungenau beschriebene Arten aufgezählt und durch die Angabe plastischer Merkmale schärfer gekennzeichnet.

P. Sack.

Seite 61-70: „Beitrag zur Koleopteren-Fauna von Buchara in Zentral-Asien (Expedition Küchler)" von L. von Heyden. Preis broschiert M. 1.—.

Von einer Reise durch Buchara hat F. K. Küchler eine stattliche Sammlung von Käfern mitgebracht und dem Senckenbergischen Museum überlassen. Die Bearbeitung dieses Materials sollte die letzte größere faunistische Arbeit sein, die unser Altmeister von Heyden zu Ende führen konnte. Obwohl er selbst recht viel über zentralasiatische Käfer veröffentlicht hat, konnte er sich doch nicht zur Herausgabe der Studie entschließen, ohne bei einigen schwierigen Gruppen die Ansicht erprobter Spezialforscher eingeholt zu haben, ein gleich gutes Zeugnis für die Gründlichkeit des Autors wie für den Wert der Arbeit. Unter den etwa 140 aufgezählten Arten seien hier besonders die drei neuen Cantharis-Arten erwähnt, die von Maurice Pic, dem berühmten Kenner dieser Gattung, beschrieben wurden.

P. Sack.

Seite 71-104: „Grundzüge einer Tektonik des östlichen Teiles des Mainzer Beckens" von Dr. W. Wenz. Mit 7 Tafeln, 1 Karte und 2 Textfiguren. Preis broschiert M. 11.—.

Die vorzügliche Arbeit, der von der Senckenbergischen Naturforschenden Gesellschaft der von Reinach-Preis für Geologie im Februar 1914 zuerkannt worden ist, bringt zwar kein abschließendes Urteil über die behandelte Frage, aber sie faßt in recht großzügiger Weise eine Fülle älterer und eigener Beobachtungen zusammen, um daraus eine tektonische Karte der Umgegend von Frankfurt zu entwerfen. Das Hauptresultat, das diluviale Alter der Spalten, ist wichtig und durchaus einwandfrei belegt. Der Verfasser weist selbst auf Lücken hin, deren Ergänzung das Bild noch vervollständigen muß, aber grundsätzlich ist der schmale Horst in der breiten nördlichen Fortsetzung des Rheintalgrabens richtig aufgefaßt. Es wäre dankenswert, wenn der Verfasser seine für den geologischen Bau unserer Gegend wichtigen und auch manche Eigenheiten des eigentlichen Rheintalgrabens beleuchtenden Studien weiter fortsetzte.

F. Drevermann.

—

46. Bericht

der

Senckenbergischen Naturforschenden Gesellschaft

in

Frankfurt am Main

Mit 1 Farbentafel und 30 Abbildungen

Ausgegeben am 27. Juni 1916

Inhalt:

Frankfurt am Main
Selbstverlag der Senckenbergischen Naturforschenden Gesellschaft
1916

Preis des Jahrgangs M. 6.—.

Die Verfasser sind für den Inhalt ihrer Arbeiten allein verantwortlich
Für die Redaktion verantwortlich: Prof. Dr. A. Knoblauch in Frankfurt am Main
Druck von Werner u. Winter in Frankfurt am Main

Zeitfracht Medien GmbH
Ferdinand-Jühlke-Straße 7
99095 Erfurt, Deutschland
produktsicherheit@kolibri360.de